禍亂創世紀 06

凌舞水袖 × Ivans

天空之城大混戰！

153．中轉之地

第二次征戰天空之城通道，這回眾人都有了經驗，乖巧了許多。但凡是雲千千沒放話的情況下，大家絕對一動不動，喊一聲才挪一步，比幼稚園小朋友都聽話。

人家那水果已經說了，現在開始再死回去的人她就不等了，回頭誰要是趕不上天空之門開啟，那就是自己倒楣。要知道，創世紀裡可是沒有復活技能的，想跟其他遊戲裡一樣躺屍等牧師來拉自己，這絕對是不可能的事情。

通道裡的小怪棘手就在於它們等級高，而且有智慧、懂得配合。這就好比玩家組一支隊伍，互相配合得當就能刷掉比自己強許多的BOSS一樣。通道裡的小怪們現在也是這麼對付玩家的。

還好玩家們的數量畢竟是占優勢，只要不出現輕敵的心態，想刷出這條通道雖說慢了點，但也不是太過困難的事情。

近兩個小時枯燥的龜速刷怪，趕在午飯前，登上天空之城的水果樂園全體成員終於一個不少的走出了通道。

「咦？就這麼簡單？」燃燒尾狐跨出通道，手搭涼棚遮擋了一下太過刺眼的陽光，一時之間很不能適應和接受。「我以為這麼風騷的任務總得來不少難關的，難道這就是天空之城了？」而且九夜的通行證似乎也沒用……莫非是BUG？

眼下眾人們所面對的是一片荒原野地，其蕭條敗落之景色，讓人無論如何也聯想不到「天空之城」這麼拉風的名頭。

「那條通道只是連接到這裡而已，想去天空之城，就得先在這裡找到可以使用的傳送陣才行。」雲千千解釋。

這就好比一個人想坐飛機出國的話，他就必須先到機場，不可能說隨便在小麵館裡吃完麵、一抹嘴，轉身出來打個響指就能招架飛機。

白鬍子老頭打開的通道，實際上只是相當於把去機場的路指給水果樂園的眾人而已，而九夜手上的通行證就相當於機票。現在大家都到機場了，首先要做的事就是去找登機口……

「這裡是連接天空之城和地面大陸的中轉地，周圍處處都是危機重重，大家可不能放鬆，這片地圖比通道還要危險得多了。」雲千千謹慎囑咐眾人：「我們現在就要去找傳送陣，到了傳送陣，才能開啟直達天空之城的大門。」

更重要的是，在這片地圖裡還有些不得不做的任務，這樣才能得到偽神族小王子口中那個陰謀的線索。簡單概括來說，這就是使眾人能夠合法進入天空之城的流程。

人家天空之城避世那麼多年了，不可能隨隨便便就對外開放，發展旅遊觀光什麼的。想混進天空之城內部，總得有點理由。

就像一個人去另外一個人家拜訪，也總是需要點理由的吧？比如說收水費，比如說居民問卷調查，比如說保險推銷……總之，你不能一聽說隔壁搬來個美女，就興奮的去按人家門鈴。按完了等人家來開門，你說

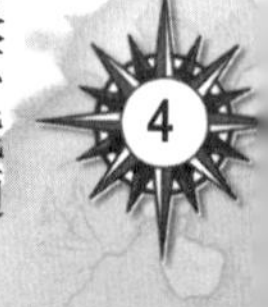

了句：「沒事，我就是想來妳家坐坐……」這樣幹的下場，如果光是被大掃把趕出去也就算了，主要怕人家一激動再報個警……

眾人本以為已經到了天空之城，雖然有些失望景色不如想像中的美麗，但也總算是放下心來，鬆了一口氣。結果沒想到這口氣還沒吐完，那水果馬上又說這裡不過是個中轉站而已，更為艱難的行程還在繼續。頓時，所有人都是一陣失望，心情大起之後馬上又是大落，感覺分外難受。

尤其是默默尋，更是立刻將自己已經擬得差不多的腹稿全盤推翻，重新絞盡腦汁思考怎樣描寫這一段新聞，繼續吊人胃口……

大部隊跟在雲千千身後再次開始向前蠕動……

這個詞雖然噁心了點，但目前來說，一時也找不到其他句子來形容了。自從離開通道之後，雲千千就一直是在以散步的心態慢慢前行；後面的人在通道吃過虧，知道不能搶在這水果前面行動，於是也只有委屈的在後面慢慢跟著爬。

「妳到底想找什麼？」零零妖第無數次看到雲千千左顧右盼，再聯繫到這慢到令人髮指的推進速度，終於忍不住問了一句。

雲千千剛要回答，突然眼前一亮，立即向著某方向興奮的跑去，「快來快來，救人了。」

救人？這女孩子居然也會有這麼正義的作為？

零零妖和其他幾人面面相覷。

後方的大部隊倒是單純得多，一個口令一個動作，根本沒去思考雲千千變身友善大使的蹊蹺性，一聽招呼就直接一窩蜂的衝了過去。

「救……命啊……」

雲千千跑向的方向，一個十歲左右的女孩子正傷痕累累的躺在那裡，虛弱的向玩家們求助。

「來了來了，就來了。」雲千千興奮不止，幾步衝過去蹲到小女孩身邊。「小妹妹啊，妳爸媽死了？妳家被燒了？妳被虐待了？是不是想讓善良的大姐姐我為妳報仇啊？放心，看在妳長得還有點可愛的分上，我可以免費幫妳哦。」

長得還有點可愛的小妹妹驚恐的望著雲千千：「妳是誰？妳為什麼會知道這些？」

「……」被當成恐怖分子了。

「是不是要接任務？我來吧，妳先去和兄弟們講一下待會有沒有什麼注意事項。」零零妖長嘆一聲，上前接過雲千千的位置，接著他轉頭，擺出一臉和藹的表情開始誘哄工作：「小妹妹，妳不要怕……」

所謂公會任務，就是集體任務。這個概念在之前已經介紹過了。

而既然是需要集體去完成的任務，想當然，需要面對的敵人就不可能是勢單力孤，坐在房間裡等人去刷的 BOSS，而是真正掌有實權、可以調動兵馬和玩家為敵的 NPC 惡勢力。

傷痕累累的小女孩是被附近一座山頭上的土匪抓去的。那股土匪勢力在最近襲擊了她所居住的村莊，將村裡所有的人都抓去了山裡某礦洞做苦工，只留下少數長得可愛的小女孩放在營寨裡，準備養上一段時間之後獻給某位大人。

而這個小女孩就是趁著看守不注意時，偷偷逃出來的。因為一路上要躲避追襲的緣故，這才會弄出了那麼一身的傷痕。至於一個小不點是怎麼躲過那麼多專業土匪這個問題，大家無視就好，反正電視小說裡這樣的橋段多了去了，也沒見有人跳出來大喊不合理。遊戲程式裡借用一下，想來應該也是沒什麼關係的……

小女孩在這裡想拜託大家，去救出她的親人朋友們，並順便剿滅那些土匪。作為報答，小女孩願意為大家當導遊，帶水果樂園的人了解一下這片地圖……一言概括之，也就是特定的引導 NPC，擔負提供任務線索和引導的作用。

毫無異議的帶上小女孩，三百大軍轉道向 NPC 指示的土匪所在山頭進軍之。

「那些土匪會不會行軍配合？」行進過程中，有人在公會頻道代表群眾提出問題。

「稍微會一點，怎麼了？」雲千千想想後，很快給出答案。

「……」怎麼了？眼下人家占著山頭本來就有地利，再要會行軍配合，那自己等人得犧牲多少才能啃得下來啊？

……現在要是死回去的話，再想從通道回來可就不是那麼簡單的事情了。先不說路程遙遠，單是通道裡可能已經刷新的小怪，就不是那麼簡單應付得來的。

零零妖在旁邊都有些聽不下去，乾咳聲後試探問道：「那妳想到一會該怎麼打了嗎？」

「直接衝啊，還要想什麼？」雲千千理所當然的回答。

九夜在旁邊連連點頭，顯然這種回答深得他心。

「可是萬一不小心死了人……」

雲千千驚訝的瞪大眼睛，「喂，玩遊戲哪有不死人的？你找個沒死過的給我看看？」

再說了，要真是一個都不死，回頭難道她還真能帶足三百人一起去天空之城？通行證限載客最大數只有一百人好不好！

通往土匪山寨的山道很狹窄，沿途也較少樹木岩石，幾乎是一目瞭然，根本沒什麼可供隱藏的地方。換句話也就是說，只要有人上下山通過山道，第一時間就能被山寨中負責瞭望的巡邏兵發現。

在這樣艱難的隱蔽情況下，雲千千自然沒想過要偷偷摸摸的襲營。她從一開始走的就是光明正大路線，帶了三百狗腿子，拉著負傷的小女孩，大搖大擺、只差沒敲鑼打鼓的大肆張揚而上。

「喂，我們這樣是不是有點太囂張？」低調的人畢竟還是有的，眼看山頂上的山寨中慢慢有了騷動的跡象，公會裡的成員也有人忍不住緊張了，擔憂問道。

「囂張？」雲千千呵呵一笑，拉出身邊一直跟著的凱魯爾和已經做好準備的九夜，衝身後人笑：「還有更囂張的，現在就讓你們見識見識。」

一抬手，電流作響，雲千千纏著一身紫光，叉腰揮手，「兄弟們，衝了！」

眼看土匪山寨中已經隱約有了喊殺聲和衝出的匪群，雲千千天雷地網一甩，一片紫光鋪捲而下，頓時將衝在最前面的匪群流拖滯了幾分鐘。

趁著這個空隙，九夜和凱魯爾已經衝了上去，三兩下衝殺進山寨中去。

看見那二人一進山寨，雲千千再無顧慮，非常卑鄙的化身雷神之體，進入無敵雷電狀態；她身形消失，轉而化成一片籠罩開來數十平方公尺的雷電區，一路劈劈啪啪打雷閃電，也就跟著這麼飄進了山寨中去……

眼下雲千千明顯是要走暴力推進路線了。

近三百名的隱藏種族玩家們面面相覷了一下，猶豫之後，只能硬著頭皮跟了上去。

土匪群被過了一道電也很快恢復了過來，本想轉頭回山寨去找第一順位的仇恨目標的雲千千，結果沒想到正好三百大軍衝上，一片亂砍亂炸，迅速把仇恨又拉了出來。

隱藏種族畢竟是隱藏種族，雖然這些土匪普遍還是比玩家高個近10級，但在玩家們高端職業的優勢下，還是攪和不起什麼太大的動靜。

衝上前去的三百大軍早在通道裡的那幾個小時並肩作戰中，培養出一定的默契，彼此配合也算合拍。眼下他們分組分群，各自負責一片方位，倒也打得有聲有色，沒出現什麼太大的傷亡，土匪群呈穩定消滅趨勢……

「蜜桃？妳和九夜怎麼都不見了？」零零妖在怪群人群中幾進幾出，突然發現前鋒蹤跡不見，連忙拉開隊伍頻道喊人。

「在最裡面刷 BOSS 呢，幹嘛？」雲千千秒回信息。

「刷 BOSS？」零零妖大驚：「你們小怪都沒刷完就刷 BOSS？」

「等大家一起刷，到時候僧多粥少的怎麼分配戰利品？」雲千千理直氣壯：「再說外面還有小怪要清理，你們要是都進來了，外面的小怪誰負責刷？」

龍套解決龍套，主角只要負責剿滅邪惡的大 BOSS 就好了，這就是雲千千的道理。

帶這麼多人來是做什麼的？當然是衝鋒陷陣為自己分憂解難的。自己提供資訊，後者提供勞力，多麼合情合理啊！

燃燒尾狐聽罷沒有廢話，拿出銅板搓兩搓，朝著某方向自信一指，「死桃子在那兒呢！」

「GO、GO！」天堂行走氣憤填膺的拔腿就走。「去刷 BOSS 都不叫我們一起，太不像話了！」

兩人分外激動，一起向著卜算出的方向趕去，想去搶一杯羹。

零零妖本來倒是有心在外面和群眾一起刷刷小怪，但眼看整支隊伍就自己落在外面了，看起來也實在是不像話，再說還沒個照應的……靠，這可不是自己不想做好人，實在是逼不得已。零零妖咬牙，一抹臉，也跟了進去。

土匪山寨內部就類似一個小型村莊，除去有悍匪特色的操練場和倉庫，以及最中間那跟聚義堂似的大廳外，其他一片連著一片的都是些民房似的小木屋和吊腳樓，後半部還有更精緻一些的房子，顯然是給高層管理人員和尖端打手，如BOSS們居住的。

零零妖一衝進後院，眼前頓時就出現一片雷電交織的巨網。劈劈啪啪的紫光電球之中，九夜與凱魯爾正和一疑似BOSS的NPC戰得正酣，旁邊還有剛提到的燃燒尾狐及天堂行走在邊上掠陣。

「加油加油，九哥砍他，再狠點！」雲千千唯恐天下不亂的聲音從巨大電網中傳出：「狐狸多標幾個弱點上去……誒？天堂你沒吃飯？這是BOSS不是漂亮小姐，不用你在這憐香惜玉，盡力點行不行……」

九夜無動於衷，對這等聒噪的聲音依舊能夠做到聽若未聞。

燃燒尾狐和天堂行走的修養就差多了，看兩人咬牙切齒的表情，似乎都很想當場倒戈砍雲千千一刀……可惜就是砍不到。

「蜜桃怎麼不動手？」零零妖刷出一把暗器加入戰鬥，保持距離進行控場和補充傷害。他左看右看，那個最能折騰的女孩都是只聞其聲不見其人，免不了小驚訝了一把。

「這裡呢。」雷電中探出個虛影般的上半身，左右張望了一下，又重新散了開來。

雖然只能大概看出是個女性的輪廓，但從那說不出的鬼祟姿態看來，絕對是貨真價實的雲千千沒錯。

零零妖吐血：「妳怎麼不幫忙？」沒見過偷懶都敢這麼光明正大的，好歹妳出份力會死啊？

「哎呀，人家只是個弱女子啦。」雲千千又探出個腦袋來，羞澀一笑，這回倒是清晰了不少。「而且我家小凱也去打了啊。隨從出力了，就跟主人出力了一樣嘛。」

「靠！」零零妖抽空對雲千千探頭方向比了個中指，懶得再理她了。

要說這雷神之體攻擊性能實在不強，持續掉的那點血硬是沒什麼看頭。但這技能用來控場還是很不錯的，削弱範圍內對手的防禦，使其停止自然回血不說，時不時還附帶幾秒麻痺效果，在打BOSS的時候那是相當的實用。

單說九夜等人現在配合著這雷神之體打怪，就很有種欺負殘疾人的感覺。對手土匪有事沒事的就被電暈幾秒不說，自己手上的刀往下砍得也是相當給勁。

眼看血條只剩一絲了，幾人同時加快技能頻率，也不用再顧忌留手，大招連甩，終於搞定土匪頭目。

雲千千眼明腳快，往土匪屍體上一踩，連拍幾下，迅速拾起所有戰利品，再一看零零妖面露不滿、似乎有話要說，連忙再抽出一個包裹甩回來。

「妖哥，這個你拿著。」

「嗯。」零零妖接過包裹，總算面色稍霽，這水果總算也懂事了一回。想完，他順手拍上包裹鑒定……

「操！妳要死了，給我這種東西？」零零妖臉色大變，把包裹丟到地上。

「嘖嘖嘖……土匪頭目的人頭……創世紀裡居然還有這麼噁心的任務道具？」天堂行走撿起被零零妖丟掉的包裹，瞟了一眼物品，顯示驚嘆道。

「死桃子、爛水果！」零零妖咬牙切齒還在忿忿中。

「喂，這顆人頭可是土匪身上掉出的最重要的東西了。」雲千千黑線不滿。「它可是關係到任務的進度……這麼重要的東西都給你了，你還有什麼不滿意？」

零零妖忍無可忍的扭頭衝她一呸：「不要臉！」

刷完BOSS之後，雲千千的等級又跳升一級，雖然技能熟練度沒漲，但總算也摸清楚雷神之體的實用價值了，不可謂收穫不大。

順手收拾掉BOSS屋外的零散小怪，一行人直接回到了半路救的NPC小女孩身邊。

沒有去看還在刷小怪的其他人，雲千千直接把小包裹送給小女孩當了見面禮。「喏，這就是妳的仇人，現在他死了。妳知道你們村子裡被抓來的人關在哪裡嗎？」

小女孩激動得淚流滿面，哽咽不成聲：「我這就帶你們去，各位勇士們請跟我來……」

「喂，不帶其他人去？」隊伍裡的燃燒尾狐看了看還在刷小怪的其他人，有些過意不去的問了一句。

雲千千莫名其妙：「去那麼多人幹嘛？反正任務都是公會的，只要做完了就行，還非得每一步都把所有人叫上參觀見習？」

這是典型的個人主義。做大任務的時候最重要的是配合，各個環節不一定所有人都能參與，但重要的是分工完成。

這是公會任務，不是小隊任務。眼下小怪是必須要清理乾淨的，不然 NPC 救出來之後也出不去；與此同時，救援的步驟也已經可以進行。既然如此，為節省時間，當然是兩步同時進行要更便利些。比如說你想喝茶，肯定是先燒水，再藉著等水燒開的空檔去準備茶具、茶葉……這就是時間的有效利用，這就是效率。是小學生都學過的最淺顯知識……

道理大家都懂，但顯然現在的玩家們還不具備這樣的意識。畢竟公會任務在目前的創世紀中來說，還屬於很少見的，更別提能有什麼經驗參考。

零零妖想錯了一點，雲千千並不是故意要避開眾人撈好處，而是在各個可以同時進行的任務環節中，把好處最多的那一個環節留給了自己……

「這座後山的礦洞，就是土匪們逼迫村民為他們幹活的地方了。」

在零零妖還沒有徹底想通的時候，小女孩已經帶著一行人繞過了土匪後院，來到了一座礦山礦洞前。

「裡面有多少人啊？氧氣含量怎麼樣？會不會發生瓦斯爆炸？」雲千千手做瞭望狀，睜大了眼睛，凝神往洞裡看，結果除了一片漆黑以外什麼都看不見。

「求求你們，去救救我的鄉親們吧！」小女孩已經學會了無視某些廢話，雙手合十的放在胸前，眼睛濕漉漉的企求著。

「喂，你們誰的生活技能學了採集挖礦？」雲千千也無視了小女孩，扭頭問身後跟著的幾個人。

生活技能？多麼陌生的名詞啊……幾個男人們一起茫然了。

155・溫蒂

玩遊戲的人都知道，走戰鬥路線的人一般都沒工夫練生活技能，而走生活路線的人更是不可能有時間刷等級。

人的精力畢竟有限，就算精力無限，時間也有限。一個人想同時做多件事，只能是事事不成，這是很簡單的加減題。

比如甲、乙每天都在遊戲上花費六小時，前者全部拿來刷經驗，後者卻要花一半時間去練生活技能和尋找生活材料……時間加減對比之後，傻子都知道甲在戰鬥上的成就肯定比乙高；而乙的生活技能雖然比甲高，卻肯定比不過其他把六小時全部用在生活技能上的玩家。

千萬別舉例說，還有兼顧戰鬥生活的天才什麼的，本書暫時沒打算改走王者爭霸路線，這樣逆天的BUG是不可能存在的……

「是礦洞裡有什麼好東西？」燃燒尾狐搓搓手中的銅板，頗有些興趣問道。

「有些稀有材料，而且最主要是勝在礦脈集中……可惜了，你們這幫不上進的東西，居然沒一個學了生活技能的。」雲千千由衷鄙視。

零零妖撇撇嘴：「好像妳自己也是沒學的吧？」

「我？我這麼漂亮的女孩，每天掄鍬翻鎬的你們覺得合適嗎？」雲千千很自戀的一撩瀏海，憐惜的摸摸自己的小臉蛋。

「……」這人如果要是太沒自知之明的話，溝通起來著實困難重重……零零妖自認自己和雲千千算是兩個世界的生物，大腦迴路有著根本的差別。於是噎了噎後，他乾脆明智的選擇了閉嘴。

既然眼下誰都沒有生活技能，雲千千也只能放棄去礦洞裡撈一把的想法，她拿了支火把出來，點燃後就直接衝進了礦洞。

一進洞內，自然也是有土匪的，畢竟人家監工總得意思意思放兩個進去。抓來的村民在這裡幹活既危險又累還沒薪水，沒人監視的話，肯定半個都不想動了。更何況，出於玩家的任務角度考慮，救人的時候也總得來點小怪抵抗一下做做樣子，不然豈不是太簡單？

「九哥，交給你了！」漫天雷光中，雲千千衝勢不減，一入洞遇怪後則迅速化身紫電雷網，直接無視小怪傷害，刷進最裡層。

九夜幹苦力是幹慣了的，再說這本來也是他的長項，他索性二話不說，雙手一翻，兩柄匕首立即馴服的滑入掌心，朝礦洞中的小怪群中衝殺而去。

「無薪水、無分紅無獎金還得衝鋒在前……我們這到底是造了什麼孽啊！」

零零妖長嘆一聲，抹把淚，再刷出一把暗器，和另外幾人組成隊跟在九夜身後一起衝進去，繼續為那個不厚道的女孩子累得要死不活……

按照記憶中的通路左突右拐，雲千千很快找到這些被抓來的村民中正在勞作的村長。

「老頭，你是村長吧？」

「哼。」村長掃了眼雲千千在雷電中幻化出的半身，不搭理這女孩，埋下頭，接著掄鋤頭在地上刨啊刨。

「喂，巡邏的那幫土匪在外面正被我帶來的手下砍著，沒人來逼你們交礦，可以不用挖了。」雲千千伸手招了招。

村長頓了頓，卻很快再刨了起來，裝作沒聽見雲千千說話的樣子，唸唸有詞：「一二三四五，汗滴禾下土，種瓜刨瓜、種豆刨豆，嘿咻嘿咻，一二一二……」

「……看您仙風道骨、精神矍鑠更兼文采非凡，肯定是村長大人沒錯了。」雲千千在雷電中諂媚道。

「唔……沒想到妳還有幾分眼力。」村長被這一記馬屁拍得終於肯停下片刻，態度卻依舊不甚和善。「不過就算如此，也不用在我身上花什麼工夫，我是不會求妳救我們的。」

旁邊同樣在做活卻暗中注意著這邊的其他村民 NPC 們顯然已有智慧，一聽到雲千千和村長的對話，頓時著急了起來：「村長！」

過了這個烈士，可再難碰到其他炮灰。下次還想遇到這樣聲稱願意救他們的傻子，不知道是什麼時候的事了，村長怎麼就這麼不知變通呢……

「哼，世界上哪有白吃的午餐，你們不要被她說的話誘惑了！」

村長老頭子頭也不回，緊盯著雲千千幻化出的雷電，口中對自己的村民們說道：「她救我們，肯定是想從我們這裡知道些什麼或得到些什麼……只要那位大人一天還在我們的國度，我們就一天得不到真正的安穩。這些土匪們算什麼？最起碼我們在這裡還能吃得飽，只是被要求幹活而已。可萬一這個女人也是壞人，她把我們騙出去之後，說不定會有更淒慘的命運等待著我們……」

「……」雖然早就知道這個礦洞裡的老頭很難纏還愛危言聳聽，但親身體驗這麼一場狗咬呂洞賓，還真是讓人感覺滿複雜的……

雲千千看了眼一臉警戒的村長，長嘆了聲，無奈問：「我總結一下。你的意思是說，因為我莫名其妙的出現，還願意無償幫助你們，所以你因此懷疑我費這麼大力氣肯定是有什麼陰謀，對嗎？」

「哼，沒錯！妳肯承認了？」村長橫鋤立馬，氣勢十足。

「其實我只想聲明一下，這其中有誤會。」雲千千從雷電中露出頭來，十分真誠的看村長道：「我從來沒想過要白白救下你們這幫廢物，所以你們出去之後得按人頭算錢給我……」

村長：「……」

眾村民：「……」

剛剛跟著清完小怪的九夜等人趕到現場的小女孩看起來十分激動：「村長！你們沒事真是太好了！這些正義的勇者們都是我找來救大家的。外面的土匪已經死了，大家快跟著我們出去吧！」

「……」正義的勇者？

按照正常流程的話，只要小女孩在旁邊，村長自然是不會對雲千千等人的身分有懷疑。前面的態度想當然只是因為沒有熟人在其中牽線，所以使得雲千千在NPC心裡可信任度過低的關係。

嚴格說起來，這也不能怪人家。現在連幼稚園的小孩子都知道，如果有個陌生人突然走到自己面前，說認識自己家長還給自己糖吃，那肯定就不是什麼好東西。更別說村長還是一個歷經風雨坎坷的老人，當然更不會隨便聽雲千千說聲是救自己的就相信了對方……

可是儘管有著這樣的理由，雲千千仍然堅持自己善良正義的心意受到了扭曲抹黑，強烈要求收取補償，好安撫她那顆不怎麼純潔的脆弱小心靈。

村長尷尬的道歉也無濟於事，只好發動村民們搜身刮鞋底，尋摸出各自身上剩下的三兩銅板賠償給對方；可惜金額過小，根本拿不出手。最後還是在雲千千的提示下，大家把剛挖到、還沒來得及交給土匪的礦石都

摸了出來，這才勉強讓那水果滿意……

「礦洞裡的人都救出來了，還有其他幾個被關起來的孩子們也很快會被解救出來。按照公會裡的進度來看，這片山頭上的土匪已經快要清完了……接下來，你們是不是該把『那位大人』的事情和我們好好說說？」

村民們挖礦是為了那位大人，土匪們養小蘿莉也是要獻給那位大人。

很顯然，NPC們口中的那位大人就是任務最終的關鍵BOSS；而雲千千心裡其實更知道，這位大人還是偽神族小王子口中的那些來自地面的陰謀者之一。

村長忍不住打了個哆嗦，不安的左右看了看，壓低聲音，小聲勸雲千千道：「勇敢的孩子，我理解你們想探索真相的心情，但是關於那位大人的事情，還是少知道一些的好。如果沒什麼事的話，你們還是趕緊離開這裡，回到地面大陸上去吧。」

「喂，為了上來我們花了多少工夫，費了多少精力？你說句讓我們離開，我們就離開，那我豈不是太沒面子？」雲千千不滿。

「年輕人，有些事情不是妳想像的那麼簡單。」村長嘆息著，彷彿是在感慨雲千千的不知天高地厚。

「少來了，你們這幫NPC最囉嗦，每次發任務前總要唧歪說這事情多麼多麼困難，這BOSS多麼多麼難刷，簡直是所有人都不可能完成的任務……然後等任務完成再驚訝：啊你們簡直就是大陸的救星啊，竟然連這麼厲害的ＸＸＸ都刷了……」雲千千黑線：「拜託，都已經是新遊戲時代了，能不能換個臺詞？少玩點這種故弄玄虛的把戲？」

「妳……」村長生氣：「好吧，既然妳不把我的勸告當回事，那我也不再阻止你們。想見那位大人的話，就叫溫蒂帶你們去吧。」

說完村長一轉身，招呼身邊的其他村民們，把玩家們丟下，一幫NPC們就這麼徑直向外走去。

「溫蒂？那是誰啊？」零零妖好奇的攔下人求分享。

雲千千嫌他丟臉的把人抓了回來，一指旁邊一直跟在隊伍裡，現在也沒跟著村長和其他 NPC 一起離開的那個 NPC 小女孩，恨鐵不成鋼道：「傻啊你，溫蒂就是這蘿莉……」

「……」哦，原來如此……

156・偽神族使者

還沒等雲千千一行人帶著溫蒂去找神秘的陰謀者，天空之城已經有人主動找了下來。似乎是偽神族小王子透過某種神秘而不為人知的手段，悄悄的聯繫上了本族在天空之城上的聯絡人；然後那聯絡人再透過某種更為神秘的手段，刷出了雲千千一行人的座標，從而與之悄悄接上了頭……

雲千千就納悶了。既然有這麼高科技的手段還帶有全球衛星定位的本事，那偽神族小王子當初怎麼就能落魄到在沙漠裡半死不活，為一口吃喝而憔悴乾枯的德性？隨便來個接頭人送點東西，實在不行，從天空之城往下面空投緊急救援物資……這應該都沒什麼技術難度吧？

最後百思不得其解之下，雲千千只好把這理解成是偽神族的特殊興趣，比如說傳說中的蛋疼屬性什麼的。

雲千千不滿的看著鬼祟找上門來的偽神族使者：「你們倒是能撿便宜，知道內部有問題也不著急，就等著我們這幫傻子自己送上門來幫忙清除叛徒是吧？還不說主動帶點好處，或提供些幫助什麼的，合著你以為我們吃飽了撐著，專門給你們見義勇為來了？」

「小王子說會有熱心正義的勇者來幫助天空之城的居民們度過這次的危機，看到幾位果然個個都是英武勇悍，有你們幫忙，我們天空之城一定可以安然無恙……」

偽神族派下來的顯然是個長於交際的能手，最起碼也應該是公關經理那個水準的。避重就輕的這通馬屁一拍，直接就給雲千千一行人做了個定位，把人的層級陡然拔高了不少。

雲千千的意思是按勞索酬，她帶人可不是白幫忙來的，得有好處。可是這位偽神族使者的意思卻是暗指大家都是高手，而且還是道德高尚的高手，如此超然的存在，怎麼能斤斤計較一些身外之物？

「其實我覺得你可能有些誤會。」掙扎了一番之後，雲千千覺得還是有必要把某些話說清楚，「我們並不是你想像中的那麼無私……」

「您真是謙遜，現在已經很少看到像您這般品德高尚又不沽名釣譽的人了。」偽神族使者打斷雲千千，再稱讚一聲。

「我……」

「各位一定都急著了解目前的狀況，那麼我們現在就抓緊時間吧。」

先是圍堵攔截，再是轉移話題，反正偽神族下來的這位使者是怎麼都不肯放任雲千千把話講完，更別說讓對方有機會敲詐到他。想必這也是從偽神族小王子那獲得了第一手情報，知道此水果乃第一號危險人物的關係……

好一招乾坤大挪移，這傢伙還真是一點油水都不肯吐出來。

土匪山寨很快就完全清理乾淨，高手們激情熱血的將整個土匪窩搜索了一圈，卻赫然發現 BOSS 已經慘死在臥房之中，被抓去礦洞的苦工人質也已經全數被救出，什麼事情都已經解決了，根本沒人等他們來……

這就好似是情人節當天，借了朋友的高級跑車，帶著自己心愛的美眉買鑽飾看電影還上高級餐廳。折騰一整天下來，到了晚上，耗費精力財力無數，雖然損失慘重但眼看馬上就要水到渠成、修成正果了，結果人

家揮手跟自己說拜拜，轉身挽著另外一個男人去了飯店……

所有人一時間不知道自己拚死奮戰刷了那麼半天小怪到底是為了什麼，剎那間感覺分外空虛。

第一隊反應過來的自然是默默尋帶領的記者小隊。她剛才一直在做戰地報導，抓拍到不少各隱藏種族的獨特技能及變身狀態什麼的，爽得差點沒把嘴笑歪。結果等小怪刷乾淨了，大部隊浩浩蕩蕩的正要進入最終步驟的時候……然後，然後大家就突然發現已經沒有然後了……

「他是誰？」很快在土匪山寨後山找到雲千千，默默尋看了眼偽神族使者，刷出一套紙筆作記錄狀，虎視眈眈的盯住雲千千問道：「你們什麼時候刷的BOSS？救出幾個人？現在任務領到哪個環節？正要去做什麼？」

「很抱歉，關於這些問題請妳找我的經紀人。」雲千千笑咪咪的忽略掉默默尋咬牙切齒的表情。

這小妞實在是不如混沌胖子懂事上道，跟團採訪那麼久，刊出的幾期報紙從不提起給自己分成的事情不說，還頤指氣使、問東問西……自己看起來難道真是很有文明的十大好青年的潛質嗎？一個、兩個都是這樣，光想讓她幹白工了……

天空之城畢竟是個大任務，不比小副本似的花個幾小時連刷就能搞定。一般越是集體任務，耗費的時間也就越長。其他不說，單是跑地圖上面的耗費就得差不多五、六天，更別提還有任務線索的尋找、任務鏈的銜接等等問題。

雲千千從一開始就做好了長期奮戰的準備，可是她有經驗，其他人卻不全是同樣有經驗的。更多人根本沒有做好長期待在特殊地圖的心理準備。

網遊的魅力就在於人與人之間的互動，相信沒有一個玩家是願意在一個與外界玩家所隔絕的地圖中一待就是好幾天。一開始上天的時候，眾人倒是沒有太多的感覺，可是等到打通了通道，又刷完了土匪之後，將近大半天的時間已經過去了；而此時，分歧也隨之出現。

「有六支隊伍的人申請下線吃飯。」

雲千千正在和偽神族使者確認他所能提供的資訊和任務線索，旁邊的零零妖突然冒了這麼一句話出來。

「另外，還有幾支隊伍的人說他們上網時間差不多了，家裡爸媽在催著睡覺。大家都在問今天是不是到這裡就可以了？」

「到這裡就可以了？」雲千千驚訝的看零零妖。「開什麼玩笑？現在還在任務中，這些人下去之後我們怎麼辦？是停在這裡等他們？還是自己走自己的，不管他們了？」這些人以為是遠足踏青來了？玩夠之後說聲撤，就能毫無壓力回家睡覺？

「公會畢竟是臨時組織起來的，雖然大家都對任務很有興趣，但遊戲畢竟是遊戲，不可能攪亂甚至取代現實生活……吃喝拉撒睡，這時間妳總得給別人預留下來吧？」零零妖嘆口氣，深沉道：「除非是像九夜這樣，職業就在遊戲中的專職玩家，不然沒人可以二十四小時守在線上的。」

想玩遊戲？當然沒問題，只要是自己的分配時間，你想怎麼玩就怎麼玩……可是上班時間不能玩吧？吃飯休息時間不能玩吧？人不可能光靠一頂遊戲頭盔就活下來，再怎麼痴迷於遊戲，大家還是不得不抽出時間放入現實生活中，起碼要保證自己能生存下來吧？

「那現在怎麼辦？統一時間休息？」雲千千沉吟半晌，終於無奈屈服於人類的正常生理保障之下。她就算再霸道，也不能強制要求三百人不吃不喝的跟著自己，刷到她下線為止來著。

「可是存檔問題怎麼辦？我們要是先走了的話，到時候大家上來都聯繫不到了。」這片地圖可大著呢，既陌生，也沒有回城設置，一不小心在野外迷路了的話，大家可就都能 COS 一把九夜迷失在茫茫野外時的情景了。

「各位勇士們，如果你們有人要暫時離開的話，我這裡有一些靈魂水晶，只要自願留下自己的靈魂烙印，在你們的身體離開這個世界之後，靈魂也會存在水晶裡，跟著自己的夥伴繼續前行……當然了，如果你們的

夥伴進入天空之城的話，那沒有獲得通行許可的靈魂就會被強行留下來了。」在這為難的時刻，偽神族使者及時的插上話來。他刷出一排道具，殷勤的向眾人做著介紹：「另外我這裡還有強效藥水、一次性標記導航石、強力雷達以及……」

「……不錯啊，挺齊全的。」

「還好還好，天空之城裡面現在還沒開放港口，一直都沒有貿易流通，難得有機會出公差下來，順便賺點小錢養家糊口而已。」偽神族使者謙虛的說道。「如果你們一次買得多的話，我可以給你們打個 9.8 折哦。」

「一會兒你跟其他人推銷吧。決定任務進度和前進行程的是我，要怕掉隊也應該是其他人怕。」雲千千得意的奸笑幾聲，終於從剛才的失望中找到件值得開心的事情了。

「去，跟其他人說，要下線的可以到這裡買塊水晶下去了。明天中午之前不進天空之城，中午之後就不保證了。」雲千千跟零零妖吩咐了一聲，接著非常開心的整理起空間袋來。

「不錯啊，畢竟是當了會長的人，現在居然也知道樂於助人了。」燃燒尾狐詫異的看著雲千千熱心準備存放水晶的舉動，讚嘆了句。

「什麼話。我一向是團結友愛、捨己為人的。」雲千千嚴肅的為自己正名，順邊拉住零零妖，再補充交代：「對了，記得跟那些要買水晶的人說，如果要我保管水晶的話，每人3枚金幣。本小利薄，概不賒欠。」

個人活動比組團出遊的時候總要低調得多，關鍵是少了隨手可調用的炮灰之後，雲千千還是感覺到頗有些壓力。沒辦法帶著一群狗腿子再去仗勢欺人，只好勉強進行些不怎麼需要武力值的活動。

「九哥不下線？」

九夜看了眼雲千千，「我值夜班。」

雲千千一愣，繼而深深的羨慕。人家這才叫真風騷，玩著遊戲還有人給薪水，身分超然，平時什麼都不用管，而一有需要的時候又什麼都可以管，其囂張自由程度，直逼傳說中的空降部隊……

「如果大家要是沒事的話，不如我們先進城，去溫蒂說的那個大人那裡探探情況？」

目前水果樂園的線上成員只剩下不到一百人，而這一百人也不可能繼續完成任務，於是大家就地解散開，都在中轉地的城池裡到處閒晃，尋找附近的小任務打發時間。

雲千千當然也知道附近有哪些小劇情。作為一個遊戲本身來說，各處的小任務是構成遊戲世界中必不可少的一部分，只要是個老玩家就沒有不熟悉的。只不過對於現在的她而言，這些任務沒有什麼價值就是了，最關鍵是連新鮮感都沒有，叫她哪提得起興趣？

「我記得溫蒂口中的那位大人家裡也是有些小任務的，我們可以藉機會進去找線索。」

「偷情報？」九夜怔了怔，皺眉：「不是直接殺？」

「……」你到底是有多麼愛打架啊？雲千千深深的沉默了一會才開口：「殺也可以，不過對方等級挺高的，一次不成功可就打草驚蛇了……要不，情報我們還是用偷的，回頭等任務完成後，你想殺，我再陪你回來殺？」

「我又不是吃飽了撐著。」九夜白了雲千千一眼，居然還鄙視起她來了。

現在還留在雲千千身邊的人，除了一個九夜，就只剩下天堂行走。燃燒尾狐下線了，零零妖自由行動；默默尋脫離組織，帶記者小隊采風攝影，準備專版報導中。

一個花心騙子、一個貪財小人，外加一天然屬性的路痴高手，這樣的組合一時之間也做不了其他事情，只能帶著溫蒂去任務 NPC 那裡徘徊收集線索。畢竟事隔多年了，一個專業的壞蛋就是要隨時溫習和掌握欲下手對象的現狀，這樣才能保證萬無一失。

那位大人的名字叫赫托斯，是由地面大陸上覬覦天空之城的陰謀家、野心家所派出來的，專門挑撥和引發天空之城中各種族衝突戰爭的反派角色。

包括偽神族小王子所說的那個在天空之城到處惹是生非的混球，也是這位赫托斯大人的手下。此 NPC 長年居住在中轉站裡，以類似貴族的身分為自己掩護，暗地裡做些見不得人的勾當……

天空之城下來的 NPC 們現在當然還不知道這些事情，目前只有溫蒂身上的土匪任務牽扯出了這條暗線，具體隱藏更深的東西還待調查中。

當然了，有雲千千這個 BUG 存在，水果樂園的人相當於是拿著秘笈攻略打遊戲，此等所謂秘密根本就不算秘密，在某水果的眼中就如同透明的一般。

在赫托斯家附近接了幾個零零碎碎的小任務，閒晃了小半夜，很順利的就找出了系統承認的幾條任務線索。中途，雲千千還抽空去外面的地圖裡刷了會小怪，攢了點經驗，把剛升的等級存起來，免得一死又落回去了。

接著，還不等她帶著九夜二人再去接下一個任務，零零妖哀戚的聲音就突然從公會頻道中幽幽的傳了出來：「桃子，妳在嗎……」

「我不在。」雲千千瞥了眼公會名單中自己名字後頭那亮亮的線上狀態，拒絕回答這麼低智商的問題。

「九哥、桃子，你們要有空的話就來救救我吧！」零零妖傷心得一把鼻涕一把眼淚，聽見雲千千的聲音就如同抓住救命稻草般，打死也不放手了。

說起零零妖，其實也是個可憐的人。這傢伙可能是警察當久了，做事情有點偏衝動派，老幻想著有人和自己嗆聲的時候，自己一拉衣服、把槍一亮，掏出警官證一刷，頓時所有人都退縮了，立刻痛哭流涕、鬼哭狼嚎、跪地求饒……

可惜遊戲不是現實，在這裡，他那點小威風可沒處耍。尤其是在面對 NPC 的時候，人家更是不吃他這一套。

行動派的零零妖在城市裡聽了一個傷心大嬸的哭訴之後，氣憤填膺去找一個欺負了大嬸的小混混算帳。他三針兩針把那小混蛋錐到半死，順利追回了大嬸賣菜時被搶的錢錢，凱旋而歸。

正義的勇士打倒惡勢力，保護無辜柔弱的群眾不受欺凌……這是多麼經典的伸張正義的戲碼啊！

任務雖小，但意義重大。關鍵是，零零妖平常就喜歡幹這事；再關鍵是，他反正無聊順手，就當是打發時間……

可沒想到的是，創世紀設計 NPC 的時候，絕不會單純就設計一個橋段。每一個 NPC 都是有背景、有關係網，和整個創世紀世界息息相關，類似真實社會而存在的，被零零妖教訓了的那個小混混亦如是。

現實裡的小混混被打了會怎麼樣？吆喝起狐朋狗友再打回來唄。那創世紀裡的小混混呢？擬真遊戲嘛，當然要緊緊跟隨現實社會的腳步，把每一個人的性格和每一個最微小的事件都盡量真實還原……於是，正義的零零妖在從大嬸家裡挺胸抬頭的走出來之後，下一秒鐘就慘遭一群小混混的圍毆毒打，最後還被人綁回了人家的老窩……

「瞧這倒楣孩子混的，都被群小混混給逮住了。」雲千千聽完零零妖委屈的控訴之後，轉頭跟身邊的九夜發表感想。當然，她有點不厚道，這感想是在公會頻道裡直接說出來的，當前線上的幾十個人都聽到了。

「人有失手，馬有失蹄……」零零妖在頻道另外一邊咬牙切齒。

雲千千這裡甚至都能聽到吱嘎吱嘎的磨牙聲了。

「不管失手失蹄，把座標刷出來，情況也介紹下，我們去試試能不能把你救出來吧。」雲千千看了眼身邊的九夜和天堂行走，開始嘆氣，只希望一會的小怪不要太難刷。

「嗯，這裡有差不多近百來個 NPC 。我被關押的地方能看到外面，他們是分散成好幾個組在巡邏聚賭聊天打屁什麼的，應該可以各個擊破。座標是……」

十分鐘後，雲千千帶著天堂行走來到小混混們的聚點周邊，抓了一個小太妹，笑嘻嘻道：「這位美女妳好啊，我旁邊這人是我弟弟。他上次在城裡看到妳打架的颯爽英姿之後，就一直為妳茶飯不思、夜不能寐……我這個做姐姐的也沒辦法眼睜睜看著自己弟弟一直沉浸於相思之苦，於是就冒昧的帶他來了……」

天堂行走的臉色忽青忽白忽紅……變幻諸多後，終於強擠出一絲笑容，對驚訝的NPC女溫情款款道：「妳好。我知道自己這樣說很是唐突，但是妳知道嗎？自從看到妳的那一刻開始，我就已經忘不掉妳了。每次想起妳，耳邊彷彿就能聽到花開的聲音……」

「嘁……」躲藏在聚點牆外拐角處的九夜，在隊伍頻道輕嗤一聲。

天堂行走頓時僵化，繼而淚流滿面……嘁是什麼意思啊嘁？老子這可是被逼獻身……

前面說過，NPC 也是有完整擬人智慧及情感的；前面也說過，天堂行走是踩落一地殘花敗柳的女性殺手……綜合以上兩點關鍵條件，於是最後小太妹的淪陷也就是十分之理所當然的事情了。

「咦？你們怎麼進來的？我沒聽到外面有打架的聲音啊？」被關押著的零零妖在簡陋牢房裡跳腳，見到雲千千三人如同見了鬼一般的驚訝。「怎麼搞的，難道你們已經墮落到和 NPC 混混同流合汙的地步了？」

雲千千黑線：「最起碼我們不會墮落到被 NPC 混混群毆還被抓起來的地步。」

零零妖彷彿這時才想起自己現在的景況，不好意思的紅了紅臉，「不好意思……不過你們到底是怎麼進來的？」

「喏，有這裡人的家屬帶路。」雲千千笑嘻嘻的一指天堂行走，解釋道：「這裡的 NPC 也屬於城市市民的一員，不是小怪。所以你開始做任務的時候才可以把那混混打到半死，因為這屬於任務……」

這就好比現實中的小混混和殺人犯的區別。情節惡劣程度不一樣，社會身分地位自然也就不一樣。殺了這裡的小混混們是沒有經驗值的，不僅如此，還得倒扣罪惡值。就好像你在現實中也不能把在網咖裡叼著菸、沒事愛打個架的未成年槍斃了一樣……這是不合法的。

零零妖聽完解釋，立刻用一種混合了憐憫和鄙視的複雜眼神盯住天堂行走，「……連這種貨色你也不放過……」

天堂行走何其委屈，獻身的屈辱和不被理解的痛苦終於在零零妖的目光中爆發了，淚流滿面……

158・應聘

零零妖的事根本不算什麼大事，也不過就是打了人家的臉而已。

一般這樣的小劇情，頂多就是把玩家困個幾小時，過後自然會有各種各樣的理由把人放出去……畢竟是遊戲，種種突發事件都不過是用來調劑的而已。

告別熱情不捨的小太妹，領出零零妖，雲千千帶人走離這片小混混的聚集區後，才唉聲嘆氣的看了眼面板時間：「瞧瞧你這害群之馬，浪費這麼多時間。」

「又不是我樂意被關的。」零零妖不高興道：「再說了，這能浪費多少時間啊？一來一去頂多耽誤了你們半小時，連喝茶打屁都不夠。」

「關鍵是這時段剛好是赫托斯那裡的任務發布時間……」

身為一個有身分、有地位的 NPC，赫托斯自然不可能住十來坪的小房子，自己燒飯做菜打掃環境還兼幫老婆洗腳。人家居住的是豪宅不說，一切飲食起居的標準也是完全的貴族級。其他先不說，單是內外灑掃兼擺排場等傭人們加一起都至少有百來人，這還不算上侍衛的人數。

既然設定了赫托斯是一個有劇情任務背景的NPC，那麼想當然的，在他身上自然也就牽扯了無數的線索等玩家發掘。至於如何發掘，就要看各人的本事和行動習慣了。

習慣偷雞摸狗如天堂行走、君子一流的，可以趁夜潛入對方府邸、趴床腳鑽衣櫃，客串一把梁上君子。而實力強大如九夜一流的，也可以嘗試夜闖貴族府，單人匹馬殺他個七進七出，混水摸魚之……而雲千千這樣習慣走拐彎抹角路線的，自然就是做任務。

比如說受赫托斯府裡的某侍衛的老婆所託，給人帶點東西進去；再比如說幫助腿腳不好的送菜員工，給府裡擔菜挑水；再再比如……趁著做這些小任務的空檔，就能短暫獲取入府的資格，從而順手摸出些系統承認的線索或重要道具。

而這樣小打小鬧的成果始終有限，於是雲千千一直在等待著的，就是遊戲時間的凌晨……赫托斯府邸裡每日刷新的招聘任務……

「一小時5金啊……咳，那個，其實呢，我關鍵不是心疼那點錢，主要是機會難得。只要能被聘上，我們就可以在赫托斯家裡隨意進出，到時候想搜出剩餘的線索簡直是輕而易舉。」

「那妳就忍心看我一直被幫小混混抓著？」零零妖也很糾結，聽這話的意思，似乎還是他壞了她的正事？

「其實我挺忍心的，還不是因為你當時哭得太淒慘了嗎？想想一個大男人都混得這麼委屈了，也挺不容易的。」

「屁！」零零妖漲紅了臉。「孫子才哭了！」

「確實沒哭。」九夜點頭作證，認真糾正雲千千，「就嚎了幾聲而已。」

「……」

前面說過，赫托斯在中轉站這裡地位超然，因其身分高貴的關係，儼然在這裡不是領主卻勝似領主。只

要一走進城中心的範圍，很容易就能看到最中心處那高大的院牆。牆內自然就是赫托斯居住的房屋群了，裡面不僅住著赫托斯，還有赫托斯的大老婆、二老婆、三老婆、四……以及謀士甲、乙、丙……手下大將A、C、D……就是不寫B，你能把我怎麼樣？

這裡已經不僅僅是一間住所了，更準確說，它是一座小型戰略基地。包括被派去天空之城搗亂的那個陰謀者，所有在天空之城任務中扮演反派角色的NPC們，都會在不同的時間、不同的場合出現在這幢房子裡，從赫托斯處接受任務，或者是來報告自己任務的進度。

而赫托斯，自然就是最大的那個終極BOSS……

其實很多時候雲千千都在想，如果直接放一把火，把這裡連房子帶人都燒了的話，不知道天空之城任務會不會直接算完成？但是後來又想了想，她覺得以智腦那卑鄙的人品來看，似乎不會讓人那麼輕易過關。都說狡兔三窟，說不定房子一燒了之後，人家換個新據點，到時候自己這只知道一支任務流程的可憐人就傻眼了。更或者，變成遊走BOSS？最怕的是，自己一把火把所有BOSS的仇恨都拉到身上。被人組隊刷滅掉之後，人家房屋一刷新，跟啥事沒有似的照樣該吃吃該喝喝該玩玩，自己卻白掉經驗不說，還得從通道那邊重新過來一次……

鑒於這些有可能惡化的結果，雲千千最後還是謹慎的放棄了縱火的計畫。即便要縱也不能是自己縱，回頭等白天裡公會的其他玩家都上線之後，從中隨便拐一個人來當小白鼠吧。

重新回到赫托斯的府邸前，果然不出所料，府邸門板前擺著的臨時招聘臺已經收回去了，意味著本日招聘已結束，如有意向，明天請早。

雲千千咬牙切齒，忍不住再次譴責零零妖：「看吧，那麼高的時薪……呸，再重複遍，其實我關鍵不是在乎錢……」

「……」零零妖理虧氣短。好說人家剛剛才拉自己出火坑，為這還犧牲了天堂行走的色相。自己這會委屈就委屈了吧，為這點小事就跟救命恩人咆哮似乎有點說不過去。

而就在他默默無言的選擇承受時，旁邊溜達來一個NPC，很驚訝的出聲：「這不是恩人嗎？」

零零妖錯愕的抬頭，正好看見自己從小混混手中幫助過的賣菜大嬸走到自己身邊，驚喜的再開口：「果然是恩人！」說完，她又看了看叉腰不忿的雲千千，再看了看低眉搭眼的零零妖，不解的問道：「你們這是要……」

「轟——」的一聲，零零妖感覺自己出生到現在，二十幾年來的臉彷彿都在這一剎那丟盡了。

一個大男人，一個鐵骨錚錚、大義凜然的七尺男兒，一個剛剛才幫助了無辜市民，在別人眼中正是高大無比的英雄……此時、此地，竟然就在這麼眾目睽睽之中，光天化日之下……當街被個小女孩給教訓？

零零妖想哭啊，他哽咽委屈的看著大嬸，都不知道該做何感想了。

這種時候倒是雲千千還有幾分懂事，知道在外人面前還是得給零零妖這個苦命孩子留點面子，於是暫時放過他。她掉轉頭，上下打量剛走來的大嬸：「您是？」

「啊，妳是零零妖大人的夥伴吧？」大嬸也迅速轉移注意力，高興的拉著雲千千，感激萬分的道謝：「剛才真是謝謝零零妖大人了，要不是他，我的菜錢就要被那幫壞孩子們搶走了。」

「沒什麼的，他吃的就是這碗黑吃黑的飯，最擅長幹打劫小混混的事情了。」雲千千謙虛笑道。

大嬸沒聽到似的再轉頭，疑惑道：「零零妖大人，您為什麼會在赫托斯大人的府邸前面？」

「……我們本來是想應聘的，可是沒趕上時間。」

「是這樣嗎？」大嬸沉吟良久後道：「我和我女婿、女兒都是今天應聘上的人之一，如果你們真的需要這份工作的話，我們就把牌子讓給你們吧。」

「啊，果然好人有好報……」雲千千感動，雙手握拳放在胸前，看著大嬸，一雙眼睛亮晶晶。「那麼關於應聘時繳納的手續金……」

「……才30個銅錢而已，如果恩人不方便的話，就不用還我們了。」

「……」零零妖又一次淚奔，再度感覺到了比剛才更甚的恥辱——30個銅錢，30個銅錢……自己的臉面，就被這區區30個銅錢砸到地上去了？

赫托斯府裡的人倒是無所謂，他們認牌不認人，反正都是從外面臨時聘請來的幫工，誰會注意那麼多啊。

唯一的小插曲，就是在接過雲千千三人遞過去的牌子並核對身分時，負責守衛的士兵甲遲疑了一下。「如果我沒看錯的話，這應該是二女一男，可是你們……」

雲千千、九夜、零零妖……這不管怎麼看都是二男一女，和牌子上的資訊剛好相反。

雲千千摳臉想了想，「可能是負責登記的人記錯了？」

「是嗎？」守衛士兵甲繼續疑惑，「可是你們負責的位置是廚房，兩個男人應付得來嗎？」

「沒問題，男女平等好幾百年了，現在男人做飯繡花的高手多的是，請不要這麼性別歧視。」

「……不，我這不是性別歧視，只是……」守衛士兵甲還想說些什麼，旁邊的士兵乙已經探了個頭過來。

「囉嗦那麼多幹什麼？再不放他們進去的話，赫托斯大人的早餐就要趕不及了。」

合著你們家連個固定的廚子都沒有？雲千千眼觀鼻，鼻觀心，一聲不吭的在心裡腹誹。

守衛士兵甲沉吟良久，想想性別也確實不算什麼大事，於是終於無奈點頭，「好吧。」說完舉起個章，如同衛生局給合格豬肉蓋章一樣，在三人手上各蓋了個章。「從現在開始，這一整天之內，你們就是赫托斯大人家裡的廚師了。請馬上進去，準備早餐吧。」

「做過飯沒有？」

「沒……」

「……」鄙視加蔑視的眼神。

「靠！妳身為個女人不會做飯居然還好意思在這裡鄙視我這個男人？」零零妖抓狂。他不會做飯是多麼天經地義、理所當然的事情啊。這內務本來就是女孩子該幹的活。再說了，警察嘛，平常工作就挺忙的了，哪還有那些個時間去研究鍋鍋鏟鏟？不信你隨便揪個……

「我會。」網警九夜同學淡定的打斷旁邊一對男女的忿然對視。

「哦？真會？」別是只會泡麵和蛋炒飯吧？雲千千注意力轉移，目光很感興趣的跳到九夜身上。「至今沒出現過吃死人的事件吧？」

「……應該還過得去。朋友聚餐都是讓我掌廚，據說味道很不錯。」九夜實事求是，提出協力廠商的客觀評價為雲千千做評判標準。

不是嗎？

「哦……」雲千千再轉頭，更加咄咄逼人的鄙視加蔑視零零妖。

「咳，每個人都總會有一、兩項特長嘛……」零零妖很尷尬。同理，每個人也都會有一、兩項弱處，

到了赫托斯府邸中後，三人的第一個任務就是做早餐。當然不可能是讓三隻菜鳥一上手就做給赫托斯老大吃，但是好說也是一項系統認證過的任務，不完成會被判斷無工作能力而被攆出去。

三人是打定主意要潛入府邸偷情報的人，怎麼可以這麼輕易被攆出去？所以這頓飯不僅要做，還要把它做好。就算不能做好，最起碼也要做到不會毒死NPC吧。

本來在得知零零妖的無能之後，雲千千還判斷這會是項艱難的任務，沒想到最出人意料的九哥居然有手不錯的廚藝；而且因為此人長期迷路的關係，以致遊戲中的廚師技能也在長期的野外自給料理中得到了長足的進步……

於是，九夜就這麼圍上愛心肚兜……圍兜……呸，圍裙，大馬金刀的站到了灶臺前開始做飯。

而雲千千和零零妖兩個沒用的東西，則是自覺的縮到一邊當布景，順便商量一會送飯的時候該先去哪裡順手牽羊。

「還有哪裡可以找到線索情報？我們現在先把路線圖畫出來，一會也可以節省些時間。」

雲千千刷出張自製的赫托斯府地形草圖，憑藉腦海中已經有些模糊的印象努力回溯。「唔……大概是書房、後院的假山石、二老婆的院牆和……」她邊說邊在草圖上勾勒出一個個記號。「這些地方可以找到些痕跡和遺落道具。等線索的搜索進度到達百分百後，我們就可以到偽神族使者那裡報告，順便領取下一步任務環節。」

「……蜜桃。」零零妖死死的皺眉，「其實我一直想知道，妳怎麼知道這麼多事情的？」

「……」雲千千抬頭，怔怔的看零零妖半分鐘。「你很想不通？」

「嗯。」其實也不是很想不通啦，情報可以用買的、問的、猜的……他真正想知道的是，眼前女孩願不願意把自己的路子告訴他。畢竟大家好說也是朋友了嘛，朋友就該兩肋插刀、朋友就該肝膽相照、朋友就……

「那就繼續想啊，關我屁事？」朋友就該想啥說啥……

「……」

花了差不多三、四小時的時間，等把九哥親手做出來的愛心早餐送至赫托斯府每一個角落之後，一行三人也順利找齊了線索。雲千千抽空告了個假，去偽神族使者那裡把任務一交，領到下一環任務，從赫托斯府邸中找出那個去天空之城散布挑撥言論的罪魁禍首。

這回的任務就有了難度，罪魁禍首是滿府邸隨機遊走的，而且精於隱身技能，屬於盜賊類職業的變種。雲千千目前唯一有的便利條件，就是她的模糊記憶中剛好有此人的姓名背景等資料。如果實在找不出來的話，也只有等燃燒尾狐上線，試著卜算一下了。

而雲千千在赫托斯府裡忙著的時候，剛開始因為傭人名額關係而被拋棄在外的天堂行走，則是不甘寂寞的易容面具一刷，變了個侍衛的家屬也跟著混了進去。

「侍衛 007 現在正在巡邏，你可以隨意在後院走動，一會他下班了我再幫你把人叫來。」把天堂行走領進府的某僕從 NPC 客氣的說道。

天堂行走忙擺出感激狀：「太謝謝您了，請問尊姓大名？」

「兄弟怎麼那麼快就忘了我了？」僕從 NPC 呵呵一笑：「前幾天我不是還去你們家和你哥喝酒了嗎？我是僕從 001 啊。」

「……」天堂行走嘴角僵硬抽搐。「啊，原來是 001 大哥，我一時糊塗……」馬的，智腦取名也太能省事了吧？

僕從 001 離開，天堂行走開始滿院亂竄。現在這個時段在遊戲上的人本來就不多，再加上他又正身處中轉站地圖，更是無法與其他玩家有什麼太多的接觸；更可惡的是，那個爛水果居然利用完他的美色就把他甩了，自己帶著另外兩人進府找線索，居然也不帶他玩……

天堂行走分外憂鬱、分外孤單，只好自己找點樂子了。

逛著逛著，前方假山石洞裡一抹黑影一閃而過。要是換作其他人的話，這麼一點動靜根本就很難發現。可是天堂行走是誰啊？這是個職業的騙子，專科發展的壞蛋。偷雞摸狗的屬性是天生的，陰暗裡別說過去一個人影，就是竄過去一隻老鼠，他也能發現得了。

看著剛才那黑影熟悉的鬼祟感，天堂行走感覺分外親切，熱情歡快的就跑了過去，身子往石洞裡一鑽，果然看到一個還沒來得及走掉、滿臉驚愕的男性 NPC。

「嘿，大哥，在這裡幹什麼呢？」天堂行走自來熟的哈哈一笑，走進去狠狠的拍人肩一下，差點把人砸得一踉蹌。

「我……」NPC 有些當機。一是沒想到自己會被發現，二是沒想到發現自己的這人會這麼熱情……這人到底是哪根蔥啊？

「看你似乎挺閒的，要不咱們兄弟倆聊一會？」天堂行走上下打量 NPC 一番，摸摸下巴，嘖嘖道：「你這夜行衣有點老舊了，是不是手頭上不便啊？說實話，幹我們這行的各項配備更要精良，別以為區區一個夜行衣就可以不在乎好壞了。夜行衣過鬆會有多餘的布料摩擦聲，過緊又妨礙行動；還有料子也是，得考慮耐磨性，還得不沾灰不反光不……這可是考驗專業素質的時候……」

「你……」這傢伙到底什麼來頭？這專業素質似乎有點不大對勁啊！NPC 深深的感覺到了惶惑。在這熟悉的府邸裡遇到這麼一個不熟悉的人，尤其這人還揪著自己不放，而且談興不錯的樣子……這一切的一切都

讓NPC感覺分外不安，彷彿一個不小心就會做錯些什麼一樣。

定了定心神，NPC眼珠子一轉，終於開口：「這位朋友，我是阿格夫，請問您是？……」如果是赫托斯大人的手下，那大家應該有打過交道，最起碼也應該知道些彼此的名字吧。自己還有正事要忙，可是沒那麼多閒工夫陪人瞎攪和。

「呃……」天堂行走刷出個人面板，看了眼自己現在正扮演的NPC名字，這才抬頭拱手客套道：「兄臺請了，我是侍衛家屬007。」

「噗——」NPC阿格夫吐口血：「你是基層原住民？」頓了頓，看見天堂行走點頭，阿格夫再以更生氣的口吻指責：「懂不懂規矩啊你？我們每天都有任務，很忙的，不比你們賣賣菜、做做工就能過日子好不好！」

「咦？你們那麼忙嗎？」天堂行走對對方的態度絲毫不以為忤，依舊很感興趣的湊上去。

「那當然。」阿格夫很自豪的一挺胸脯，「升職之後，我們就要各自負責擔負起大陸上某些事件的發展走向。選擇各自的陣營，完成各自的工作，從中獲得獎勵、薪水和……呃，難道你在原住民學院中都沒有學過這些？不是只有野外那些沒有智慧、只負責戰鬥的刷新型原住民才會不上學嗎？」

「誒？」天堂行走聽著那叫一新鮮。頭一次近距離接觸NPC世界啊，沒想到還有這些名堂，早知道以前扮NPC的時候就多和這些人交流一下了。

「謔，我知道了。」阿格夫逕自思索了一會，突然恍然大悟：「你這小子肯定是那種愛蹺課的學生！馬的，這樣居然都被你混到畢業了，這叫老子情何以堪……」

「呃……」

天堂行走接觸到另外一個世界，突然發現自己越來越接不上話了，眼前的話題讓他有些反應不能。

阿格夫感慨一會後，搖搖頭，嘆口氣：「算了，同人不同命。好說我現在混得也比你層級高……如果沒事我就先走了啊。」

「你去哪裡？」這句話總算是天堂行走能理解的了，連忙接話問了句。

「嗯……似乎我現在是要躲人來著，天空之城的人派了冒險者來搜我呢。」阿格夫揮手：「有空再聊吧，兄弟。」

「嗯！拜拜了！」天堂行走也揮手，向自己認識的第一個NPC兄弟告別……

160．情報堂

江山如此多嬌，何不使勁風騷……

在經歷長達兩小時的搜索無果之後，眼見天色將明，雲千千終於無奈宣告放棄自行找出陰謀NPC的念頭，乖乖等待著燃燒尾狐重新上線。

而在這段時間裡，同樣沒下線的無常卻是在做起了另外一番的準備。

「你們公會想要找能通往天空之城的傳送陣？」眼熟的圖書館裡，眼熟的館長大爺仍舊在翻著面前一本眼熟的《創世紀百科大全》，頭都沒抬起來一下，淡淡的開口問道。

無常被一葉知秋暗中捅了一下，無奈的推了推眼鏡，出來代言：「是的，聽說你什麼都知道？」

不知道還有沒有人記得，雲千千在被一葉知秋僱傭去幫忙駐地任務時販賣的情報？上知天文、下知地理、博覽群書、學富五車……的那位館長NPC，就正是無常和一葉知秋這一次行動計畫中最重要的一環。

既然這位能夠知道遊戲中幾乎所有的事情，那麼「區區」一個通往天空之城的傳送陣情報，想來應該是不在話下的吧……無常和一葉知秋把希望都放在了這位館長身上。如果對方不鬆口的話，那後面的事情可就不好辦了。

圖書館館長終於把注意力分了一絲出來，他平靜的看向無常。「雖然這屬於可以洩露的情報範圍，但以你們現在的付出來說，好像還不足以換得這麼重要的資訊啊。」

「……我們幫你把上下三層的書籍都分門別類整理了一遍，還從裡到外把整座圖書館都修葺打掃了一番，最後還出資『自願』捐助補齊了本館中沒有收藏進來的部分藏書……難道你的意思是說，我們這麼多貢獻度還不足以換來一個傳送陣的情報？」無常詫異中更微帶了些不滿，感覺對方似乎有在敲自己竹槓的嫌疑。而這種感覺令人很不舒服，因為很容易讓他聯想起某顆卑劣的水果。

一葉知秋咬了咬牙，身為一會之長，他終於也忍不住搶過話頭：「老……」老頭？老先生？老人家？最開始進來的時候，他們連招呼都沒打就被安排去做雜役了，對話是十分簡練的「來了？」、「來了。」、「去打掃XX。」、「嗯。」……搞得跟地下黨接頭對暗號似的。後來才知道，每個進圖書館的玩家都會被這麼使喚，算是主動式任務觸發。做完事後，統一每人發放1枚銀幣，有消息要問的話得主動開口，不知道可以在這裡問情報的人，最後都是被1銀幣打發走了……

正因為如此，所以就導致了一葉知秋一直沒深入思考過在面對對方時應該要用個什麼樣的稱謂，到現在冷不防的想插話，突然就尷尬了。

還好圖書館館長沒打算和他計較，知道叫的是自己，也就抬眼掃了他一眼，「有什麼問題？」

一葉知秋如獲大赦，連忙跳過令人頭大的稱呼問題，直接步入正題表態：「我是想說，您如果還有什麼需要的話可以儘管吩咐，只要您願意指點我們如何打開通往天空之城的傳送陣就好了。」

圖書館館長看了眼一葉知秋，冷笑：「據我所知，似乎你還欠那個叫蜜桃多多的冒險者不少錢吧？……現在的你，還有能力去完成我提出的打掃圖書館以外的其他條件嗎？」

「這……」

如果回答有能力完成，那表示自己偷動手腳，有錢不還；如果回答沒能力完成，那表示自己剛才只是信口開河，有欺騙純潔善良的圖書館館長之嫌……一葉知秋淚流滿面，發現自己竟然到現在都脫離不了那顆黑心爛水果帶給自己的巨大陰霾。

無常似乎也有些小驚訝，推推眼鏡，轉頭問一葉知秋：「你還沒還完錢？」

「……大哥，那可不是一筆小數目啊！」一葉知秋淚奔，心中無限委屈。

眼看一葉知秋被圖書館館長一句話秒殺，HP歸零再無戰鬥能力，無常也只好孤身繼續掙扎，他無奈再轉頭回圖書館館長方向。「你有什麼條件，說說看吧。」

圖書館館長沉吟片刻後，合上手中書本，慎重道：「我也想把圖書館開到天空之城去……如果你能給我提供一個合適的分館館長人選的話，我就可以幫你打開天空之城的傳送陣。」

「分館館長？」無常皺眉。

「是。」圖書館館長點頭，「我會親自考核，他必須擁有令我滿意的情報力。」

「這……」不知為什麼，這一剎那間，無常眼前浮現的竟然是混沌粉絲湯那肥肥胖胖的身影……那人似乎是水果那邊的，應該不會來幫自己完成任務……吧？

「為什麼不幫？」

雲千千抓著通訊器，一臉詫異。

「胖子，你腦子進水了吧？這可是天大的好事來著，你的天機堂如果能隱藏在圖書館分館裡，那可是別人求都求不來的情報據點。」

陣營中有三大基礎陣營，光、暗、中立。其中，中立陣營裡包括一個影陣營，是專門負責提供情報的組織；而其接受加入陣營的途徑，就是向各城圖書館申請。在創世紀遊戲後期的玩家們都知道，各大城市中的圖書館也就等同於情報堂。做任務可以換得的系統情報，花錢可以買到的玩家情報……這些都是情報堂提供的服務。

混沌胖子如果真能被挑上成為圖書館分館館長的話，也就意味著他擁有的情報堂是經過系統認證了，可以掛靠在官方系統下進行營業的合法組織，甚至還能透過系統發布少量任務……這可跟申請營業執照是兩碼事。這就像國有企業和私人商戶的區別一樣，雖然都合法，但前者肯定有更多的政策優惠和照顧，想做什麼都是一路大開綠燈，不用像小老闆們那樣，累得跟死狗一樣的到處陪笑臉蓋章……

就像公會的會長們都想爭取主城作為公會駐地一樣，各情報堂老闆們的終極目標，也無不是各大城中的圖書館……這簡直就是情報販子們的終極理想啊！而眼下這不懂事的胖子居然想要放棄？

這怎麼可以！雲千千堅決的不允許對方放過這麼條財路，於是苦口婆心的耐心勸誘。

「……妳和落盡繁華雖說不是敵對，但似乎也不怎麼融洽吧？」通訊器另外一頭的混沌粉絲湯遲疑了一會才道：「我也知道那分館館長的職位應該有不少便利，但問題是，如果我真就這麼接受了的話，欠下這人情以後可就不好還了。」

「欠人情？」雲千千吐血：「大哥，要欠也是他們欠，你欠誰了？」

「他、他們欠？」混沌粉絲湯有些當機了。

「是啊，這是圖書館館長要招分館館長，也就相當於他的公司對外招聘。現在無常只不過是先知道了這個招聘資訊，然後就選中了最合適的你，想讓你去應聘，好讓他賺上一筆仲介費而已……這樣難道不是應該他欠你嗎？」雲千千循循善誘：「你看，就算你跳過無常，直接去圖書館館長那裡應聘，以你的情報力，對方也不會讓你不通過吧？而你為了無常的請求，大大方方的願意順便讓他撈一把，這樣的行為是多麼崇高而偉大啊！」

「……」混沌粉絲湯艱難的整理資訊中，同時也正在經歷著是非觀的大顛覆……被雲千千以全新的角度

重新闡述之後，他突然發現真的應該是無常欠自己才對。要不是自己風騷的才華，對方哪能再找到一個符合要求的人去交給館長完成任務？

「所以胖子，聽我的沒錯。為了自己的才華不被埋沒，為了更好的發展情報業，為了更多的錢錢……嗯，同時也為了正在為難的無常小朋友……」雲千千豪情萬丈，慷慨激昂：「你就去接受他的邀請吧。等應聘成功之後，我在天空之城最豪華的酒樓裡，等著給你擺席慶賀！」

「這個……不大好吧？」混沌粉絲湯羞澀靦腆，心中殘存的最後一絲良知還在掙扎著。瞧人家說得多麼救苦救難啊，可是真的可以無視無常嗎？這樣不大好吧？

「管你。」好友提示燃燒尾狐上線，無聊的雲千千精神一振，沒興趣繼續和混沌粉絲湯囉嗦了：「反正我的建議已經給你了，愛去不去也不關我的事。回頭你要是失去了這個機會，以後再想哭，可就別來找我了啊！」

說完，雲千千連再見都沒有一聲就切斷了通訊，火速開公會頻道狂吼道：「狐狸狐狸！等你半天了！」

「什麼事？」燃燒尾狐沒想到自己這麼受歡迎，疑惑中帶著高興問道。

「幫我算算一個叫阿格夫的禽獸在哪？」

「咦？阿格夫？」燃燒尾狐的聲音沒出來，天堂行走已強勢插入，呵呵笑著八卦：「剛才我在赫托斯府後院的假山石洞裡遇見過耶……妳找我那兄弟做啥？」

「兄……」兄你老母！雲千千倒吸一口涼氣，十分想罵人。

161．幕後黑手

雲千千瞬間就不想搭理天堂行走了。這死騙子不主動幫忙幹活不說，居然還往自己這裡找麻煩。不過不管怎樣，任務還得繼續做，阿格夫還得接著找。燃燒尾狐向大家報告了一個最壞的答案，阿格夫屬於任務中目標，所以他沒有許可權卜算。

「靠！你混了那麼久，怎麼還是連這點東西都算不出來？」雲千千生氣的批評燃燒尾狐，後者大汗。

「大姐，妳講點道理好不好？平常我要刷這技能都是一陣子一陣子的，用的時候根本不多啊！」再而且，這種冷門技能升級所需要的熟練度，本來就不是那些地攤貨可以比擬的。越是到後面，升高級所需要的經驗也就越令人咋舌。那可不是簡簡單單卯足勁閉關，狂刷個一、兩星期就能解決的問題，那是足以讓人刷到手抽筋內出血的天文數字。

「現在不是說這些的時候，關鍵是後面該怎麼辦？」天堂行走得知和自己有過一面之緣的 NPC 兄弟竟然就是任務目標之後，也頗有些不好意思，連忙做出將功補過的姿態來。

還能怎麼辦……雲千千嘆息搖頭，也無奈了。現在並沒有其他線索，唯一可行的辦法還是只有繼續地毯式搜索。就跟單機遊戲掃地圖一樣，憑毅力不厭其煩的耗著唄……

最氣人的是，搜索還是只有她和九夜、零零妖能出力，其他人都沒有在赫托斯府隨意走動的許可權，自己現在想偷懶都找不到冤大頭……

正在這時，突然一隊侍衛跑過來，其中領頭那人掃視停留在廚房裡的雲千千三人一眼，「今天的午餐誰做的？」

「……」雲千千和零零妖一起轉頭看九夜。

九夜平靜抬頭，一言不發。

「帶走！」領頭侍衛很風騷的一打響指，後面NPC侍衛們立刻跑出來把人五花大綁。

九夜一忍再忍，終於在雲千千的哀求目光下忍住了沒有動手。

雲千千一看，知道今天這飯似乎出問題了，就是不知道屬於任務分支還是他人陷害？於是她笑嘻嘻上前，刷出一錢袋，悄悄遞到領頭侍衛手裡，「大哥，你們辛苦了，不知道你們抓人這是？」

領頭侍衛掂了掂手裡錢袋的分量，也不看，直接揣懷裡。他滿意一笑，拍拍雲千千肩膀，「小妞，很懂事嘛。」

「那是那是。」雲千千強忍罵娘的衝動，陪著笑繼續探聽情報：「這人是赫托斯……大人吩咐抓的？」

「是啊。這小子今天早上做得不錯，大人抬舉，特意讓他中午連自己的分也做了。」領頭侍衛嘆氣說道：「沒想到他自己不爭氣，大人一見到送上去的午餐就吩咐我們來抓人了……也許是因為味道做得不好？」

「不應該啊……大哥，我們三個是一起進來的，可不可以跟去看看情況？」

「這個……」

「你就說我們三個都是一起被抓去的就好了，幫幫忙嘛。」雲千千再刷出一錢袋塞過去。

領頭侍衛深鎖的愁眉瞬間鬆開，邊悄悄收起錢袋邊眉花眼笑的應了下來。「小事啊。沒問題，就按妳說

的。」他一招手，再來兩人把雲千千和零零妖綁好，一併押走。

在旁邊目睹一切事件經過的零零妖悄悄傳消息：「厲害啊桃子，想不到妳這麼仗義。同甘共苦不說，還自掏腰包出錢……」

「沒事，反正得去看看是怎麼回事。再說就兩袋鵝卵石，值當什麼啊？」雲千千滿不在乎。

「……什麼鵝卵石？」

「那袋子裡的東西啊！」雲千千呵呵一笑，如世外高人般淡定無波。「你該不會天真到以為我會真掏錢給那NPC吧？」

「……」他真以為了……

赫托斯端端正正的坐在正廳裡，地上很有氣勢的丟了一盤菜，明顯表露出了大爺他的不滿。

雲千千一進去，第一眼看到這情景就是皺眉。

九夜倒是很淡定，往地上瞥了一眼，連眉毛都沒多動一下，彷彿那被倒了菜、拂了面子的人不是他一樣。

不過這也沒什麼奇怪的，想讓一個天然屬性的人突然情緒激動如狗血……對不起，如熱血青年一般，那樣的事情也太不現實了吧？

所以說，沒反應才是九哥現在最正常的反應……反正老子就是負責做菜的，你是負責吃菜的。老子做了，你愛吃不吃，關老子屁事啊？

雲千千點頭哈腰做狗腿狀，「赫托斯大人您好，不知您對這菜到底有哪裡不滿意？」九哥的手藝剛才她和小妖都嘗過了，那是絕對的大師級水準。要說這赫托斯不滿意的話，肯定不可能是菜餚本身的問題，料想只有找碴一個可能性了。

「……」赫托斯的小眼睛刷一眼過來，冷哼了聲：「這肉塊聞著就不新鮮。負責採買的人中飽私囊？你們用瘦肉精做的？」

「這不可能！」雲千千義正詞嚴：「無論哪個鍊金師都不可能閒得無聊，去弄瘦肉精出來。有那工夫，做點別的什麼早賣發了。」

「那妳解釋解釋這肉是怎麼回事？」赫托斯再冷哼一聲，順手一指地上已被打翻的菜盤。

「這個……」雲千千瞬間也為難了。這要怎麼解釋？自己根本就不知道發生了什麼事啊。要說菜沒打翻的話，自己倒是能嚐一嚐或者仔細辨認一下有什麼不對，可是現在人家都弄到地上了……趴到地上會不會有損自己的美女形象？

雲千千深深的惆悵著，哀怨的看了赫托斯一眼，再看九夜一眼，她終於決定還是要相信自己的夥伴。無論如何，先推卸責任肯定沒錯。

「咳，其實您可能有所誤會。我能向您保證，九哥的廚藝絕對是沒得說的，而肉塊本身也沒什麼問題。如果說您吃著不對，可能只是口味不同的關係……」雲千千清了清嗓子，開始侃侃而談：「雖然它的味道可能不大令您滿意，但是這菜餚畢竟是經過精心烹製的，絕對安全綠色無毒無汙染，是純粹天然的有機食物，保障了口味的同時還兼顧食客的健康……」

雲千千滔滔不絕又滔滔不絕中。

一隻明顯是府邸內某女眷飼養的可愛小狗狗蹦蹦噠噠的跑進來，探頭探腦看了一圈，最後發現地板上的食物。

儘管是貴族世家中嬌生慣養出來的狗狗，但是人家顯然並沒有被慣出什麼挑食的臭毛病，依舊保持了親切謙虛的品格。在發現那個賣相並不怎麼好看，連赫托斯大人都親自表示了嫌棄的肉塊之後，這隻可愛的狗狗卻依舊伸長舌頭在肉塊上歡快的舔了一口……

接著不到半分鐘的時間裡，就見那狗狗在眾目睽睽之下口角溢出了白沫，以肉眼可見的速度飛快由活蹦

亂跳變得萎靡虛弱，頭上甚至掛起了一個綠色骷髏頭的中毒標誌，還升起了持續減血符號……可憐的狗狗「嗚嗚」掙扎著，一步三晃的踉蹌離去，好像急症病發的人艱難出門上醫院般，狗身甚至還顫抖著，搖搖欲墜的讓人看了就有種無限淒涼和悲憫的感覺。

「……」府邸內一片安靜，所有視線齊刷刷轉向雲千千。

雲千千也沉默片刻，繼而大怒：「這誰養的狗那麼不懂規矩？我們在這討論正經事的時候，哪是其他閒雜狗等可以隨意進出的？」

赫托斯氣笑了：「這是重點嗎？」

雲千千也知道事情鬧大了，忙乾咳一聲補救：「大人，我們也沒有下毒的動機啊！這裡面絕對有什麼誤會！」香蕉的，是哪個孫子在陷害自己？

九夜的手藝絕對是沒問題的，食物在烹製前看起來似乎也沒問題，那麼最大的可能是送菜經手時被誰做了手腳……是任務分支，還是有人故意陷害？雲千千仍舊糾結於這兩個選項，前世對此事記憶為零的大腦存檔中，根本沒有任何可供參考的應對經驗。

「誤會？」赫托斯很生氣：「我這麼高身分的人差點被你們毒死，你們一句誤會就算了？」自己好說也是個大BOSS，掌管一個系統性任務，握有手下數名……這要是今天真吃錯點什麼東西被暗算到了，回頭傳出去，他在原住民中還怎麼混？尤其是年度考評上，自己得被扣上多少分啊？果真如此的話，沒準等到明年，自己就要被發配到哪個深山老林去擔任專門被玩家刷的可憐BOSS了……

越想越氣憤，越想越害怕。這真是屎可忍尿不可忍。赫托斯憤而一拍背椅扶手：「來人啊！把這三個人都給我押下去！」

「押到哪裡？」還是剛才把三人押送來的那個領頭侍衛站了出來，小心確認道：「我們府邸裡沒有暗牢這種地方，要不乾脆直接殺了吧？還可以順便省下牢飯錢。」

「好你個過河拆橋！」雲千千也氣樂了。這人前腳剛拿了自己好處，後腳半句好話都不幫著講……還好自己只給了鵝卵石，真是有先見之明。

呸！這個不要臉的。雲千千深深的鄙視著。

162・傳送陣

遊戲裡的中午和現實裡的中午稍微有些時差，不過到了這個時候，陸續已經有一些不放心的公會成員登入遊戲了。

雲千千三人被押解送往審判院接受審判行刑的時候，在街道兩邊圍觀的就有不少熟面孔。

「喂，那妞看起來是不是挺像蜜桃多多的？」

「廢話，旁邊那個也像九夜呢。」

「可是現在這是什麼劇情？」

「感覺像遊街……這是怎麼說的，難道他們做了啥傷風敗俗的事情要被拉去浸豬籠？」

「要不要去救啊？」

「別，萬一打斷劇情導致任務失敗了怎麼辦？沒看人家都沒發話嗎？我們還是先靜觀其變……」

「嗯，言之有理。」

「……」被系統暫時性封鎖了通訊器和各頻道的雲千千眼看街道兩旁不遠處討論得正起勁的那幾個人，

默默無語，明媚的憂傷著——有理你老母……

九夜幾次把視線轉過來；被身後的士兵押送前進的同時，這人總是不耐煩的掙了幾下，想想再停下來。他轉過頭，一臉茫然兼探詢般的看雲千千一眼，看似想暴走卻又顧忌雲千千會有其他意見。

被封鎖禁言對雲千千來說簡直就是絕地禁咒啊！不能求救、不能指示，甚至連最擅長的糊弄技能都被封印了，她現在後悔得要死。更沒想到的是，在府邸中時，那個赫托斯居然真的接受了領頭侍衛的建議，直接要處決他們三人。

再走幾步，燃燒尾狐舉著霜淇淋從人潮中穿過。他看見被押送的雲千千三人，震驚了下，繼而揮手，問道：「喂，幹嘛呢你們？要去什麼好地方？」

「……」你覺得這副模樣會像是要去什麼好地方？

「怎麼不說話？不會是跟我還要保密吧？」舉起霜淇淋，不滿的舔一口，再舔一口，燃燒尾狐的表情很生氣。

「……」她倒是想說，問題也得這鐐銬先打開，禁言先取消啊！

「真是，再不說我走了啊！」

「……」

「我真走了哦！」燃燒尾狐加重口氣威脅。

雲千千淚流滿面。這淳樸的少年被她從密林帶出之後也調教那麼久了，居然還會在這麼關鍵的時候缺心眼？

眼下這情況，想指望這些智商不高的傢伙已經是不可能了，他們根本無法領會自己渴求自由的心情。或者說，這些人根本沒想到她會被禁言，所以對於花樣百出的蜜桃多多為什麼會乖乖束手就擒這件事，也就感到了一絲猶豫。

在和雲千千相處的時候，更多人秉承的是不求有功，但求無過的態度。所以既然人家她沒開口，這些傢伙也就樂得少管一件閒事。

現在唯一能指望的也就天堂行走了。這死騙子最擅長察言觀色，也唯有他能看出自己三人此刻的尷尬景況，繼而想辦法或通知其他人來劫法場……

雲千千這邊還沒想完，就聽到公會頻道裡天堂行走的聲音響起。

「蜜桃，我去找阿格夫了。妳放心啊，這回再看到他的話，我一定通知妳。」

「……」淚水止不住的流。

「蜜桃？還生氣呢？怎麼不說話？」

公會頻道裡，在現場觀看雲千千三人被押送情景的熱心成員們幫忙解釋：「蜜桃多多在做任務呢。」

「對、對，劇情進行中，估計怕分心沒開頻道，先別打擾她了。」

「樓上有閒的兄弟們可以來座標XXX、YYY圍觀現場……」

一番七嘴八舌後，得知了雲千千之所以沒有回音的「真相」的天堂行走放心鬆口氣：「還好，我還以為她為剛才的事生氣了……你們去看熱鬧吧，我還得找個NPC，就不去了……」

隱約中，雲千千彷彿聽到了自己心碎的聲音……

半小時後，西華城中——

「要重新過通道了。」雲千千面無表情的宣布了殘酷的事實。

九夜皺眉，「剛才為什麼不讓我反抗？」

「大哥，我倒是希望你反抗……可那時候不是被禁言了嗎？」

「被禁言？」九夜驚詫。

雲千千比他還驚詫。「難道你沒發現？」

「咳，估計是九夜平時說話就少的關係，所以沒發現……」零零妖乾咳兩聲，顯得很無奈。「因為他根本就沒想說話，所以自然也沒發現已經不能說話的事情。」

水果樂園公會裡現在已經鬧翻了天。那幫倒楣的混帳們剛才一路尾隨，興致勃勃的一邊討論著雲千千到底是遇到了什麼劇情、計畫要有什麼行動之類的話題，一邊跟著雲千千三人進了審判院。

審判開始前，他們在熱情討論；審判進行時，他們還在熱情討論；審判完後，雲千千三人被押往刑場，這幫缺心眼的傢伙依然在討論，隱約還帶有些激情高漲的興奮狀態。

直到行刑開始，終於有白痴在雲千千鍥而不捨的瞪視下發現了不對勁。可惜還沒等他幡然醒悟，並把這個發現告訴其他同伴們，雲千千三人就已經被毫無疑問的秒殺……於是繼鋪墊、發展、推進之後，高潮果然如眾人們預期般的來了，只不過有些出人意料，讓這幫人個個都激動得全身顫抖不已——馬的，能打開天空之城大門的人和知道任務的人都死了，接下來還怎麼玩？

「當初進去的時候是有三百人出力刷通道，現在再想闖進去可就難找人了。」雲千千分外憂鬱，一想到後面的路程之艱難就忍不住想長嘆一聲……不知道她要求那三百人全部死回來，陪自己再闖一次，會不會有些不大現實？

零零妖想了想，問道：「我記得前面不是死過一部分人嗎？把這些人都召集起來，一起再過一次？」

「人家死回來之後，想繼續任務的早就組起隊伍、當時就出發了。那些沒出發的估計都是覺得任務無望，現在肯定在其他地方玩。」雲千千刷開公會頻道看了看。「要是只是刷怪的人倒好辦，怕就怕有部分人去了其他地圖，正在解其他任務，或者乾脆就進了副本……」

「這麼說，我們必須得自己重闖一次了？」

「……等等，似乎還有其他辦法……」

混沌粉絲湯正在準備圖書館分館長的面試事宜，他下定決心去參加館長大爺的考核。

本來這胖子不願意參加分館長考核，是不願意欠無常人情。可是經過雲千千的概念灌輸後他才明白，對方說白了其實只是獵人頭而已，自己的才華才是決定他是否能中選通過考核的真正關鍵……如果他不能過，無常也會去找其他人，所以自己完全不用在意是否虧欠了誰的人情。

放下心理負擔，輕裝上陣的混沌粉絲湯，為了獲得這個情報組織認可的正式職位，很是下了一番苦工，決定無論如何也要給自己掙出一個前程來。哪怕單是為了那水果承諾的擺在天空之城的接風宴呢！要知道，讓那女孩肯出血的機會可是不多，難得可以遇到她腦筋一熱的機會。

可是還沒等他摩拳擦掌呢，通訊器就在腰上尖叫了，接起來只聽對面那邊說了一句話，混沌粉絲湯就差點沒當場噴出來。

那邊是這麼說的：「死胖子，我蜜桃又回來了！」

「……」

新一期的創世時報不到十分鐘就賣遍了創世紀中知名的各大小城市，其中頭版頭條就是雲千千被掛回到大地圖的消息。

天空之城的任務是多麼受到萬眾矚目啊！

受此影響，雲千千的一舉一動，以及任務的任何一點進展，又是多麼的被大眾所關切啊！

而現在，任務領取人，那個無惡不作的蜜桃多多，居然被中轉地圖中的NPC貴族送審判刑，直接掛掉了？

一時間，整個創世紀的玩家們都糾結了。他們不知道是該失望於無法看到這個期待已久的任務的下一步進展，還是該歡呼慶祝惡人終有惡報，總算是有 NPC 幫他們出了一口鳥氣？

混沌粉絲湯靜靜的拿著報紙反反覆覆翻閱了三遍，沒放過任何一個角落。哪怕是已經再三確認，哪怕是雲千千已經坐到他面前胡吃海塞，他也依舊無法相信這女孩在任務中被掛的事實。

「死刑？」混沌粉絲湯鎮定了下情緒，放下報紙，想了想又補充道：「妳說是因為有人在赫托斯的飯裡下毒？」

「嗯！」雲千千抓根雞腿激動的揮舞。「肯定是有哪個雜碎嫉妒姐姐的美貌與智慧，所以才出這麼下流的手段搞破壞！」

「……」滿場沉默。

良久後，混沌粉絲湯默默的把目光又收了回去，淡定的轉移話題：「總之，現在你們必須要趕快重新回去中轉站是吧？」

「沒錯。」雲千千啃了口雞腿。「來找你主要是為了你的面試。」

「我的面試？」

「嗯。那個圖書館的老頭……他不是說可以打開通往天空之城的傳送陣嗎？」雲千千嘿嘿一笑：「既然無常哥哥要上去，我想他應該不會介意我們跟著搭個順風車吼？」

無常當然會介意，而且很介意。

雖然沒有挑明了講，但是落盡繁華和雲千千的關係實在不能說是友好。明眼人都看得出來，至今沒有跟雲千千扯破臉皮宣戰，這已經是一葉知秋一忍再忍後最大的讓步了。

堂堂一個七尺男兒，再兼創世紀中數得上名號的大公會會長……之一，能對一個女人忍到這一步已經是仁至義盡了。

當然，這其中未必沒有摻雜著一點好鞋不踩臭的消極意味。

照理說，到了這一步，雲千千實在是應該識趣了，沒事閃遠點，最好大家老死不相往來，免得彼此相互看了難受……但是人家沒有，人家不僅絲毫沒有雙方目前正是對手或者說敵對的自覺性，更甚至，人家連自己正在被人嫌棄的覺悟都欠缺。

天空之城需要打開新的傳送門，剛好一葉知秋和無常又正在計畫著這事情，於是雲千千根本沒客氣，帶著九夜和零零妖就找人霸王硬上弓去了。

「無常哥～」

好好一個稱呼硬是被甜膩膩的嗓音喚了個餘音繞梁，無常驚得手一抖，差點潑了手裡的茶。他抬頭愣愣的看著本不該在此時出現在這裡的那個女孩，一時回不過神來，很白痴的問道：「妳怎麼在這？」

雲千千分外諂媚的衝過來，笑得燦爛如一把陽光下的狗尾巴草。「無常哥，許久不見，您還是這麼英俊瀟灑，氣質脫俗。」

「……」無常從失態中回神，默然的把視線轉到雲千千身後的九夜身上。

「我們被掛了。」九夜很上道，一開口就幫人解了惑。

「怎麼掛的？」

「任務變故，NPC判刑處決。」

「……」不懂，太踏馬的簡潔了。

雲千千見無常眼露茫然，非常適時的再次跳出，接過了交談：「無常哥，其實事情也簡單，就是我們的任務被人搗了個亂，出了點岔子，以至於任務中的NPC對我們美好高尚的品德產生了不好的懷疑；再加上您也知道，我這人非常老實又不會說話，更別提辯解了……於是悲劇就這麼產生了……」

「……」妳還敢再不要臉一點嗎？

一葉知秋收到消息之後也很快趕到了。現下的情況是這樣，混沌粉絲湯來報到，進圖書館和館長做深入交流去了。而雲千千三人就跟在混沌粉絲湯後面，人家進去之後，她也直接轉道到外面的小茶棚，和守候在那裡等待考試結果的無常做相互溝通。

人家的來意表達得很明確，就是想在混沌粉絲湯考試合格，圖書館館長打開天空之城傳送陣的時候，順便也搭個順風車，跟著回去好繼續做任務。

一葉知秋從無常的資訊中知道這一切後，感覺分外牙疼……

這事是怎麼說的呢？自己要去給她的任務找麻煩，橫刀奪城，所以這才聯繫了西華城公主，千辛萬苦找了可以通往天空之城的方法。可現在人家任務出了問題，反而要借用自己這個傳送陣……那他的計畫籌謀怎麼辦？

拒絕，這肯定得拒絕啊！

於是一葉知秋就這麼義無反顧的趕來扮黑臉了，無論如何也要咬死牙關，不能答應那女孩的要求……

「哎呀，這不是蜜桃嗎？」一葉知秋煙塵滾滾的呼嘯而至，腳步都沒停穩，氣也沒來得及喘勻，直接撈了正在騷擾無常的雲千千就招呼開了，笑得菊花燦爛。「來來來，我們那麼久沒見了，這次一定要好好聚聚……走，我請妳去吃酒席？」

「好啊！」居然有人主動送上來要請客買單，這便宜不占自己都覺得虧大了。雲千千笑咪咪的順手一拉無常，「正好無常哥哥也一起。我這就給混沌胖子發消息，讓他考試完直接過來。」

「別！」一葉知秋暗叫聲苦。請妳吃飯就是好讓無常脫身的，妳把任務人和考試的人都拉過來，那這頓飯請得還有意義嗎？「就我們幾個好了，無常他還有事……」

「什麼事啊？別是想趁我跟你去吃飯的工夫，自己偷偷去天空之城吧？」雲千千一臉嚴肅的批評一葉知秋：「知秋啊，你這就不對了。我們倆什麼關係啊，就跟你借搭個順風車都推三阻四的，這太不像話啊！」

「也不是我故意跟妳在這小氣，主要是這傳送陣的傳送名額有限。而我們要去的人多……」一葉知秋順嘴溜出來這麼一句。

雲千千好奇：「你們去那麼多人幹嘛？」

「……」這個，肯定不能明說是圖謀不軌啊……

「是不是怕上去之後被 NPC 欺負什麼的？」見一葉知秋半天沒吭聲，雲千千想了想，主動的就幫他想了個理由。

「嗯……差不多吧……」

「沒事沒事。」雲千千一聽放心了，拍拍一葉知秋的肩膀，呵呵笑道：「我們公會那麼多人在那裡呢。你也不用帶人馬上去了，勞民傷財的。有那折騰的本錢，趁早把欠我的債還了多好啊……」

一葉知秋噎得滿臉通紅。

雲千千視而不見，接著說了下去：「只要你帶我們三個回去了，回頭就直接跟著我們隊伍走，有什麼事我罩你，你什麼都不用操心。」

「可是……」

「別可是了，那麼熟了還跟我害羞，呵呵……」

「……」馬的沒人跟妳害羞……

一葉知秋敗退得比無常還快。除非他願意當場把話挑明，就在這跟雲千千翻臉，不然的話，想找個正當理由拒絕對方的要求實在是很難。

關鍵是這人臉皮厚啊！有沒有明知道大家關係沒那麼好，還硬賴著讓人幫忙啊有沒有？這要換作一般人，哪做得出這麼沒臉沒皮的事啊？

而且最討厭的是這水果還不像外面一般女孩那麼清純好騙，外面的女孩多好啊，隨便哄哄就騙過去了，那叫一有成就感啊。反觀這裡的這位？人家那可不得了了，賊著呢……

火速在私聊裡商量了下，一葉知秋認為想把雲千千撇下應該是沒戲的了；而且還有一點挺重要的，如果這水果樂園的人不先把天空之城任務做完，他們自己也沒辦法獨力完成任務，沒辦法搶城，更沒辦法帶公主的軍隊去天上找龍哥。

也就是說，就算再困難，這次的忙他們還是非幫不可。現在最主要的問題關鍵是，如何在雲千千注意不到的情況下，避人耳目的悄悄將西華城公主手下十萬NPC大軍送上天去……分批傳送？把軍隊裝空間袋裡？還是說自己這邊也找齊十萬大軍，把人家的NPC全部收成寵物偷渡上去？

越想越頭大，這問題只有再去找西華城公主協商辦法解決了。

於是一葉知秋帶人去吃飯，無常告假直奔皇宮，忙得異常充實……

雲千千吃完飯後和混沌粉絲湯通了個訊息，知道對方那邊還有大概一小時左右才搞得定，她索性拉著一葉知秋逛街去了。一是為了補充藥品道具，二是在通道和中轉站那連續憋了幾天了，讓她的女人購物天性有點大爆發。而且沒準遛個幾條街下來之後，還真能挖到些有增值潛力的好東西呢？

從街頭一個一個攤位看過去，剛遛過半條街，雲千千就發現一個攤位上蹲著個非常眼熟的身影。

「彼岸小草？」

「……彼岸毒草。」糾正了下關於稱呼的問題，彼岸毒草鬱悶的愛理不理的掃了她一眼。「隨便看看，想買什麼隨意啊。」

「喲，怎麼了這是？英雄末路，窮途日落？」雲千千笑嘻嘻的跟著蹲在對方的面前，很有興致的和人聊上了：「身為皇朝的二把手，您怎麼也拋頭露面來擺上攤了？」

彼岸毒草「切」了聲，白了她一眼。「妳就幸災樂禍吧妳。」

呃？還真猜中了？雲千千小詫異了一把。本來嘛，她也就是隨口說著玩的。休息時間遇到個熟人，反正現在沒其他事做，她也就順手調戲那麼一把，沒想到居然直接就調戲到人軟肋了……怎麼著？眼前這位真是英雄末路？

迅速調取腦中的記憶庫，雲千千回憶了又回憶，怎麼也沒想起關於這方面的事情，記得皇朝不像是有過什麼動盪的樣子啊？當然了，關於彼岸毒草的資料也少得可憐就是。

如果要用一部歷史來形容皇朝中發生過的大小事件的話，彼岸毒草在其中頂多也就占七個字——「曾任宰相，後罷官歸隱……」

換句話說，人家屬於皇朝中可有可無的那號人，管他是不是智計無雙，反正後來創世紀的風雲人物裡沒他的名號，除了熟人好友以外，也再沒多少人記得這麼個人。就跟有首老歌裡的歌詞一樣……他沒有花香，也沒有樹高，就是一棵無人知道的小草～

「我說小草。」想了想，雲千千還是決定八卦那麼一下。「你這到底是出了什麼事了?說出來給大家樂一下唄……」

「……」臥槽!他能揍人嗎?!

164・被遺棄的草

一葉知秋也不客氣，一聲不吭的跟著蹲在雲千千旁邊，根本就沒有迴避的意思……他堂堂一會之長給個女孩陪吃陪喝陪遊，委屈鬱悶了這麼久，可算有點福利了。

人家彼岸毒草是誰啊？昔日皇朝的二把手。

皇朝那又是個什麼啊？落盡繁華過去一直以來的老對手。雖說人家現在沒能刷成公會，還是區區一個傭兵團，不比自己公會能拿駐地、收地盤，但不管怎麼說，皇朝老班底還是沒動盪的，人家根基未損，回頭得了機會，未必會真的落下自己公會多少……

彼岸毒草這人，一葉知秋早熟得不行了。有名的智囊，唯我獨尊的皇朝能撐起來，一是靠著唯我獨尊的威望，二就是靠著彼岸毒草的管理。他這麼一走，皇朝等於垮了一半……這到底是出了什麼驚天動地的大事了，讓唯我獨尊捨得把這個老幫手放走？

彼岸毒草看了眼雲千千，再看了眼一葉知秋，鬱悶了。「不買東西能不能別堵這？嘿！哪有像你們這麼缺德的，看見落魄人士不伸出援助之手慷慨解囊也就算了，還在這裡妨礙我做生意……」

「唯我獨尊哪根筋不對了？把你趕出來？」一葉知秋像是沒聽到人家在嫌棄他似的，逕自詫異的問出自己的疑惑。「他那人不像是有智慧打理傭兵團的啊。」

「好說也是我前東家，你能不當著我的面說他壞話嗎？」彼岸毒草苦笑。話說到這分上，讓自己怎麼接？附和一葉知秋的話也顯得自己太牆頭草了點，別人要是見了，還說他剛一和皇朝解除合作關係就迫不及待向以前的老對手靠攏了。

「既然帶個前字，那也就是說現在你們沒關係了。人家都和你恩斷義絕了，你還磨磨蹭蹭、依依不捨個什麼勁啊？」雲千千嘖了聲，一臉鄙視。「一看你這種人，就是那種被甩的命。這還好是唯我獨尊不要你了，單是被個傭兵團開除都能讓你老人家這麼痛苦不捨，要換作女朋友跟你分手什麼的，那你還不得去跳海啊！」

得，他算是看出來了，今天不滿足這姑奶奶的好奇心，他這生意就別想做……

一葉知秋和雲千千蹲在他攤位對面就不說了，旁邊的九夜和零零妖還一人一邊大馬金刀的站著，一聲不吭的看著，就跟黑道打手跟著老大出來談判似的。人家本來就是名人，再加上這架式……還好這是遊戲，大家再好奇頂多也就圍觀一下，要是換作現實中的話，沒準現在就能有正義的良好市民報警了都說不定。

長嘆一口氣，知道躲不過去的彼岸毒草無奈的打個響指，秒收攤位後抬頭：「找個包廂談？」

「行啊，正好一葉會長說了今天的花費都他買單……」雲千千高興的起身。

「……」馬的，自己什麼時候說過這話？

面子到底價值幾何？

這問題要拿去問不同的人就會有不同的答案。

比如說像一葉知秋這樣身為公眾人物的，那形象工程自然很重要，他的臉面也就代表了公會的臉面，為了在外人面前爭個面子、爭口氣，哪怕一擲千金，哪怕血流成河。

但要換到雲千千身上的話，就完全不同了。

這女孩從來沒有考慮過錢包及存款金額以外的事情，別說是人家不給她面子這點小事了，有必要的時候，這女孩甚至還經常自己把臉抹下來放口袋裡……面子？她又不是靠臉蛋吃飯的，要了面子就有人會給自己主動送錢了嗎？別開玩笑了！

當然了，像雲千千這樣的人畢竟是少數，一般人即便不像一葉知秋那般隨時注意自己的對外形象，但最基本的臉面還是挺看重的。俗話說得好，人爭一爐香，佛爭一口氣……呃，反正大家明白意思就好。很多時候事情本身並不複雜，但牽扯到面子之後就變得複雜了。

尤其是男人，那更是一種極度好面子的生物。

彼岸毒草在皇朝裡也算是元老級的人物了，他心思縝密，智計過人，雖說不像無常那樣情報消息靈通，但最難得的是人家性格夠圓融……幫著唯我獨尊打理皇朝那麼久了，彼岸毒草一直是一人獨挑會計、人事、傭兵團發展規劃以及外交等等各項事宜；甚至平常團裡有哪些人嘔氣、互相看不順眼了，兼職調委會大嬸調解工作的也是此人。

在一葉知秋的眼裡，他是最最羨慕唯我獨尊的，也就是對方有彼岸毒草這麼個幫手了。人家全能全才，那才叫一神奇啊！把一團上下大小事務打理得井井有條，唯我獨尊什麼都不用管，只要負責在外面橫衝直撞就行……

就為這，一葉知秋曾經不止一次的眼紅，想不明白唯我獨尊到底從哪撿來彼岸毒草這麼個賢內助的，要是後者能到他公會幫忙，落盡繁華早就不止現在的規模了。

而就算是這樣子的彼岸毒草，那也不是沒缺點的。彼岸毒草最大的缺點，就是對遊戲操作的不夠嫻熟。平常下副本的時候還好，只要隊伍配合得好，裝備過硬，一般就不會有什麼問題。可是到了PK或者是競技的時候，彼岸毒草業餘的玩家素質就馬上暴露出來了……

唯我獨尊不知道從哪裡認識一個能人，拉進傭兵團後，人家一開口就驚豔四座，說自己能弄到建幫令。

彼岸毒草正好那幾天忙點現實中的事情沒上線，等一回來之後，發現全團都變了個樣子。大家都在熱火朝天的忙活著，沒有人告訴他發生了什麼事，甚至大家都沒發現他已經回遊戲裡了。

這本來也不是什麼大不了的事，又不是從小失去親情的孤僻小孩，人家不搭理自己，自己搭理人家就成了唄……抱著這樣的想法，彼岸毒草主動在團裡招呼了聲，詢問有什麼情況。

唯我獨尊倒是秒回訊息，就一句「副本中」就把他打發了，聲音中還帶著掩飾不住的興奮。等彼岸毒草再繼續追問下去，人家已經沒時間回話了，團裡其他人也都忙活著自己的事情。

結果最後，還是團裡一個平常不怎麼冒泡的潛水黨看不下去了，出來跟彼岸毒草解釋了下，大致意思就是說團裡現在大家都忙，全團總動員一起解任務，為了建幫令而奮鬥云云……

彼岸毒草當時就覺得不是很舒服，這麼大的事，團裡人也不跟自己商量一下，隨隨便便就相信人家了，還那麼大動靜的去解任務，萬一要是最後發現被人騙了怎麼辦？

再退一步說了，就算這任務是真的，要行動之前也得讓自己規劃調配一下人手吧？這外面人動動嘴皮子，團裡人就跟著瞎忙。沒有完整的布置和規劃，即便真能把建幫令拿下來，團裡又該損耗掉多少元氣？

身為二把手的彼岸毒草感覺重任在肩，自己有責任批評和指正這種不對的作法，於是他當時也就隨口說了那麼幾句，語氣不重，還挺委婉，也就是教育為主。反正自己以前一直在團裡也是扮演這種角色，所以他根本沒覺得有什麼不對，但沒想到的是，這次人家竟然不聽了。

團裡有人當即就不耐煩表示，讓彼岸毒草不要打擊大家的任務積極性，他操作不好就該自己多加練習，別以為大家都跟他似的一出馬就非死即傷。

彼岸毒草還來不及表示自己的愕然，更多的附和聲也隨之出現了，讓他一時間甚至懷疑自己團的頻道和其他團接錯了線……

後來查看傭兵團名單，發現說話的這批玩家都不是老遊戲中跟來的元老級玩家；但儘管人家不是元老，成員眾多的新加入玩家們畢竟也是皇朝的基礎力量，這就跟那水載水覆的道理是一樣的。

得罪一個人沒關係，得罪一幫人就關係大了。有親信悄悄發私聊給彼岸毒草，告訴他這些人都是被那新進能人給蠱惑收買的。人家財大氣粗啊，剛進團沒幾天就得了個仗義疏財的好名聲；再加上現在又是拿建幫令這麼大的誘惑在前面勾引著大夥，誰不希望能讓自己待的傭兵團早點變成公會啊？這樣連出去泡妞都比其他人威風些。

創世紀中才加入的玩家們本來跟彼岸毒草就沒多麼深厚的感情，再被人一收買之後，自然就向著人家另外那邊倒過去了。就連唯我獨尊這麼粗神經的人都隱隱覺得有些顧忌，不敢直接幫彼岸毒草出頭說話。

於是這麼一挖苦二挖苦之後，中間再加上莫名其妙的煽風點火一造勢，到最後，竟然就演變成了全團對彼岸毒草的大聲討伐，那幾個親信元老的聲音摻雜在其中是顯得如此薄弱；而且最噁心的是，他們還不能把人踢出去，現在正是拿建幫令的時候，誰敢草率?!

「我覺得你是被陰了。」雲千千摸摸下巴。「這天時人和對你都不利，怎麼看怎麼不像巧合……小草啊，你是不是得罪誰了？」

彼岸毒草抬頭看了雲千千一眼，沒吭聲，打個響指把個人面板彈出來，等級後面的數字赫然竟只有44級。

「你練級夠慢的啊。」雲千千沒什麼感覺，只驚訝了下彼岸毒草的等級居然處於玩家中的下游水準……就算對操作不熟，作為一個大傭兵團的二把手來說，這等級也實在算不上好看了。

倒是一葉知秋顯然知道的比較多，當下就驚訝了：「咦？我記得你前幾天剛到50……」

「被PK了。」彼岸毒草苦笑了聲，收起面板，瞥了雲千千一眼道：「妳說得沒錯，那當然不是巧合。」前面說過了，彼岸毒草是個操作不是很行的男人，遊戲裡但凡是有點規模的組織，沒有仇家是絕對不可能的事情。而事情就是趕得這麼巧，或者說根本就是有人故意設計。在團隊頻道裡喧嚷得正是熱火朝天的時候，皇朝的敵對傭兵團就出現在彼岸毒草上線的地點，三下兩下乾脆俐落的就把人秒成白光了。

如果光是被PK一次的話根本沒什麼，人在江湖飄，誰沒挨過刀，這點小事根本就不足以引起人們的重視。如果有人瞄一眼發現了，頂多也就「哎呀你死了耶」這樣驚訝個一句，然後該幹嘛繼續幹嘛。

可是杯具的是，彼岸毒草這次遭遇的顯然是有針對性的恐怖襲擊。他剛剛復活回去，不到半分鐘就再次被人包圍……就這樣一死再死、死了又死，等級刷刷刷狂掉了5、6級之後，在狂風驟雨般的攻勢中慘遭摧殘的小草，最後終於引起了自己幾個親信的注意……

「沒人幫你？」雲千千驚訝。「要是我像你一樣那麼遜，被人追著砍，早就關門放九哥了。」九夜：「……」

「妳以為九夜是專門給妳當打手使喚的？」零零妖非常看不順眼這女孩把他們警隊系統裡的精英當私人走狗似的使喚。

「就是那麼個比方。」雲千千連忙解釋下：「咱九哥義薄雲天、勇武過人、英俊瀟灑、玉樹臨風……那個，除了有時候行蹤比較飄忽以外，一切都好。所以我個人覺得吧，如果他的至交好友，比如說我有難，那九哥這麼講義氣的人肯定是得出手的啊！」

「……」至交個屁！

一葉知秋繼續問彼岸毒草：「那後來呢？是不是你那幾個好友看到你被人砍，就要唯我獨尊帶人來幫忙PK，結果卻被拒絕了？」

公會之間聚眾打架是這樣的，有時間有空閒了來幫下也就幫下，沒什麼。可要是大家都忙著的話，誰有空來搭理你啊？更別說按彼岸毒草的說法，他在被殺之前才被群眾輿論討伐過，要人馬上又轉過臉來幫忙，也確實不大現實。

「團長當時在副本，其他人也在任務，來不了也正常……」彼岸毒草點點頭，表示一葉知秋推測的沒錯，之後嘆口氣道：「其實我本來就沒想喊人，但兄弟們都開口幫我吆喝了，總不好再阻止人家。而其他人不來幫忙其實也沒什麼，可那話說得也太……」

「是不是他們拿你操作不好的事情奚落你了？」一葉知秋同情道，以前他就是這麼幹的。

當年其他網遊裡採用文字交流模式時，大部分都有世界頻道，對頭公會裡各自派幾個無足輕重的小子，逮著對方高層的弱處，刷世界頻道奚落嘲諷對方是常有的事，這就是輿論及心理攻勢。反正如果真要不小心鬧大的話，隨便說句約束不當就完了。都是些小角色出的面，誰還能自降身分跟人計較不成？

「太過分了。」雲千千也嚴肅點頭。「小草，他們怎麼罵你的說說，是不是說你手殘？」

「……」

「要不就是罵你軟蛋孬種窩囊廢，只能靠別人給自己出頭？」

「……」

「還是……」

雲千千興致勃勃的還想列舉，旁邊滿臉黑線的一葉知秋已經聽不下去，幫人出頭：「夠了啊蜜桃，我覺得妳倒是說得挺過癮的樣子。」

彼岸毒草都不知道該給個什麼表情了，擦把冷汗道：「其實他們也就是說我身為副團長不夠格、丟了傭兵團的臉面而已，沒妳說的那麼嚴重。」

「那你到底是為什麼離開皇朝的啊？」雲千千疑惑。

「……就是被殺又被奚落，然後一時熱血沖頭，我就……」

聽到這個答案，雲千千瞪大眼睛，倒吸口冷氣：「就為這麼點小事？」

彼岸毒草淚流滿面。「其實聽妳說完之後，我也覺得他們那實在是小意思了。」

男人愛面子，就算不單是為了面子，有時候也不得不爭那一口氣。以那被排擠的情況來看，就算彼岸毒草繼續待下去，威望肯定也是一落千丈，留不留下來實在沒有太多意義了。

雲千千他們故事聽完，滿足了好奇心後，混沌粉絲湯那邊也終於進展到了最後。要通過圖書館館長的面試考核是不成問題，雖說後面陸續還有些能力考核的任務，但是那之後就和無常無關了。

因為事先約定好的條件，圖書館館長隨時可以在對方要求的時間中打開一次傳送門，限時十分鐘，能過去多少就過去多少，完全看團隊素質。

大家可能做過或者聽說過逃生訓練，緊急出口就那麼一小扇門，你擠我也擠的結果只能是一個都出不去，唯一的成果可能就是色狼能順手摸把美女，小偷能混水摸魚撈個錢包。

而如果井然有序通過的話，其實十分鐘的潛力還是很巨大的……

「巨大到能一分鐘通過一萬個 NPC？」無常在通訊器那頭淡然的回了這麼一句。

正在舒氣的一葉知秋當場就愣住了，等想明白是怎麼回事之後，頓時分外憂鬱。他都快忘了，關鍵不是他的人能不能過去，而是公主的軍隊能不能過去。尤其在那個卑劣無恥的水果也硬要插上一腳之後，自己最起碼還得預先留出一分鐘時間，讓公主先帶兵躲到別處，再讓這水果過傳送門，再再把她引開，直到此人看不見的位置之後，公主才能出來……這麼算下來的話，他其實連十分鐘都沒有。

馬的，這女孩為毛會那麼不爭氣的被人砍下來了啊？一葉知秋咬牙，分外牙疼。

混沌粉絲湯考試合格出來，直接到了雲千千一行人訂的包廂。他坐下來就重開了桌酒席，說是慶功宴，慶祝自己順利通過首次考試。

慶功也就慶功了，最氣人的是這胖子點完菜後還羞澀的對一葉知秋笑了笑，靦腆道謝：「謝謝一葉會長啊。」

「哈？……呃，不客氣……」一葉知秋條件反射回答。之後愣神半分鐘才反應過來，這句謝謝一出口，意思就是由他付帳了；而自己也是嘴賤，居然應了聲，還跟人家說不客氣……

一葉知秋抽自己兩巴掌的心都有了，失落得根本沒情緒參加宴席，蹲牆角一邊鬱悶，一邊等著無常辦完

事情回來。

而雲千千則繼續努力往嘴裡塞食物，同時還順便口沫橫飛，對混沌胖子大講特講彼岸毒草與皇朝那不得不說的故事。

混沌粉絲湯邊聽邊寫，連連點頭，兩眼放光，不時還向彼岸毒草提幾個問題，好將情報補充完整，尤其重點關注了一下那個後進率眾排擠小草的玩家究竟是何來路。「彼岸兄你放心，這小子的來路和目的我一定幫你調查出來。」

一切打聽完後，混沌胖子合起小本子往空間袋一塞，笑咪咪的點頭對彼岸毒草安撫道：「別說他本人的情報了，我連他往上祖宗十八代的事情都能挖出來給你。」

這可是專業狗仔才能具備的自信……

挖人隱私？他是祖宗了。

彼岸毒草大為感動，倒酒舉杯跟混沌胖子道謝：「那就拜託你了。」

就算以後未必還回皇朝去，但是彼岸毒草還是很想知道到底是誰陰了自己的，死也要死個明白是吧？更何況君子報仇、十年不晚……

混沌粉絲湯腆著肚子呵呵笑著，抓起杯子一口乾了，豪邁的拍胸脯保證道：「肯定不負你所託！」

「嗯！」好人啊！彼岸毒草幾日來頭一次感到來自社會的溫暖和關懷，眼淚嘩啦啦的。

「至於情報費的問題，看在蜜桃介紹的分上，我就給你打個六折，具體價值等查探出來之後再報價給你……對了，你是要刷卡還現金還遊戲幣啊？」混沌胖子等彼岸毒草激動完了，情緒比較平復了，這才笑咪咪再道。

彼岸毒草：「……」

所謂物以類聚，人以群分，這句老話說得真是一點也沒錯……

彼岸毒草離開皇朝的時候雖然失落，雖然難過，但人生有起有落、有輸有贏，他還是比較看得開的。

可是今天，在接連遇到雲千千和混沌粉絲湯之後，彼岸毒草才終於知道了什麼叫真正的刺激。他以為雲千千已經夠讓人無奈了，沒想到還有個更讓人抓狂的胖子排在後面。

於是在多番刺激之後，當雲千千和混沌粉絲湯興致勃勃的繼續深入討論情報價值時，彼岸毒草終於選擇了淡定。

敲詐胖子幾十金，把人身上的流動資金全部捲走之後，雲千千滿意閃人，帶著不情不願的一葉知秋一路直奔圖書館，準備開啟傳送陣。

一葉知秋想破了頭，也想不出可以在十分鐘內把整個公主軍送上天空之城的辦法。別說還有雲千千這麼個陰險狡猾的小人在旁邊橫插了一腳，就算沒有她的存在，傳送十萬大軍也依舊是個嚴峻的問題。

思來想去，眼看憑藉無常的正常思維已經想不到解決的辦法了，一葉知秋只好走走偏門求助於雲千千。

「送妳上去也行，但是我有個交換條件……」

「嘖，我們那麼好的關係，說條件就見外了啊！一葉大會長，我記得你不是那麼囉嗦小氣的人啊！」雲千千瞪大眼睛，兩隻手下意識護好了自己腰間的空間袋。

一葉知秋滿頭黑線。「放心，不跟妳要錢。」

「那你要什麼？難道是要色？」雲千千倒吸口涼氣，驚訝道：「雖然我確實是清純可愛、貌美如花，你有非分之想也是理所當然、情有可原。但是本蜜桃不是隨便的人，別以為用一個傳送陣就能趁機接近我……」

尷尬，一片沉默的尷尬。

一葉知秋永遠不知道蜜桃多多此人的無恥底限在哪裡。每次覺得自己了解她後，對方卻總能帶給他更大的刺激……無視掉對方那番震撼性的發言，努力鎮定了一下情緒，一葉知秋乾咳一聲，狀若自然的勉強開口道：「是這樣的，我想問妳一個問題……」

「我最近在忙事業，暫時沒有交男朋友的打算。對不起。」雲千千臉色凝重。

無視無視……一葉知秋按捺住滿頭青筋，聽若未聞的繼續問道：「如果說我想要帶領許多人去一個地方，而那個地方的入口開放又是有時間限制的……請問，這個問題該如何解決？」

哦，原來是看中了自己舉世無匹的智慧……雲千千想了想後問道：「入口多大？時間限制幾分鐘？所謂許多人是多少人？」

一葉知秋稍微更改了下資料：「入口也就一米寬左右，時間一分鐘，帶一萬人通過……」

雲千千深深的震撼了。「大哥，你耍我？」

「我也希望這只是在耍妳，可是很遺憾，這是事實。」一葉知秋欲哭無淚，聽這水果回話的口氣，看似她也是沒轍了。

雲千千其實也不是沒辦法，她再想了想：「一葉會長，老實說，你說的那地方是那些人想去，還是你想帶那些人去？」

「……這有區別嗎？」

「當然，你說了我才能給你想法子。」

一葉知秋扭扭捏捏，斟酌許久後謹慎回答：「是我想帶那些人去，但是那些人自己本身也很想去……」

他和公主就是互惠互利的關係，兩人的目標雖然不一致，但是做的事情卻是完全一樣的，反正天空之城是非破不可。

「那就好辦了。」雲千千自動省略前半句。「既然是他們想去，那叫他們自己出錢給你買個一萬多塊導航石帶著。你帶五十個在身上，先在這邊定位了，再去傳送陣那邊把五十石頭都定位好，然後回來，帶五十個人過去，再定位再回來……」

一葉知秋想暈厥了，十萬導航石，他得定位到什麼時候？再說那些可都是 NPC，道具能不能使用還是另外一回事；再再說，天空之城屬於特殊地圖，外面大地圖的導航石能不能在那裡定位也說不準；再再再說……總之這個主意看似可行，實際上卻是根本無法行得通。

這女孩絕對是調戲自己呢！一葉知秋咬牙。

雲千千出完主意就開始催人：「快點快點快點啊，我公會裡那幫猴崽子們都叫喚著呢，再不把我送上去的話，他們就得造反了，回頭有什麼損失你賠我？」

「老子又不欠妳的。」一葉知秋想豎根中指過去，想想畢竟對方是個女孩子，於是還是強忍了下來。「我這裡還有人要過去呢，等等一起傳送。」

畢竟現在人在屋簷下，要嘛就組織人手再從通道殺過去，要嘛就搭著一葉知秋的順風車傳送過去，哪邊比較有效率是顯而易見的事情。雲千千也不是不知好壞的人，很快就琢磨透了其中的輕重，於是帶著自己的人蹲一邊去不吭聲了，眼巴巴盯著一葉知秋和圖書館館長，將這一人一 NPC 都看得全身老大不自在。

無常縱有通天之能，那也是無法在系統規則上動手腳的，傳送門說了開十分鐘那就是只開十分鐘，到時間就關，半點不給商量。這還不比其他地圖，想偷渡都沒處找路線去。

知道一葉知秋在圖書館拖住了雲千千後，無常鬆了一口氣，緊接著越發的牙疼起來。怎麼辦？十分鐘帶十萬大軍過道小門，這是絕對不可能的任務。明擺著系統也在限制著去往天空之城的出境人口數，難不成自己還真能把軍隊揣空間袋裡？

無常不是個逞強的人，知道自己這邊是沒法子可想了之後，當機立斷就去找了合夥人，也就是西華城公主。他把目前狀況如此這般這麼一說，給出了兩個選項：要嘛就按那水果的法子，公主出錢，他們負責買導航石，試試看這能不能行得通；要嘛就公主自己再想個其他計策，比如說以一國公主的身分去和那圖書館老頭外交下，在系統規定之上再通融通融，把傳送門的時間延長個兩、三小時什麼的……

西華城公主皺眉，沒想到本來想著挺簡單的事情，居然會有這麼多變故。想想她也覺得挺委屈，於是不高興了。

「無常先生，本來以前在龍哥洞穴的時候我就不想走的。是你們落盡繁華的一葉知秋會長親口下保，說只要我徵得父王同意來接龍哥，落盡繁華就保證我一定能接得到人……」

頓了一頓，公主臉上的表情越加不滿。

「可是你們損毀盟約，擅自放跑了龍哥不說。現在我願意給你們補救的機會，只要你們開路，我就親自率領十萬大軍去接人……結果你又跑來告訴我，你們連路都開不了！」猛的一拍桌，公主臉上的肥肉一顫一顫，油光……對不起，威儀四射的怒喝道：「你們到底是想怎麼樣？別敬酒不吃吃罰酒！」

當年打駐地的時候是個什麼情況，無常自然也曉得，面對這個被水果晃點了的老女人，他一忍再忍，知道無法與之講理，只好硬著頭皮，委屈的咬牙幫雲千千背下了黑鍋。「對不起，我們也想盡量補救，所以現在才和您商量該怎麼辦。現在就是這麼個情況，您再生氣也於事無補了……」意思就是我們也是很有誠意的，您別生氣，更別怒，現在想法子最重要，其他的稍後再說……

公主再拍桌，音量不減，怒氣值開到MAX最大值。「還能怎麼辦？去把那個蜜桃多多給我抓過來！我要親自問問她是個什麼意思！」

抓過來？抓過來這邊還搞屁啊？

公主是只要有龍哥就行了，上不上天空之城不重要。而無常和一葉知秋則不然，他們是想借龍哥的理由，

慫恿公主的軍隊去幫自己攻城……

別說一葉知秋根本應付不來雲千千，就算應付得來，把人抓來了他們又能有什麼好處？合著準備那麼久，耗費人力財力無數，最後自己就只有跟在公主身後衝那水果吐兩口口水洩憤的資格？

腦子被門夾了吧？

「妳冷靜。」想了又想，無常只想出了這麼一句。

「冷靜個屁！」公主衝無常吐口水。

「……」馬的，就這素質還王族呢……無常抿著唇，推了推眼鏡，向來理智淡漠的頭腦中頭一次閃現出了罵人的衝動。

就在無常和公主的談判局面陷入糾結僵持中時，雲千千正蹲在圖書館裡，向身邊無所事事的彼岸毒草傳遞出了招攬的意向。

「反正你也被人甩了，不如跟了我吧。」隨手一個入會邀請遞出去，雲千千興高采烈道。

抓不到無常，抓個彼岸毒草也好啊，這傢伙既然能幫著唯我獨尊這種單細胞生物把皇朝維持了這麼久，本事肯定不小。自己要找擅長管理公會的人來做牛做馬，眼前正好就有個事業陷入低潮期的小可憐，這不剛剛好嗎？

彼岸毒草看了眼雲千千，猶豫許久後，憂心忡忡道：「我確實擅長管理公會沒錯，但是那都是一般公會……其實我對恐怖組織真沒什麼經驗……」

「喂，說誰恐怖組織呢？哪有像你這麼誹謗的啊！」雲千千不高興了。

一葉知秋向雲千千鄙視的斜過來一眼，沒說話。本來他也有心招攬彼岸毒草，但想想又怕無常多心；再加上皇朝剛把人趕出去，自己就招進來……這怎麼想都有點撿人家破鞋的嫌疑啊。

彼岸毒草想想，也覺得自己的表達方式太不含蓄，於是再委婉道：「不是，我的意思是妳要不要考慮招幾個黑道……」

「……」揍你啊小子！

雖然雲千千的名聲不好，但無論如何，人家開出來的條件是真不錯。

副會長職位，完全放權，一切發展方針都由彼岸毒草制訂，她絕不插嘴多話。相當於這女孩就只擔任個名譽董事，而彼岸毒草基本就等於CEO……

這就是專業和玩票的區別。一般做會長的人即使再怎麼信賴一個人，為了保證在公會中的絕對威望，那也是絕對不可能把權力都下放。而雲千千看中的卻只有公會稅收，她巴不得來個可以抗BOSS、可以拉仇恨的角色幫自己轉移群眾們火力，讓大家的視線焦點都轉移過去，而她自己只要負責沒事去公會倉庫數數金幣玩就行。

於是如此這般，彼岸毒草自然就深深的震撼了，他頭一次體會到被人完全信任的感覺……嗯，雖然目前只是口頭上，但如果真能像人家說的那樣，整個公會的決策方針完全由自己掌管，那可真是比在皇朝的時候爽快多了。

再於是，一葉知秋就在旁邊親眼見證了一個失足少年的墮落……

彼岸毒草很低調的把胸口浮現出的桃子徽章往衣服裡塞了塞，盡量用外套擋住，臉上有點微紅——臥槽！這公會徽居然是粉紅色……

「不喜歡戴就隱了吧，不用把徽章亮出來。」雲千千在旁邊體貼的說了句。

「……不，徽章是公會的象徵，身為領導決策層，在外行走，尤其是與人來往時必須要佩戴。」彼岸毒草在面子與職責間掙扎猶豫了許久，最後終於含淚咬牙，堅定的拒絕了雲千千的好意。

「真不愧是專業的。」雲千千豎起大拇指，稱讚一聲。

雖然尷尬，但彼岸毒草聽到肯定讚揚後還是自豪了下。「那當然，創世紀又沒有世界頻道，宣傳廣告之類的工作只能從平常做起……先不說其他的，單說我是新成員這一點，如果不把會徽亮出來的話，估計連自己公會的人都不知道我是誰……」

這就和LOGO概念一樣一樣的，看見紅底黃「M」就知道是麥當勞，看見五個圈就知道是奧運會，看見十字架就知道是上帝那裡的管轄範圍……

「所以，我現階段必須要戴這徽章，讓大家一看就知道我現在是水果樂園的人……」彼岸毒草還在講，講著講著，眼睛習慣性的往雲千千等人的胸前掃了一眼，頓時卡住了。

「嗯，不錯不錯。」雲千千沒發現有異，點頭再稱讚。

「……」彼岸毒草的嘴角抽了抽。「會長，問個問題成嗎？」

「啥？」

「水果樂園裡的所有成員，包括妳在內，有幾個佩戴公會徽章的？」

雲千千想了想，果斷搖頭：「一個都沒戴。」

「……」彼岸毒草淚流滿面。

在雲千千的招攬工作順利獲得成果之後，無常那邊的說服工作也終於有了進展。龍哥的魅力是無窮大的，西華城公主雖然不忿於一葉知秋的辦事不力、諸多波折，但為了能順利找到龍哥，她終於還是妥協，不甘不願的給了無常一道令牌，收容十萬士兵，到了天空之城後，再把士兵召出來就可以了。至於公主自己，直接和一葉知秋他們一起走，反正送走雲千千所需的也就幾分鐘的事情，剩下的時間過三個人絕對綽綽有餘。

一葉知秋知道這事情後終於鬆了一口氣，等無常表示已將公主帶到附近後，當即痛快的向圖書館館長表示可以打開傳送門了……

一分鐘後，雲千千終於重新踏上了中轉站的土地，剛一打開公會頻道，滿屏訊息及滿耳吵鬧聲頓時鋪天蓋地的湧來，讓毫無防備的雲千千震撼到不行。

打開一看一聽，都是已經上線了的公會成員們在詢問自己行蹤的資訊。除了自己之外，第二受關注的人物就是掌控了傳送鑰匙的九哥。零零妖屬於存在感薄弱、可有可無的人種，被果斷忽略；後來加入的彼岸毒草是新人，根本沒人知道他是哪根蔥……

面對粉絲們的熱情，雲千千感動了，也不忙著趕路，連忙先宣布自己已經回來的消息，安撫下幾乎就要暴走的躁動人群，再把目前的任務步驟公布出來，慫恿群眾們一起潛入赫托斯府內去搜人。

雲千千解決完公會內的成員提問之後，再開通訊器，這些就都是私人呼叫了。

默默尋詢問了一下雲千千可能回來的大概時間，表示如果所需耗時較長的話，她希望到更遠處採訪一下。

燃燒尾狐一上線就發現自己小隊的成員都不在了，顯然十分寂寞，於是把赫托斯府中他所知道的那些NPC從頭到尾算了個遍，資料由等級、技能、職位一直到三圍、身高、體重……無一不全，而且鉅細靡遺的都發給了雲千千，長長的文字訊息讓雲千千連拖了十幾頁才刷完……

其他人就不說了，最簡潔、最有用的主要還是天堂行走發來的訊息，一共就三條。按照留言時間的話，分別是雲千千三人被斬殺時，被斬殺兩小時後，還有就是剛才。

第一條是「操。」……簡簡單單的一個字，蘊涵了天堂行走心中濃烈的感情，是震驚，是鬱悶。

第二條是「還沒回來？」，顯然這傢伙等得有點不耐煩了，開始感覺到緊張。

最後一條資訊讓雲千千最為興奮，上面是七個字……「我找到阿格夫了。」

可能他是有點將功補過的意思，也可能是看到雲千千被殺下去了，生怕這女孩回來之後把責任推到自己身上。

總而言之，天堂行走在雲千千幾人不在的這段時間裡，奮發向上，再次冒充NPC家屬混進了赫托斯府邸，憑藉自己曾經見到過阿格夫的優勢，充分運用自己的專業素質，將整個府邸仔細搜尋一番，最後順利找出阿格夫，偷偷打上標記。確定不會把人監視丟了之後，他就第一時間發了給雲千千。

雲千千非常滿意，連忙回訊息，對天堂行走提出了表揚。

天堂行走表示對口頭獎勵毫無興趣，詢問雲千千什麼時候才能過來，快點解決了任務也好快點去天空之城。不止是他和水果樂園的其他玩家們，就連偽神族使者聽說了雲千千被赫托斯抓住斬殺的事情之後，都隱隱有了想撤任務的意思。要是再不做點什麼的話，怕是前面的工夫就要白費了。

「沒事，頂多工作完成後評價度低點，但是撤銷的話倒是不會……對了，為你介紹個人，我剛在下面新招了個副會長，以後公會裡的事情就交給他了。你也來認識認識，免得以後『工作』的時候不小心陰到他。」雲千千興致勃勃的向天堂行走介紹自己剛撈上來的小草草，口氣中多少也有點炫耀的意思。

老話說，禍福相倚還真是一點都沒錯，本來被殺回大地圖去確實有點不舒服，但白撈著一個高資質的苦力，這麼算下來的話就划算得多了。

「不是吧？」天堂行走表示驚訝：「就妳辦的公會還能找著什麼樣的副會長啊？良民進來指揮不了，要

是黑道進來……妳不是真想做恐怖組織吧？」

「滾蛋！」雲千千不高興了。

聊得正HAPPY時，一葉知秋從雲千千身後的傳送門中走了出來。

雲千千剛好回頭，看見送自己幾人上來的大恩人，本著感激的心情打了個招呼：「嗨——」

九夜淡淡頷首，零零妖和彼岸毒草則是笑了笑，以示友好。

可惜這樣的友好行為顯然沒有取悅到對方，一葉知秋聞聲抬頭，一見這幾人就站在傳送門外不遠處，頓時狠狠被嚇了一跳，他瞪大眼睛倒吸一口涼氣，失態的幾乎尖叫：「你們怎麼還沒走？」

馬的，無常和公主在後面就快過來了，這要是雙方碰面的話就糟了……

一葉知秋冷汗刷刷的流，來不及多想，反身把傳送門砰的一聲關上，緊緊握住門把以防門消失，接著這才重新轉回頭來。

雲千千莫名其妙的看一葉知秋。「我們也不急，就想著好說你也幫了個大忙，我們怎麼也得留下來道個謝……呃，你怎麼了？臉色似乎有點蒼白？」

一葉知秋想哭。這無恥卑劣的小人以前從來沒跟自己客氣過，怎麼單就今天突然心血來潮想到要跟自己道謝？忙道：「不客氣，你們公會要做任務，肯定挺忙的，還是趕快走吧。」

「其實也不忙……」雲千千抓抓頭，話還沒說完，就被一葉知秋再次打斷。

「為了這麼點小事實在不用太客氣，其實我也就舉手之勞，妳要再囉嗦就是看不起我。」

「……不是你說禮多人不怪，要樹立公會良好形象？」窒了一窒，雲千千轉頭，不滿的問身邊的彼岸毒草。

後者一臉迷惑，兩眼茫然，顯然也對這情況有點不能理解。

一葉知秋順著雲千千的視線一看，再一聽這話，頓時明白為什麼會有這樣反常的現象了……原來罪魁禍首在這裡呢……

「一葉知秋有問題。」

離開傳送門後，走了好長一段路，彼岸毒草突然蹦出這麼一句話來，神色嚴肅，一臉慎重。

雲千千看白痴般的看他一眼，「廢話，自從知道他要上天空之城的時候，老娘就猜出來他有問題了，不然你以為人家費那麼大勁旅遊來的？」

「……」彼岸毒草一忍再忍：「那妳怎麼沒反應？」

「我應該怎麼反應？」雲千千好奇。

對啊，怎麼反應？彼岸毒草剎那間迷茫了一下。

去談判顯然是不可能的，公會間彼此競爭，本來就是對手的關係，沒可能這邊輕飄飄兩句話，那邊就真的不動彈了。

而調令公會中的成員做戒備顯然也不行。一個剛剛組建起來的新組織，成員全是以前沒有接觸過的玩家，就算都是隱藏職業的精英們，不客氣的說起來，也只能算作是烏合之眾。讓他們戒備？首先人家肯不肯服氣聽話是一回事，就算真聽了，能不能配合起來又是另外一回事了。

在這一刻，彼岸毒草突然感覺自己肩上的擔子變得沉重了起來，整理發展公會的工作需要長久的努力，他，任重而道遠……

踏馬的，上賊船了……這是許久之後，彼岸毒草回過神來，心中唯一得出的結論。

天堂行走自從調查出阿格夫的行蹤之後，就一直蹲在赫托斯家大門外附近守著，一邊防止阿格夫不知道什麼時候離開，一邊也算是接應雲千千。

可能是一個人盯梢比較寂寞，所以天堂行走的表情也就顯得格外惆悵，眼神飄忽迷茫的出著神，配上他身後略顯粗糙的灰石圍牆，整個畫面感顯得格外蕭瑟落寞。

這一幅情景讓趕到的雲千千看到之後，眼一花，還以為看到了行乞人員，一不小心差點被感染得往天堂行走面前丟下1枚銅板。

「怎麼了大哥，決定轉職行乞去了？」雲千千走過去也跟著蹲下，順手遞過組隊申請給天堂行走。

天堂行走怔了怔，接著才發現自己等的人已經到了，連忙拍拍屁股站起來，「靠！妳這種人居然也會被NPC逮住，南明城國王要是知道了的話，肯定得給赫托斯頒發個榮譽市民獎。」

「行了，一失足成千古恨……」雲千千咬牙，一想起這件事就讓她無比憂鬱。「其他先不說了，阿格夫呢？」

天堂行走白了她一眼，刷出一張特製皮革地圖，地圖上畫著的正是赫托斯府邸以及周邊這一帶的地形圖，覆蓋範圍不算廣，但看起來怎麼也包括了一千平方公尺左右。

在小地圖中，有個閃爍著的小小紅點，此時正停滯在赫托斯府邸後院靠近西南方的犄角處。

天堂行走往那紅點一指，「喏，在這呢。不過這是哪裡我就不知道了，自己翻去吧。」

雲千千頭一次見到這種道具，當場表示了好奇：「這什麼啊？你在阿格夫身上安裝追蹤器了？」

「創世紀裡有個屁的追蹤器。」天堂行走呸了聲，鄙視道：「這是追蹤騙具。」還是高級貨呢，他花高價從撒彌勒斯那買的。

「……」默默無言的送上中指一根，雲千千不愛搭理他了。

帶著天堂行走的地圖，幾人到府邸門前轉了一圈，結果還沒等想到辦法潛入，守門的 NPC 們已經發現了雲千千等人這幾張熟面孔。

人家赫托斯大人最近也難得宰兩個人玩玩，所以雲千千留給眾 NPC 們的印象還是挺深刻的，一時也難以磨滅。

一見到是雲千千那張臉，守門的 NPC 二話不說從門內呼叫出一支小隊。

幾人一見事情不妙，也是非常乾脆俐落的掉頭就跑，帶著衝出來追捕自己的 NPC 士兵們一路狂奔，左突右拐跑出了個近千公尺之後才把人甩掉……

「呼呼……馬的，這幫孫子真記仇。我又沒把他們老大怎麼樣，明明是他們老大把我怎麼樣……」甩掉追兵，雲千千手扶牆壁喘著氣，咬牙切齒。

零零妖心有餘悸的附議：「確實，沒想到這死了一次之後仇恨居然沒歸零……這任務也太變態了吧。」

彼岸毒草皺眉沉吟：「這就是把你們殺回大地圖的那個 NPC 的手下？」

「大姐，我無辜的啊！」天堂行走淚奔。這裡面就他最無辜了，多麼純善的良民一個啊，居然要跟著這群通緝犯一起亡命天涯，真太不舒坦了。

定了定神，雲千千突然皺眉，左右看了看，臉色大變。「泥馬，九哥呢？」

眾人一愣，繼而回神，跟著四下張望，果然不見九夜身影。

天堂行走還沒什麼反應，深知九夜在某方面之天賦異稟的零零妖和彼岸毒草，已經像雲千千一樣臉色蒼白了。

這是哪？這可是中轉站，獨立於大地圖之外的，根本沒來得及讓人探索摸清的存在。

九夜如果真在這裡走失的話，要找到他可是一項非常艱難的工作。潛伏著的那些未知的危險就先不說了，單說公會裡其他人會不會因此不耐煩的再躁動都是一個未知數。

雲千千畢竟是應對此種情況的有經驗人士，臉色一變之後很快刷出隊伍頻道：「九哥，原地別動，報座標，你應該還沒出城吧？」

「嗯。XXX、YYY。嗯。」九夜簡潔回答完了三個問題。

在迷路事件發生之後，最沉著、最冷靜的就屬此人了。

一聽座標，幾人同時舒了口氣，還好處理得及時，這人還沒離開得太遠，只要去接應一下就可以了，也算不得什麼大問題……

中轉站城池屬於中型城市，本來只有NPC在這裡生活的時候，這座城市雖然算是比較繁華，但街頭的人流量畢竟還是有限的。可是自從雲千千一揮手帶來三百人之後，這幫初次抵達新地圖的玩家們興奮得四處奔走，一個個眼泛綠光跟豺狼虎豹似的，積極深入街頭巷尾、田間地頭，充分體會開拓新大陸的新鮮刺激感。

因為這些玩家們的到來，這麼一座城池自然就喧嚷了不少。雲千千等人逃亡的時候，一路上倒是也和幾個玩家擦肩而過了。但是就那麼一晃眼的工夫，大家沒注意到他們，這女孩自己也沒心思招呼人寒暄，所以也就沒人認出來她來。

而九夜則不一樣，他迷路了啊！

身為一個資深迷路者，九夜深知在發覺到自己走失的第一時間就應該及時停下腳步，以免事態更加惡化，

也方便那水果更好的進行搜救走失兒童工作。

於是，在發現雲千千幾人不知什麼時候已經不在自己視線範圍中之後，九哥他毅然決然的就停下了自己堅定的腳步……然後被身後的一隊士兵們一擁而上、團團包圍……

沒錯，雲千千等人其實並沒有甩掉士兵，而是九哥的滯留吸引了這些NPC們的仇恨，把人家都給拖下來了。尤其是在雲千千的原地停留指示下達之後，這位強人更是連說明一下當前狀況的意思都沒有，自然而然的就接受了這個安排，準備與NPC們糾纏到水果姐姐回來認領迷路兒童的那一刻。

雖然赫托斯家裡的士兵們很強悍，但是作為一個曾經隻身調戲三隻駐地BOSS，從而被一葉知秋慧眼識英才發現的高級玩家，九夜在NPC中還是能支持一會的，只要給他足夠開闊的場地游移，這傢伙就有自信不倒……

「咦，那人好面熟？」

圍觀黨，又見圍觀黨。

前面說過了，現在的城池已經不比從前，在這座中型城市裡，充斥了來自同一個公會的兩百人左右的玩家——還有近一百人在剿滅山賊時壯烈了。這兩百人平時來來去去的散落在城市中的各個角落，還顯得不是那麼突出，但是當某處出現了大的動靜，吸引了人群開始向這邊聚集之後，兩百人的規模就顯得很是駭人了……

別問這兩百人怎麼會知道有大動靜的，這世界上有個八卦聖地叫公會頻道……

在九夜與NPC士兵們對上的第一時間裡，旁邊就已經有正好在現場的八卦黨興奮的占領了最佳看位，興致勃勃的看起了熱鬧。

雖然是同一個公會，但大家以前畢竟沒交情；再加上實際上每個人心裡也都明白，上了天空之城之後，大家也算是半個競爭關係；再再加上那些NPC士兵看起來也挺厲害的……於是在九夜英勇奮戰的時候，自然也就沒有人見義勇為、挺身而出。

但是八卦的流傳速度倒是永遠不慢，雖然不出手，但是咱可以出出口。在公會頻道裡驚訝一下，順便瞻仰膜拜，邀人共賞盛況還是可以的。

「那人真的好面熟啊，似乎彷彿依稀在哪裡見過？」圍觀黨中有人苦思冥想。

「見過個屁，隔那麼遠你還能看得清臉？」

「不是，那裝備也熟啊，尤其是那匕首……」

「被你這麼一說，似乎真有點……」

圍觀黨開始迷茫。

169・對決

雖然思考花費了一些時間，但在那麼多人的一起努力之下，終於還是有個總是按期在第一時間訂閱時報的八卦愛好者認出了九夜。

場中勢單力薄、正在以一敵眾的人是九夜耶！那個掌握了綁定鑰匙，唯一一個能開啟天空之城傳送門的九夜耶！這個消息以野火燎原之勢蔓延開來之後，在場的人都震驚了……

「我X！這人怎麼又惹著NPC了？」

群眾們被刺激得很銷魂，再也不敢在旁邊看熱鬧了，連忙套好盔甲抓上武器，手忙腳亂的就衝出去幫忙。沒有這人手裡的鑰匙，誰也別想去天空之城。真要再等上幾小時，大家都沒那耐心了。熱鬧是看不成了，還是趕緊把人撈出來吧，別再有個什麼好歹……

於是，一片人潮人海挾裹著氣勢恢弘的喊打喊殺聲就這麼湧了過來，把九夜嚇了一跳，眼看即將被玩家的海洋所淹沒，他眼明腳快身體棒，連忙收招往旁邊一跳……

NPC們發現對手跳開，也想跟著跳，結果還沒等蹲身做準備動作，剎那間就已經被人群淹沒，連泡都沒來得及吐出來一個。

「九哥，你沒事吧？」有熱心玩家正好衝到九夜旁邊，關切詢問道。

「……」沒事，但是誰來告訴他現在發生什麼事了？

……九夜一身蕭索，滿眼迷茫。他手中的匕首還未收回，一抬頭卻已找不到對手，只看到烏壓壓一片人頭，還都是不能殺的自己人，這讓他感到分外寂寞……

只是一回衝擊，玩家們就壓制住了整支NPC小隊，不然怎麼會說人多力量大呢？兩百來號人打十來號人，那還能有什麼懸念？簡直就不叫刷怪了，叫虐怪。

可是人家好說也是赫托斯手下的專職士兵，拚死奮戰絕不後退，不僅不退，還要注意場中情況。

發現自己無機會逃出生天了，可那個赫托斯大人下令宰殺的幾人居然一個都沒幹掉，NPC 小隊長也著急啊。這可是嚴重的失職，就算自己刷新了，回頭 NPC 年度考核的時候也要被狠狠記上一筆汙點的……

於是，小隊長也不抵抗了，連忙收回武器，雙手一合一分，一隻鴿子憑空出現在掌心中，撲騰騰幾下就飛了起來。

「軍情緊急，拜託了！」小隊長滿眼嚴肅的目送鴿子，結果還沒等見那鴿子飛出視線，地上玩家中不知道是誰那麼缺德的朝天上揮出一片沖天火龍，直接把鴿子燒成了灰灰。

「馬的，誰幹的！」小隊長淚流滿面。

「想送信？門都沒有！」人群中居然還真有人幸災樂禍的回了句。原來人家不是無意成事，是瞄準了，特意針對那隻小鴿子的。

小隊長咬牙怒目，恨恨而徒勞的在敵人群中掃視一圈，半點收穫都沒有。

「有本事你們再殺！」

小隊長也拚了，招呼兄弟們繼續抵擋，自己往後一退，擺好姿勢醞釀了下，手一揮，呼拉拉一片鴿群就

鋪天蓋地的騰空而起。在那一個剎那間，彷彿天日都被遮蔽了一般，只見得到漫天鴿群如候鳥遷徙般，目標明確的齊向赫托斯府邸方向飛掠而去……

不愧是系統的手筆，這數量如此壯觀，比閱兵開幕式裡放的那些鴿子可威風多了。

「靠了，大家快刷，別讓他把援兵叫來！」

瞬間幾十個人影背生雙翼飛上天空，竟然是罕見的翼人族玩家，無須借用道具就擁有空戰能力的半隱藏種族。

這群玩家頂著眾人期待的目光升空，威風凜凜的衝入鴿群，開始是挺神氣的，可是一進去就迷茫了……這麼多鴿子，滿天飛旋的，目標又小又凌亂又快速，上下前後左右全方位，這裡哪裡都是一片一片的……怎麼殺？殺得完嗎？

地上的玩家們很快也發現了天上玩家們所面臨的尷尬局面，遠端的連忙紛紛釋放技能加以輔助；近戰的則淪為場外啦啦隊，一邊替其他玩家打氣加油的同時，一邊在地面上對鴿群先後施以了嘲諷、鄙視、口哨噓聲等騷擾，甚至有人企圖模仿母鴿的叫聲展開色誘。

可惜這些行動終究是失敗的，報信的鴿子不用多，這麼一大群裡只要能有一隻突出重圍就可以了；而顯然在場的玩家們都沒跟小龍女學過工夫，玩不來密室捉麻雀這麼變態的技能，更沒辦法做到在毫無阻礙的空中捕捉完這麼一大片鴿群。

不到三分鐘的時間內，可能是魔法石，可能是擴音器，可能是內力千里傳音的……一個不知道怎麼就響徹了全城的聲音開始尖叫，大意就是說有叛賊闖入了城池，並且還試圖聚眾對善良正直的赫托斯大人實行恐怖襲擊，現在已經有一支士兵小隊在恐怖分子的殘暴虐殺下犧牲殉職了。

接下來為了保護民眾安全，為了捍衛領地和平，更為了愛與正義……正義夥伴化身的赫托斯大人已經關閉了城池東西南北四扇大門，派出自己府邸中的所有士兵對全城恐怖分子們實行圍剿，希望所有 NPC 居民們暫時不要外出以免被誤傷，更希望反動分子們可以回頭是岸，早日放下屠刀……本次行動代號：反恐精英……

雲千千等人為了保證頻道的純潔性，一開始根本就沒開公會頻道。人多的頻道鬧騰得歡，不是調情就是吹牛；再加上雲千千又不愛和別人玩，一般也就是吩咐宣布事情的時候調開些，其他時候都是全關的。

於是，在九夜的行蹤被公會人傳來傳去的時候，這隊人自然不知道另外一邊的騷亂情況，更不知道NPC士兵已經和玩家對上的事情。

直到廣播聲響起，雲千千這才如五雷轟頂般，想破腦袋都想不明白到底是出了什麼狀況。

「什麼恐怖分子？」同樣沒開頻道的其他幾人面面相覷。

彼岸毒草眉頭一皺，一臉懷疑的盯著雲千千。「妳又做了什麼？」

「我剛才一直在和你們一起趕路，哪有時間去做什麼。」雲千千還沒想明白就被人列為懷疑對象，頓時感到冤得慌。「我安分守法、循規蹈矩，嚴以律己、寬以待人，絕對是現代良好十大公民的典範……喂，你們幾個夠了啊，這副表情是什麼意思？想打架是不是？」

三個男人聽若未聞的拋棄雲千千，聚頭迅速的召開臨時小會。

零零妖首先發表意見：「雖然她後半段在放屁，但第一句話倒是說得真沒錯。從剛才到現在大家都在一起，這桃子真沒做什麼……」

「附議，我一直跑在蜜桃後面，看得清楚著，她確實沒多餘動作。」天堂行走也舉手充當人證，證明雲千千的清白。

「那是怎麼回事？」彼岸毒草的眉頭皺得更緊。「除了她以外，你們還能提出其他嫌疑人嗎？」

關於赫托斯午餐中的下毒事件，雖然雲千千根本沒怎麼多說，但彼岸毒草聽後卻十分上心。如果這個下毒事件是劇情一部分的話還好，但假如說蜜桃多多三人的被殺是有玩家故意陷害的話，那麼這個混入水果樂

園革命隊伍內部的傢伙就不得不防了。

現在事情還沒查清楚，轉個頭又出來全城戒嚴，彼岸毒草也不由得有了一種事態越發嚴峻的憂慮感。

正在這時，九夜的聲音從隊伍頻道中傳出，內容依舊簡潔明瞭：「座標已移動。」

雲千千急了：「不是叫你別動的嗎？」

「不關我的事。」九夜的聲音平靜，語氣淡定：「大家都在動，我被人群帶著，莫名其妙就被擠出來了……」

相信大家都有過擠公車的經驗，那人山人海啊，一個人的力量在群眾中間是微不足道的，只能隨波沉浮。九夜現在亦如是，他倒是有心乖乖站在原地等著，可問題旁邊的其他人都在跑，連帶著也就把他擠得東倒西歪；再加上大家剛才出手主要也就是為了他，生怕這拿鑰匙的大哥又回大地圖去了，於是見到人家居然不動之後，群眾們豈有放過之理？大夥就差沒把人抬起來跑了。

「你……現在在哪裡？」雲千千沉默會後問。

旁邊的三人也不開會了，跟著閉嘴，聽隊伍頻道裡的那人說話。

「還在移動中，無法確定，等停下來我告訴妳。」

「……」等你停下來，黃花菜都涼了。雲千千乾脆俐落的切斷通訊，刷開公會頻道：「大家集中，小心別分散了被人家刷掉……現在全部往座標ＸＸＸ、ＺＺＺ集合……」

彼岸毒草在旁邊一聽就明白了，既然九夜是被群眾帶著跑，那就讓群眾往自己這邊跑吧。再說分散力量也不好，還不如停下來主動迎敵。

想明白後，彼岸毒草也刷開公會頻道，開始發揮自己的長項，迅速的布置了起來。

混亂之中，所有人本來就像無頭蒼蠅一樣，能做的也就是到處流竄，遇到看似好欺負的NPC就順手宰了；

遇到規模比較大，看起來打不過的就轉身跑了，根本就沒有什麼有秩序的抵抗和擊殺。

現在冷不防的聽到有人指揮，大家也就順便照著做了，根本沒顧上什麼服氣不服氣的問題……反正往哪裡跑不是跑啊，喊出來的那座標位置還有人等著，這會人是越多越好，自己當然也得趕快去……

正在人員陸續趕來時，赫托斯的軍隊也與雲千千等人狹路相逢。

彼岸毒草還在布置中，一支經過整合、看起來足有三、四十人的士兵隊伍出現在街道另外一頭。

其中領頭一隊長樣的NPC揮手命令士兵停下，也不繼續逼近，長槍一舉，再端平，朝雲千千等人的方向一指，風騷下令：「進攻！」

數十名士兵衝殺而來。

雲千千這邊集合的人數目前也只有不到百人，其他人還在陸續趕到中。眼看沒法偷懶，雲千千只好長嘆一聲，抬手刷出一片雷電，親自率眾參與群毆。

有了危機感的玩家們知道此時必須要靠通力合作才能闖過難關了，雖然許多人還是自視甚高，但也不敢說能以個人的力量抗衡如此之多的士兵們。於是，自覺的調配組隊之後，整合好的玩家們也第一時間跟著雲千千加入了戰局。飛天遁地、控制詛咒、陷阱封印……各類特色技能多種多樣，在此時一起刷出，充分讓彼岸毒草和零零妖等人在現場體會了一把隱藏職業的震撼。

士兵NPC們算是小精英怪的實力了，畢竟是要維護一方治安的，總不好太遜色。但是要認真說起來的話，隱藏玩家也可以算是玩家中的小精英BOSS。只有自己一個人的時候，也許他們的技能還不會很突出，畢竟有得到就會有犧牲，系統要維持平衡，在強大的技能或屬性之後，總會在其他地方出現弱點。

但是在隱藏種族的玩家們互相配合之後，原先略有不足的弱項和缺陷頓時被其他種族補足了，這時技能的效果和威力已經不是簡單的1+1=2，而是一個翻數倍的增長。

發現到這一點的玩家們越加興奮，手上技能不要錢似的一片片砸出，讓赫托斯派出來的士兵們連連受挫。

默默尋也暫時結束了野外采風，趕回城池，順著雲千千報出的座標就追了過來，帶著一票記者，悍不畏死的衝入戰爭現場採訪。

「請問你是什麼隱藏職業？你覺得這些士兵的實力如何，有沒有信心獲得勝利？對赫托斯這次發布的戒嚴令你有什麼表示？他說你們是恐怖分子，請問你對此觀點是否同意？在這次戰爭的背後，有沒有更深層的象徵意義？你覺得……」

「我很忙，請讓讓謝謝。」

「你忙你的沒關係，我不介意。」

「我介意。」控制技能的冷卻時間一過，該名被採訪的玩家順手把該記者列為敵對，刷出一片技能將記者和敵軍一起牽制住，緊接著迅速退開。

下一秒鐘，一片鋪天蓋地的刀光劍影、火球冰箭一起襲來，瞬間將這片區域無法動彈的數人全部刷成灰灰……

雲千千親眼目睹這一幕，長嘆一聲，十分惋惜的對身邊正採訪自己的默默尋道：「對於這一慘劇我表示遺憾。」

「沒關係，我有綁了所有記者靈魂印記的傳送石，其他人那裡也都放著幾塊備用。在偽神族使者那批發的，足足一箱呢。」默默尋毫不介意。

「……」下次得告訴那幫兔崽子們，在動手的時候得一網打盡……

NPC士兵在漸漸的增多，玩家們也在漸漸的聚攏。九夜果然在幾分鐘後就如預想中的那樣被玩家們順路帶回了，回來之後，二話不說就加入了戰鬥。

街道中的局勢向著白熱化發展，NPC 士兵們勝在源源不絕，玩家們勝在實力強悍，一時之間，場面竟然出現了微妙的平衡和僵持，誰也奈何不了誰。

但是玩家們的藥水總有用盡的時候，到了HP、MP補充不上的時候，那就真是無力回天了。再退一步講，NPC死了能刷新，玩家死了雖然也刷新，卻是直接刷回大地圖。這等於是不可再生資源，死一個少一個，就算藥品充足了，這邊也耗不起啊！

「這樣不行。」彼岸毒草很快發現了這個問題，憂心忡忡道：「得想個辦法從根源上解決問題。」

「怎麼解決？」雲千千轉頭看他。

「擒賊先擒王……」彼岸毒草如偉人般在面前的空氣中一揮手，做了個很決絕的斬殺手勢，曰：「殺了赫托斯！」

「……操！」

雲千千懷疑彼岸毒草是傻了，要不就是對方不了解情況。被斬殺前去見赫托斯的時候，她順手給人拍了幾個鑒定術，除名字以外的所有資訊都是一片問號，明擺著是人家實力強過自己太多，所以才會有這樣的結果顯示。就算九夜再逆天，也不可能殺得了這樣的NPC。

這就像一個小孩和大人打架一樣，別管你招式再精妙、反應再敏捷，人家手長腳長力氣大，一根指頭戳過來就能把你撂一跟頭，這就是絕對實力的優勢。

有時候不是光有理想和鬥志就行的，我們還必須面對現實……

彼岸毒草當然也明白這有點勉強，但是眼下他實在是想不出其他解開局面的辦法，只好硬著頭皮，照著這個思路分析了下去：「反正必須要赫托斯的命令解除，不然這些NPC就會一直刷出來。再說，也沒說要和赫托斯硬碰硬，妳不是最擅長那些下三濫……呃，我錯了，別這副表情。反正要嘛殺了他，要嘛色誘了他，妳自己看著辦吧。」

雲千千仔細分析，深入思考，最後覺得色誘赫托斯似乎不大可能，於是無奈的決定選第一條。「把九哥、

天堂行走和燃燒尾狐給我。」

彼岸毒草心疼：「其他兩個隨便，但是九夜的戰力這麼強悍，跟妳去可惜了……」

「不殺了赫托斯，誰也別想好過，你總得給我個拿得出手的戰鬥人員吧？」雲千千鄙視對方不分輕重。

彼岸毒草當然知道輕重，只是一想到這邊的局勢緊張就有點捨不得。沉吟良久後，為顧全大局，他終於點頭。「快去快回。」

九夜和天堂行走自然是一早就在隊伍裡的，唯獨燃燒尾狐落單中。

把零零妖踢出隊伍，雲千千傳出私聊，呼叫燃燒尾狐，問題簡潔扼要：「在哪？入隊。」

燃燒尾狐在通訊器那頭笑得嘎嘎的：「蜜桃妳來得正好，我跟妳說，那偽神族使者在跟我講他以前和他兄弟去偷看女人洗澡的事情。這小子太踏馬的陰險了，兩人被發現之後，他當機立斷抓著他兄弟滾出草叢，做扭打狀將人制服，最後跟那幫女人說他是來抓淫賊的……」

「耶？真的假的，這使者還挺機靈嘛，不錯不……呸，老娘不是來聽你講故事的！」雲千千在好友名單上刷出組隊邀請：「進隊伍，我們現在要去刺殺赫托斯。」

「為毛？」燃燒尾狐一邊進隊、一邊表示疑惑。

「你不知道城裡已經戒嚴打起來的事情？」不會吧？全城廣播，公會裡的人都知道了，這傢伙到底是跑到哪裡去了？消息這麼閉塞？

燃燒尾狐「哦」了一聲：「我無聊，算完赫托斯府裡的人後就跟著使者出城溜達了，沒開公會頻道，什麼都沒聽見。」

全城廣播嘛，那出了城後自然就是聽不到的。

「……」雲千千默然許久，嘆氣：「我們在赫托斯家大門那等你，快點。」

燃燒尾狐是擅長占卜術和弱點標記的隱藏種族。他這樣的人單人戰鬥沒什麼太出色的地方，可一旦和人配合之後，憑藉著預言術，卻能在很多任務和戰鬥中起到關鍵的作用。

實力強悍的BOSS按比例削弱屬性之後是什麼概念?那也就相當於隊伍中的攻擊輸出按比例提高。雲千千知道，在赫托斯面前能起到點用的戰鬥力，估計也就自己和九夜了，其他人去了也就是湊個熱鬧。唯有輔助職業，唯有燃燒尾狐，還能派上那麼一點用場。

而天堂行走的作用就更明顯了，這傢伙是個職業壞蛋啊，萬一真有需要走偏門的時候，有了他的那些稀奇古怪的道具，雖然不能說一動定乾坤吧，但起到點推動作用還是可以的。而且阿格夫還要靠他的追蹤地圖來搜尋呢，總不能把這一環任務給漏了吧……

燃燒尾狐回來的時候，偽神族使者居然也跟過來了。這人似乎是跟燃燒尾狐聊得挺投機，居然還有點相見恨晚的感覺。聽說雲千千把燃燒尾狐拉過來要進行刺殺活動，他居然還抱怨雲千千打擾了他們的遊興，同時表示自己也要跟來湊個熱鬧……

「我們這次的行動有點危險，您看您是不是……」您看您是不是滾遠一點，別妨礙我們?雲千千客客氣氣的笑著。

「哼。」偽神族使者一昂頭，傲嬌得不行。「妳放心，你們死了我都不會死。」

所謂騙子，是一個高智慧群體才能就職的行業。別以為在街上擺個易碎裂的瓷器讓人碰碎再敲詐就是騙子了，那種沒有技術性的其實一般應該叫做無賴。真正的騙子是精通各行各道的，擁有隨機應變的敏銳思維能力；最重要的是，有和人打交道時必不可少的口才與演技。

能充分運用自己的感染力，將他人帶入自己希望的思維模式中，這才是一個真正無愧於這一高端行業的騙子。

可是在雲千千看來，天堂行走此時的行為，其實早就已經脫離了騙子的業務範疇……飛簷走壁，這是飛賊的工作吧？

雲千千見天堂行走把一梯子架在赫托斯的外院牆上，招呼大家按順序講秩序、一個一個來時，一時都不知道該給個什麼表情。當然她也不可能提意見，讓人家去找個更有技術性的潛入方法，畢竟現在是任務，不是表演時間，還講那麼多花樣。能達到目的就是最好，手段無所謂……雖然老土了點，但還是上吧。

一過圍牆，偽神族使者立即眼睛一亮，壓低聲音，指著某一方向，「你們看。」

眾人就地隱蔽好之後再抬頭，正好看見後廂房中走出一票使女、侍衛。

雲千千皺眉沉吟：「那廂房裡住著赫托斯？」那麼多下人從裡面出來，這廂房裡住著的人一定身分不低。

天堂行走掏出皮革小地圖，看了眼此地標註，搖頭，「不是，這是赫托斯小老婆住的屋子。」

「那就是他在小老婆房間裡？」雲千千繼續桃爾摩斯中。

「……這個時間，在小老婆房裡做什麼？」燃燒尾狐問。

「嘿嘿，白晝宣淫？」天堂行走蕩漾了。

雲千千不高興了。「喂，有女孩子在呢，能收斂點嗎？」這群人真是不把自己放在眼裡，難道他們覺得自己就是男子漢屬性，可以一起迎風撒尿的那種，所以在她面前說什麼都不忌諱？

偽神族使者鄙視的瞪了幾人一眼。「誰說赫托斯在這裡了？」

「那你叫我們看廂房做啥？」

「誰叫你們看廂房了？」偽神族使者繼續鄙視。

「……」雲千千沉默許久，不恥下問：「那你剛才叫我們看？」

偽神族使者再次眼睛放光的伸手指，遙指向還未離開的那隊使女，興致勃勃的問：「你們看，走第三個，穿藍衣服的那姑娘長得不錯吧？」

「……」這種危急時刻了，您竟然還有如此雅興啊……四人一起感慨。

現在雲千千家的水果樂園裡的班底幾乎都在街道上和 NPC 幹著架，所有家底都在這了，不早點殺掉赫托斯的話，人員傷亡必定慘重。雖然她從一開始就沒有發展公會一統天下的心思，但畢竟還是要靠人殺上天空之城，在這裡全軍覆沒絕對是個巨大打擊。別說到時候一個人都不肯為自己賣命了，她還上哪找人去做牛做馬、衝鋒陷陣？

團結一致的在心中鄙視完沒事添亂的偽神族使者之後，成功潛入赫托斯府邸的一行人終於開始移動。按

照天堂行走標註的地圖，赫托斯府中的書房、主臥房和議事處，將成為最值得懷疑的三大地點。

路過阿格夫小紅點標記著的角落時，那地方又是一堆假山洞，眼看著紅點沒移動，天堂行走順口就問了句：「要不先去找阿格夫？」

被冷落的偽神族使者插嘴：「是我讓你們找的那個在天空之城四處挑唆的阿格夫？」

沒人理他，雲千千直接拉著九夜準備熱身，「我和九哥去。」頓了頓，再轉頭吩咐燃燒尾狐：「把周圍圈起來，別讓他跑了。」再頓一頓，繼續吩咐天堂行走：「你到小路那裡去望風，發現有動靜就吼。」

工作安排完畢，等燃燒尾狐布置完，天堂行走站崗就位，偽神族使者也躲到隱蔽處，確定外面沒有問題之後，雲千千和九夜這才終於進洞。

阿格夫果然在假山裡面，這傢伙似乎格外喜歡陰暗潮濕的角落，不知是缺乏安全感還是身分特殊，所以習慣性隱蔽。

因為不像天堂行走那樣偽裝了一個NPC身分，所以雲千千二人一露面，阿格夫自然知道這是來抓自己的冒險者了。一照面二話不說，他當即「刺溜」一聲往外竄，剛跑到洞口，就撞上一層隱形結界。

於是，本來胸有成竹的阿格夫當即大驚失色。

雲千千和九夜站在另外一邊洞口沒動，笑咪咪的向人家解釋：「束縛之陣，可以將走入其內的玩家和NPC束縛在一定範圍內，適合圈BOSS用，有效時間大概是十分鐘。缺點是布置所需時間太長，除了打埋伏以外，暫時是可以無視的一個雞肋技能。」

說是解釋，其實也可以看成是炫耀。這就跟電視裡那些反派角色殺主角之前總愛囉嗦一樣，如果他們當機立斷一顆子彈射出去，別那麼多廢話的話，別說一個主角，就是十個主角也早死了，哪還能等到那麼多絕處逢生的救援？

阿格夫臉色一變，還沒來得及說什麼，假山外的燃燒尾狐不高興了，聲音飄進來。

「什麼叫雞肋啊？信不信我朝洞裡丟個汽油彈進去！」

雲千千抹淚，「狐狸，你變壞了，以前的你多麼天真無邪啊……」

知道無法逃脫，阿格夫蒼白著臉轉過身來，抽出武器，警戒的問道：「你們想怎麼樣？」

「嘿嘿嘿……」

「……」阿格夫臉色漸漸沉下，緊張的吞了口口水，一言不發的緊盯奸笑著的雲千千。

「嘿嘿……」

「……」

「嘿……」

「別嘿了有話直說，想怎樣就放馬過來吧！」最難熬的往往是等待宣布審判結果的時刻，雲千千笑了足足一分鐘，阿格夫終於抓狂。

雲千千臉色尷尬，刷出個人任務面板仔細確認了一下，抓抓頭，轉身探個腦袋出假山，吼道：「那使者，你叫我們找罪魁禍首，人找到了，然後捏？」

任務本身就只說找人，沒說是殺是關是刑訊還是收買……所以雲千千其實也不知道自己應該把阿格夫怎麼樣，她就笑笑怎麼了？不允許嗎？

「……」

偽神足使者也黑著臉從隱蔽處探出頭來，跟人對吼：「問他在天空之城具體做過些什麼，挑唆了哪些人，有什麼布置……」

……阿格夫寧死不招。

「殺了吧。」九夜從進來開始就沒事做，眼看雲千千在阿格夫這裡折騰了五、六分鐘，終於不耐煩。

「別，有任務呢。」雲千千想想，刷開隊伍頻道：「小草，你找找默默尋，說我這裡有個大新聞，叫她馬上過來。」

專業的刑訊工作就得由專業的狗仔來做，雲千千自己沒時間耗著，逼問情報也不在行，可是另一邊不還有個在行的女孩可以利用嗎？

「等她來了他都跑了。」九夜不滿，蠢蠢欲動的刷出匕首兩把，信誓旦旦的向雲千千保證：「我保證只把他打個半死。」

雲千千依舊不放心：「還是不要了，萬一手重過頭了呢？」

「……那就挑斷手筋腳筋？」

「NPC 有手腳筋脈？」雲千千好奇。

「不知道，試試。」

「這樣啊……我考慮考慮……」

等待默默尋的過程中，燃燒尾狐在外面又補了一個陣；天堂行走望風無聊，溜出去在附近泡了個妞，順便打聽情報；偽神族使者憂鬱的拔草中；而雲千千和九夜就在假山中聊天，旁邊站著個面色越來越蒼白的阿格夫。

「其實你發現沒有？」雲千千一指阿格夫，對九夜道：「從我們進來的時候開始，這小子就一直沒有動手的意思。」

如果這是普通刷 BOSS 的情節的話，就算現在玩家沒有動手，NPC 也早該搶攻了才對，哪會有人就乖乖站在旁邊聽人商量怎麼對付自己的。

這明顯是一個非戰鬥的劇情，所以阿格夫此時才會顯得異常溫順。要是換作去的是赫托斯那裡的話，一行人進去怕是招呼都沒打一個就要被人當頭轟過來了。

九夜斜瞥阿格夫一眼，不滿的用匕首在假山壁上一戳一戳。「那又怎麼樣。」

「這只有兩種可能。」雲千千呵呵笑著跟人分析：「一是因為我們太過強大，他一見到我們就失去了對抗的信心……」

九夜無言的鄙視雲千千，雖然他相信自己的身手，但也絕對不可能說光靠氣勢就能震得住別人。這種傳說中的氣場太玄幻了，基本上除了小說電影動畫片中以外，其他環境下再不可能出現。

雲千千當作沒看到九夜的眼神，比出兩根手指，再接下去道：「第二種可能，就是他對我們沒有敵意……」

這更不可能了，人家是赫托斯手下的人，為毛會對妳沒敵意……九夜繼續鄙視中。

雲千千看出他眼神裡的意思了，剛想再說些什麼，隊伍裡已經傳來天堂行走的聲音。

「默默尋已經潛進來了，剛好和我們撞上。我找了個 NPC 帶她去換使女服了，馬上就過來。」

雲千千大驚。

明明等級不高，卻有辦法潛入戒備森嚴的赫托斯府，這是人才。明明是玩家，卻能泡上 NPC 裡的姑娘幫自己做內應間諜，這更是人才……

171 · 赫托斯

兩個人才湊在一起通力合作，很自然就排擠開了雲千千，接手盤問阿格夫的工作。

雲千千帶著一票人蹲假山外面等結果，閒得發慌的同時，自然個個臉上也是苦大仇深、焦慮重重，和現實中那些學測時等在考場外面的家長們的表情一模一樣。

要說她沒事做？其實人家挺忙，任務一個接一個，預定行程表上除了個阿格夫小受外，還有個深沉霸主赫托斯正在候駕，等待眾人的到訪。

可是要說雲千千有事做，她還真不知道自己下步該做啥，任務步驟超出自己預計了，最關鍵是偏離前世軌道了，這意外情況讓水果姑娘分外憂鬱和茫然。

要知道，天空之城的任務她現在可是越級挑戰的，本來倚仗的就是自己那點先知先覺，來彌補現階段玩家等級實力的差距，如果要是三番五次的出意外，那誰禁得起折騰？

無論雲千千有多麼的憔悴，任務也仍在進行著。

一會後，在天堂行走幫助下，假扮成使女的默默尋總算是啞巴著嘴從假山洞裡走了出來，那一臉的心滿意足、很HIGH很燦爛的模樣，讓雲千千看了都忍不住想歪了下——密室、昏光、孤男寡女……嘖……

「妳要的情報。」默默尋當然不知道自己被水果姑娘意淫了一把，套問到自己需要的獨家之後，也不忘遵守約定，把雲千千想知道的問題答案丟了過去，一副得意模樣：「瞧見沒？這才叫專業。別說妳那點小CASE，就連他初吻幾歲丟的我都能套出來……」

在某種意義上來說，八卦的默默尋確實也算是很適合記者這一行業。可也許是為了和前任的混沌粉絲湯相比，她的很多決策行為就經常帶了點焦躁和炫耀的感覺。就好像長期缺乏家庭溫暖的叛逆小孩，特別喜歡在大人面前炫耀自己有才華似的，急進而暴露，唯恐天下不知……

雲千千也不跟這叛逆小千金客氣，抓過對方遞來的小紙條，從上到下把那寥寥幾行字三秒鐘掃完，迅速就發現了阿格夫事件中的可疑之處……

哪裡可疑？她知道個屁！反正系統就是說她發現可疑了……

雲千千把這一情況向偽神族使者報告，後者就開始沉思起來。

為了後續任務，雲千千眼巴巴的在旁邊蹲了十分鐘，後來見對方一時半會應該是想不起自己了，這才終於放棄。她扭過有點僵硬的脖子，招呼身後正在和NPC小姑娘卿卿我我的天堂行走：「問問你相好，這裡安全嗎？」

天堂行走漫不經心的瞥一眼過來，低頭和身邊嬌羞的NPC小姑娘嘀咕了幾句後，擺擺手道：「她說這裡一般沒人來。」

「那我可把人丟這了啊，萬一被抓到了找你算帳啊。」雲千千哼哼唧唧，有些不放心，但又不能一直就這麼跟人耗著，最終還是只能下了這麼個決定。

「去吧去吧，我幫妳看著這裡，瞧妳那囉嗦樣。」天堂行走擺擺手，趕蒼蠅似的趕人，居然還不耐煩起來了。

「……你也得跟我們走。」雲千千咬牙。自己認識的這都叫什麼人啊！不是神棍就是騙子，不是暴力路痴天然呆，就是油滑卑鄙小色狼。

這日子真是沒法過了。

赫托斯這個時間應該是在辦公，畢竟城裡鬧出了那麼大的動靜，身為一個有身分有地位又有實權、隱藏得水很深的反派終級BOSS角色，在這樣重要的時候不多出來幾個鏡頭表示表示，也實在是說不過去。別的就不說了，好歹坐在辦公室裡緊皺眉頭、抽幾根悶菸、做憂國憂民狀總是要的吧。

於是，雲千千幾人在府邸書房內順利找到正在辦公的赫托斯，也就是理所當然的事情了。

赫托斯乍一見到雲千千一行人的時候很是驚訝，他臉色明顯一怔，像是想不通眼前的人為毛如此眼熟，繼而他露出恍然大悟的表情，大怒拍桌，「原來是你們！難怪會有人在城中搗亂。來人啊……」

「慢來。」雲千千連忙制止衝動的赫托斯，從身後拉出來一個號啕大哭的小正太，推上前一步，笑咪咪道：「瞧，你小兒子。」

「……」赫托斯吐血，揮揮手把聞聲趕來的侍衛們趕走。他瞪著那張哭得淚眼汪汪的小臉蛋看了半晌，這才把視線轉到雲千千身上。「妳想做什麼？」

「我不想做什麼，關鍵是你想做什麼。」雲千千跟他饒口令。

赫托斯冷靜再回：「我什麼都沒想做。妳不想做什麼為什麼還這麼做？」

「要是你不先那麼做，我至於這麼做嗎？」雲千千煩躁，一擺手讓還想說什麼的赫托斯閉嘴。「你有完沒完了？我們也別繞圈子了，一句話，你撤兵，我放人，要嘛一拍兩散。」

「……」話都讓妳說了，老子還說個屁……

赫托斯瞪眼乾生氣，卻也無可奈何，誰叫人家手上有人質呢。

其實這街頭戰本來也不屬於任務劇情，完全是因為NPC士兵被殺之後，系統自動做出的防禦應對系統。

一般系統編制內的防禦系統是這樣的，體制內的士兵官員被殺後，當地警備力量會自動出擊，捕殺行凶的犯人。不管行凶的人是多是少，都會是一個中隊的兵力負責對一支隊伍的捕殺。

剛才九夜要是自己動手把人殺了，基本上什麼事也不會有，頂多再來一支中隊而已。

可問題就出在周圍群眾太過熱情，百來號人一擁而上，隊伍又都是組得零零碎碎、缺員少人的，少說也勾引出了三、四十支負責捕殺兄弟的中隊兵力。而這早已超過赫托斯手上所擁有的全部軍事力量。

就這樣，系統判定了下，覺得這規模已經可以屬於大型恐怖組織活動了，於是手一揮，乾脆把事件升級，做成了個小型活動，發布系統公告，把整座城池都調入了備戰警戒狀態，就這麼開始了街頭混戰……

事情弄清楚之後，雲千千悔得連咬舌自盡的心都有了。這叫什麼事啊？合著鬧騰那麼半天都是她自找的，本來就沒安排那麼大的考驗，是圍觀群眾們的力量硬生生將這次暴力武裝衝突事件升級到了一個不可調和的程度？

所以說，人多未必是好事。人多力量大沒錯，但抵抗力量也多。

別以為只有身邊同伴會成正比增長，當一個群體的力量太過顯眼時，你會發現那些注意到你並來找碴的敵人也越來越多了……

撤兵令下達，危機解除。

透過彼岸毒草那邊的彙報，知道城內街戰確實已經平息之後，雲千千終於放心了，她捏著小正太一隻手臂在手裡，開始和赫托斯苦口婆心。

「早這樣不就沒事了嗎？其實你看，我也是個和平主義者來著。這事一開始就是你做得不對，我們好好的打著我們的工，什麼都沒幹，你莫名其妙就給我們栽個罪名把我們殺了；然後我們復活回來之後，一句話都沒說又遭受慘無人道的追捕。最後終於有人看不下去了，見義勇為，你們居然還想繼續打壓這些正義拔刀的人們……你說，這得是種多麼無恥的行為啊！」

「……」赫托斯臉上忽青忽白，咬牙切齒：「妳先把我兒子放了再說。」

「我放了他，你能保證也放了我們嗎？」雲千千一副害怕受傷害的小心翼翼表情。「保證不再派人追殺我們，不以任何形式通緝、為難和傷害我們？」

「……不能。」

「那我就不放人。正好這會有時間，我們先休息一下順便做好準備，反正實在耗不下去了，還可以撕票……」雲千千攤手道。

赫托斯想罵人：「既然能到這地方來，你們也算是大陸上數一數二的冒險者了，挾持一個小孩子做人質，這樣的齷齪事你們怎麼好意思做得出來？」

「聲名於我如浮雲。你不必多說了，像我這樣高層次的人向來不在乎那些身外之物。」

雲千千鄙視他……齷齪？現在這樣子的社會根本不是憑著一腔熱血和正直就能混得出來了。得了好處的一般都是小人，而如果想做個好人的話，那更是得比小人還小人。

這樣的命題太複雜，但卻是真實現狀。就赫托斯這樣的水準，還想跟她來嘲諷？這點話語殺傷力連破防都不夠。

趁著雲千千吸引對方注意力的空檔，燃燒尾狐在一邊滿頭大汗的搓了十幾分鐘銅板了。要說赫托斯果然不愧是終極 BOSS，他這樣子的卜算專業高才生費盡力氣，居然連對方的等級都算不出來，這是個什麼樣子的境界？

要真按照彼岸毒草開始說的那樣，讓一隊伍人去圍毆刺殺赫托斯的話，先不說其他的了，就算是赫托斯站著不動讓他們砍，沒個七、八小時的估計也拿不下來。

「不行啊，算不出來。」又折騰了老半天，燃燒尾狐終於不行了，他擦把冷汗，偷偷摸摸的在隊伍裡報告卜算失敗的消息。

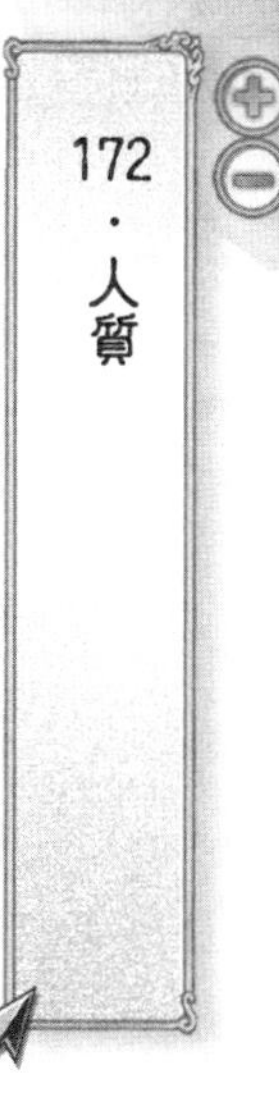

算不出來才是正常的。雲千千一開始也沒指望燃燒尾狐現在這等級就能算出赫托斯的資訊來，不管再怎麼隱藏的種族，也不能太逆天了不是？

於是聽到結果之後，她也沒怎麼失落，只淡定的頷首，「嗯，我猜你應該也是沒算出來。」她再臉色一正，一副嚴肅表情在隊伍裡提醒其他人：「大家注意了，這BOSS有99級，屬於初期遊戲中的最終級別。」

燃燒尾狐吐血，抓著銅板的手指都激動得直哆嗦了，顯然心情極度亢奮，幾乎失聲尖叫：「妳知道他多少級幹嘛還叫我算？」

「99級妳就敢只帶我們幾個來和人拚命？」天堂行走也亢奮了，但顯然亢奮的原因不大一樣。

雲千千笑呵呵的又拎出永恆的小正太，後者已經哭得嗓子都啞了，到現在也沒脫開魔掌。「不急，我們手上有人質。別說他區區99級，就是999級也得認了。」

九夜皺眉，顯然是職業的正義感讓他無法坐視光天化日、朗朗乾坤之下，居然還有這等欺凌弱童、綁架人質的事情發生。

跟著雲千千在一起混了那麼久的人，竟然還能保持這種程度的正義感和良知，這已經是一個很了不得的高尚品格了……

倒是天堂行走的道德觀念比較薄弱，一聽這句話頓時如醍醐灌頂般，恍然大悟的連連點頭，「是的是的，這小子可絕對不能放跑了，我們是死是活可全指著他在他爹心裡的分量了。」

小正太雖然年幼，但也聽出來這對話的意思裡自己似乎是走不掉了，一時間忍不住悲從中來，越加傷心，哭了一個天昏地暗，嚎了一個日月無光。那尖泣聲跟防空警報似的，嗚啦嗚啦一陣拔得比一陣高，一波比一波喊得響，完全有潛力在未來入駐雪梨歌劇院擔任首席男高音。

雲千千和天堂行走兩個土匪似的人一點同情心也沒有，根本不管那哭得悲愴的小正太，反倒是不約而同一起轉頭看向赫托斯，想觀察一下對方的反應，也好判斷一下這個人質策略到底能不能保證自己等人的人身安全。

赫托斯的反應很令人欣慰，他目眥欲裂，憤怒如一頭狂獅，他額上的青筋都因為稚子的哭號而根根暴起，咬牙切齒，一字一頓的森寒問道：「你們到底想怎麼樣！」

「……」得，又繞回去了。雲千千欣喜之餘無奈抓頭，很有耐心的重新跟人家繞口令：「我們沒想怎麼樣，關鍵是你想怎麼樣……」

九夜實在是看不下去了，面無表情的走過來。「把人放了吧。」

「九哥，不是我不放啊。關鍵是怕到時候這老賊一沒了顧忌就翻臉不認人……」雲千千跟九夜大倒苦水，手抓正太不放鬆。

九夜再想想，一緊手中匕首，咬牙堅定道：「我保護妳。」

雲千千裝作沒聽見這句話……

你保護我？這要換個 BOSS 的話，聽你的也就聽你的了。問題是 99 級逆天王者往這一杵，你叫我怎麼放

心把自己這百八十斤交給你？

眼看那行凶的女孩明顯是在裝傻，深感自己不受信任的九夜同學很不滿，張了張嘴，正要再說些什麼的時候，門外溜溜達達慢慢踱進一個人來。

「喲，都在這呢？總算找著你們了。」那人左右看了看，注意到雲千千幾人，頓時眼前一亮，很熱情的衝這邊揮爪。

雲千千滿臉的黑線。「……你不好好在外面待著，到這做什麼來了？」

來人正是偽神族使者。

阿格夫環節的任務結束之後，這傢伙就進入資料整理模式，冒充思考者，蹲伏在赫托斯府邸中一個隱藏很深的角落……按照內線女孩的說法，那地方一般沒人去，所以使者待著也算安全。可這下又是怎麼一回事了？為毛這 NPC 會突然出現，還如入無人之境般的直走到書房？

這下可熱鬧了，自己本來是給人家玩了一手投鼠忌器，可這會人家只要伸手一抓偽神族使者，輕輕鬆鬆的就可以直接給她反來個擒賊先擒王……沒了任務發布 NPC ，把人家使者都給玩死了，自己還能做個毛的任務啊?!

「是這樣的。」偽神族使者像是沒發現自己現在的處境，極自然的一步三晃的搖了進來，就和進自己家沒什麼兩樣。「我剛才一直在考慮接下來該怎麼做，好不容易整理出了一些思路，這就來找你們……咦，這是誰？」這人終於發現雲千千等人對面臉色鐵青難看的赫托斯了，上下打量一番後疑惑問道。

「你是誰？」赫托斯面色不善，看到又來了個和挾持自己兒子的強盜疑似一夥的人，他感覺分外不爽。

「我是誰？」偽神族使者詫異的重複一遍，正經八百的整理下衣服，一臉驕傲狀的提高音量，朗聲回答道：「我是天空之城神族使者。」

「……」您生怕自個死得不夠快是不是……雲千千呻吟一聲，一捂眼睛，都不忍心再看下去了。

赫托斯一瞬間就明白了這個身分所代表的含意，他瞇了瞇眼，臉色變幻諸多，眉頭緊鎖，顯然正在進行著激烈的思想鬥爭。

雲千千幾乎都能猜出來對方想的是什麼……是用兒子的安危冒險一把，將這使者斬殺當場？還是忍氣吞聲的按捺下去，等以後再另外尋找機會？……

「妳看，他一聽我的名頭就被嚇住了，我們天空神族的榮光真是無所不在。」雲千千還在嘆息中，偽神族使者已然在旁邊虔誠而動情的說了這麼一句。

「把他帶走，還嫌不夠添亂啊！」雲千千忍無可忍的一拍桌……沒有，拍到了小正太額頭上，剎那間讓人家本已快要停歇的哭嚎聲再次飛揚高亢了起來。

這任務真是沒法做了……

偽神族使者被清出去了，天堂行走跟了出去以防意外。房間裡的兩邊人再次對峙起來，而且現在情況比剛才還要麻煩。

剛才雲千千等人還能裝成無辜遇害的打醬油人士，糊弄兩句說自己反抗也是被逼無奈什麼的。而自從偽神族使者把天空之城的名頭刷出去之後，赫托斯再傻也該明白這些人上來是專程找自己不痛快的了。

最關鍵的外敵虎視眈眈也就算了，主要是這邊最強主力的九夜同學卻也隱隱有了叛變的心思……你說你一個大男人老計較一小屁孩委不委屈的做什麼啊？都說無毒不丈夫呢，您就不能心腸硬點？最起碼別連現場唯一的女孩都不如啊……

眼看赫托斯張了張嘴似乎是想說幾句什麼，雲千千連忙搶先一步打斷：「別再說那句你想怎麼樣了，這句臺詞反反覆覆出現三次，要再這麼折騰下去，讀者該懷疑我們是拖戲的了。」

「……」赫托斯被堵得閉上了嘴，想想又張開，再閉上，如此反覆幾次後，終於無奈了：「我不會自

殺的。」

「嗯，我也覺得讓你自殺有點不大現實。」雲千千頗有同感的點頭。可是赫托斯不自殺，自己幾人又殺不了他，那這任務該怎麼完成？

赫托斯沉吟良久，一咬牙：「我給你們個機會，如果你們可以在一週之內強行攻破我府邸的話，那我就保證不再對天空之城出手。」

雲千千拉過小正太到身邊來：「大哥，你看清楚，這小子可是你親骨肉呢。我們死了可以復活，他死了就徹底玩完了……難道你就不為他想一想？」

「系統規則是不能更改的，就算我想作弊也做不了，這已經是最大的讓步了。如果妳不同意的話，我只好大義滅親……」赫托斯冷哼。

「哎喲，說這話就傷感情了，一週就一週，不過一週內這小子得跟在我身邊啊。」雲千千見風使舵，連忙拍板把事情定了下來……

重新找到偽神族使者之後，一行人一起離開赫托斯府，再拉來彼岸毒草，幾個人聚頭等雲千千把事情如此這般講述了一遍之後，偽神族使者很快做出總結。

「如果真的可以阻止赫托斯的話，你們在天空之城的威望將達到無可復加的高度，就算要角逐城主也是絕對夠資格。」

駐地任務主要是做兩方面，一是聲望、二是武力。聲望累積需要無數小任務疊加，而武力則體現在最後攻打駐地BOSS、奪取駐地的方面上。

本來聲望任務是應該在天空之城慢慢刷連環任務的，可是現在直接對上終極BOSS，雖然把難度提高了不少，卻也可以節省不少時間。若這個任務真能完成，雲千千占領天空之城的夢想就等於直接完成了一半……當然了，前提是能完成的話……

「關鍵還是在這小鬼身上吧……」天堂行走看著雲千千懷裡如坐針氈的小包子，摸摸下巴，笑得一臉奸佞小人樣子。「這要是能用好的話，可是一枚好棋呢。」

「是啊是啊，我也這麼想。」雲千千一邊附和、一邊笑得嘎嘎的，嚇得她懷裡的小正太又快哭出來了。

按照彼岸毒草的意思，既然要在一週內發動對赫托斯府邸的武裝衝擊行動，那麼就一定要向公會內的其他人說明一下情況，也好提前做出布置。

一般的公會在做決策時，只要領導層內部商量好就可以了，可是水果樂園比較特殊。這裡的成員們都是剛剛才整合起來的，缺乏磨合；更重要的是，他們目的明確，加入公會是為了任務，而不是因為公會本身的名望什麼的。

所以，要跟這麼一幫烏合之眾談公會榮譽感什麼的，那純屬白搭，更別說讓他們信任並接受所謂公會領導人的安排了。

人家誰知道你是哪根蔥啊，憑什麼你說什麼人家就要做什麼啊？

於是就因為這樣，在一片以議會君主制為大趨勢的公會、傭兵團等組織形式中，水果樂園卻因為其獨特性而難得的實行了民主共和制。非不為也，實不能也，善哉善哉，阿門……

向公會裡的人介紹情況也是個需要力氣的工作，這需要強大的口才、控場能力、嗓門、耐心等等等等。

三百來號人一起吵鬧，那場面效果絕對不是一般的亂。不用多，只要十個人裡有那麼一個嘴賤討嫌愛插話的，基本上這頻道就清靜不下來了。

所以可以想見，被分配到說明任務這一工作的彼岸毒草將會有多麼的可憐。最要命的是，他還不能有一點抱怨，因為向公會內成員說明情況這一提議，正是他自己提出來的。

這，就是傳說中的自作孽。

一葉知秋組著早已安排好的一隊人，帶著公主，從登陸上中轉站到現在，已經有小半天的時間了。因為對地形不熟悉的關係，這一行人走得也就異常緩慢；另外除了要辨別方向、探路和清理小怪以外，他們必須還得沿途收集情報，以便為日後的行動籌劃提供資料支援。

等到一路歷經艱難險阻，終於遠遠望見城池的輪廓時，疲憊的這一行人心裡別提有多麼激動了。

「走，進城買藥休息去！」一葉知秋一揮手，振奮的帶頭就要衝下去。

無常反應及時，眼明手快的連忙一把將人攔下。「等等，還不知道蜜桃多多在哪裡，萬一碰上了，被她看見公主怎麼辦。」

大夥不約而同的一起轉頭，正好和一臉不耐的公主的視線對了個正著。

「怎麼，難道我堂堂一個公主還見不得人嗎？」公主不爽。

一葉知秋很快注意到了這個問題。雖然說雲千千知道他們一行人上了中轉站，但是她並不知道公主也來了。這個 NPC 出現在這麼個地方顯得如此詭異，難保不會引人猜忌。

而且真要說起來的話，他組隊上天空之城的行為本身就已經夠惹人懷疑了，只是勉強還可以用參觀探奇這樣的藉口來敷衍下，所以大家明面上也就不去戳破罷了。可要是再搭上個 NPC 的話……即便是雲千千肯裝傻配合，一葉知秋自己也沒那麼厚的臉皮往外帶。

這不僅是侮辱別人的智商，更是侮辱自己的智商呢……做壞事，也得有做壞事的專業精神。

「要不，讓公主化妝成玩家吧？」隊伍裡有人怯怯的提出建議。

一行人再次把視線聚焦於公主身上，那肥肉、那油光、那下垂如沙皮狗的腮幫、那肥短如香腸的手指、那小眯縫眼、那……

三秒鐘後，一葉知秋首先慘不忍睹的別過頭去平復情緒，斟酌了一下用詞之後，才猶豫著在隊伍中委婉道：「我覺得吧，一般玩家裡應該沒這麼有特色的女性。即便有，肯定也不好意思出門。即使她好意思出門，我們肯定也不好意思往外帶；再而且，蜜桃也見過她……」

很多時候，一個男人身邊帶著什麼樣的女人，基本上就決定了這個男人的層級。女人的內涵和外貌，也就等於是男人的面子。即使是遊戲這樣的虛擬世界中，在條件允許的情況下，男人們也更願意把漂亮的女人兜在身邊帶出去炫耀。

畢竟大家都知道，漂亮的女人心氣高，不是事業有成或底蘊深厚的成功人士，她們一般都瞧不上眼，更別說跟隨左右了。所以那麼多老闆愛包養情婦呢，有時候也不光是因為好色……

如一葉知秋這樣身為大公會會長的有身分人士，一般身邊不是才華馥郁奇女子，就是嬌媚柔弱美嬌娘，冷不防的出來公主這麼個層級的存在，實在是讓人難以接受。

而事有反常即為妖，既然一葉知秋願意帶著這樣的女人出來丟人現眼，那就肯定是有著很深刻的理由了。

像公主這樣獨特的NPC，無論放在哪一個角落，那必然都是十分的引人注意，是所有視線匯聚的焦點。即便是把她丟到人山人海之中，也是那麼顯眼，一瞬間就能被人們無情的視線給揪出來。

這樣子的人還想扮低調、假裝玩家？做夢！

「扮成女騎士吧，那個有遮面頭盔……」無常推推眼鏡，沉吟半晌後提出建議：「不然就盜賊夜行裝？反正主要看公主自身的屬性和哪個職業相符，這樣萬一有需要的時候，也不會那麼容易穿幫。」

「我是法師。」公主大概也聽出來無常這意思是叫她改裝了，連忙提供個人情報以供參考：「美麗、高貴而睿智的法師，這是最適合我的職業。」

「……」無常面無表情的轉過頭去，繼續跟一葉知秋商量：「我個人覺得扮盜賊比較可行。騎士都是高血高防，萬一真的要是碰面了，再正巧有個危急情況的時候，身為負責防禦的職業，不出去頂著就太說不過去了……」

「隨便吧、隨便吧。」不管公主穿什麼服裝，一葉知秋都是完全提不起半點興趣的。聽完分析之後，也是揮揮手就同意了這一建議，根本沒打算提出任何意見。

三十分鐘後，一個全身黑布包裹，遮臉戴頭罩的女「肥」賊終於新鮮出爐了……NPC嘛，要換衣服畢竟沒有玩家那麼方便，必須得一件一件往身上套穿，而公主這體型換衣服又比較艱難……

「真是佛靠金裝，人要衣裝啊……」一葉知秋看著遮住了公主整張臉，只露出一對眼睛的那個面罩，很滿意的點頭。「公主您換上這套衣服後看起來要漂亮得多了……有一種神秘的魅力……」

一切準備好，終於可以進城了。

眾人事先就套好了詞，公主扮演的玩家的新身分暱稱由落盡繁華的線上女成員名單中隨機挑選，最後被決定為白萱。這樣是為了便於待會萬一有加好友的情況時，也好有個真實身分配合遮掩，免得穿幫。

而真正的白萱則是在公會中對自己的遭遇表示了震驚，她悲憤欲絕之下，最後終於在一葉知秋許諾了一整套藍階逐月裝，勉強振作起了精神，總算是鬆口同意了將自己的身分與遊戲ID暫時外借。

一葉知秋等人踏進城池的時候，全城清剿運動已然結束，雲千千等人和赫托斯的協定也已經達成。現在正是彼岸毒草在水果樂園的公會頻道中，向其他人介紹任務內容和一週內進攻運動安排的時候了。

在城內戰戰兢兢的晃了一圈，遇到玩家十數人，搭理自己一行人的一個也沒……閒晃了一圈之後，一葉

知秋等人從最開始的小心翼翼到疑惑不解再到習以為常又到閒庭信步、輕鬆隨意……這中間的心理變化不可謂不大。

補充好藥品道具，再找到一個歇腳的小店子，一行人坐下休息之後，一葉知秋皺眉沉吟：「這不大對勁啊，看起來像是出了什麼事情的樣子。」

「嗯。」無常也開始動腦筋思考著：「一路上看到的玩家都有些漫不經心的樣子，還有些嘴脣開合卻沒發出聲音，可能是在頻道裡說話。」

「是任務？」一葉知秋問。

無常「嗯」了一聲點頭。「看起來是了，不然還能有什麼大事？」

「是討論任務進展？」一葉知秋替人家著急：「難道是任務遇上什麼難處了？哎呀，這些人能不能解決啊？」

一隊人面面相覷，眼看著一葉知秋著急上火的也不知道該怎麼安慰他才好。

倒是無常又掃了眼過去，開口：「皇帝不急……你急什麼急？」

「……」

其實一葉知秋現在也挺無奈，他帶著人本來是上來搗亂的，可眼下的情況卻很尷尬……知道任務情況的唯有雲千千一個人而已，他們什麼也不清楚，只能跟著人家屁股後面乾逛，什麼都做不了。為了怕出意外，也為了怕被人發現，更是什麼都不敢做，只能默默的關注……

比如說眼下，如果雲千千等人在四處忙活著的話，那一葉知秋還能勉強扮演下幕後黑手，判斷一下現下到了什麼進度，再躲個陰暗的角落裡袖手旁觀、等待時機。可如果雲千千等人不忙活了，他就憂鬱了，摸不清到底是個什麼情況，只感覺分外茫然和無措。

雲千千等人在公會裡把事情交代完了，就下來自由活動了。主要是身邊還帶著個小人質，其他不敢說，包吃包住總還是要的，儘管不是自己的孩子，可也不能太虐待不是？萬一把人餓瘦了，到時候赫托斯心疼了要發火怎麼辦。

於是，揮別另外幾人，雲千千和九夜就拎著小正太出門找食物去了……飯店裡的東西太貴，給別人家的孩子餵飯用不著那麼盡心。

一出門，剛走沒半條街，無巧不巧的兩人就和剛惆悵完的一葉知秋等人撞了個對頭。

雲千千首先笑咪咪的打了個招呼，接著視線習慣性打量了對方的隊伍成員一番，一落到穿著夜行衣的公主身上之後，頓時就拔不出來了，愣愣的呆滯在原地，一副很受刺激的表情。

一葉知秋心虛：「那個……這些都是我們公會裡的人。」

公主體型太獨特了，雖然說已經遮住了臉，但真要對上雲千千這黑山老妖似的人物，他心裡也沒把握一定能糊弄得過去。

雲千千聽見人說話才回過神，她愣愣的看了公主一眼，再看一葉知秋一眼，再看公主一眼，再再看一葉知秋……如此反覆幾次之後，直到一葉知秋都憋不住心中忐忑了，她這才湊過去，壓低聲音：「一葉會長，原來你喜歡的就是這樣子的款式？一個漢堡？」這傢伙該不會是從哪個貧困山區出來的窮苦孩子吧？所以才對這樣看起來生活比較優渥的、看似比較耐餓的女孩情有獨鍾？

一葉知秋的臉色紅了又白，白了再紅，咬牙：「……她和我不是妳想像中的那種關係。」

「不用解釋了。」雲千千很善解人意：「有勇氣帶著這樣的女孩出門，我相信你們之間一定是超脫了世俗的真正愛情……一葉會長果然不是看重皮相的真男人，我佩服你。」一個大拇指豎出來，雲千千臉上滿是真誠的欽佩和敬意。

一葉知秋欲哭無淚。相對比起公主身分的穿幫，他突然發現眼下這樣的誤會才是真正的地獄……

無常輕咳了一聲，瞥了一眼九夜牽著的小正太，頷首淡定的問：「這誰？」

「小孩子。」九夜一貫的簡潔明瞭，多一個字都不答。

「哪來的小孩子？」

「NPC家裡的。」九夜還是簡潔，就是毫無重點。

「……」龍哥家的？是龍哥家的吧？目前就只遇到過這麼一個習慣帶兒子滿世界亂跑的 NPC 了。再說除了他以外，水果姑娘似乎也不可能帶得出其他人家的小孩，她又不拐賣兒童……

在對於別人家的小孩毫無記憶欲望的男人眼裡，天底下所有的小孩子都是一個模樣，只除了衣服有區別外，就再看不出任何特徵了。

無常狐疑的盯著被看得忐忑不安的小正太，眼睛眨也不眨。

一葉知秋心裡也有同樣的疑惑，以至於暫時放下了被誤會的鬱悶，跟著一起專心打量小正太。

寒暄完畢，雲千千也沒有與對方深入交流的欲望，乾咳一聲後，很痛快的揮手道別：「沒事我們就先走

了啊，回見。」

「回見……」

目送一男一女一正太遠去消失在街道另外一邊之後，一葉知秋小隊立刻展開了熱烈的討論。

無常提問：「是那龍哥家的吧？」

隊員A答：「是的是的，肯定是的。如果不是的話，要讓那水果耐心帶孩子根本是不可能的事情，她從頭到腳完全就沒有半點母性光輝，她甚至連女人的自覺性都欠缺，天生的無利不起早性格，絕對不會做好事幫人當保姆。」

一葉知秋再提問：「公主，妳看呢？」

「我對小孩子沒興趣。」公主鄙視的答道。「等他長大以後，如果有龍哥那麼帥的話再說。」

「……」

換句話說，人家只要爹不要兒子，即便是龍哥的種，在她眼裡也是浮雲，完全沒有任何值得記憶的價值。再說直白一點，她知道個屁……

最後大家推斷後一致，拍板認定，小正太絕對是龍哥的孩子不會錯。再於是，新問題又來了。

「那水果帶著龍哥家的孩子到處亂晃做什麼？」

「小包子他爹呢？」

「出差了？」

「客戶的小孩嘛，幫忙帶帶也不是說不過去……」

「無常，問問九夜什麼情況。」一葉知秋再插嘴。

無常也鄙視道：「九夜是單純，但他不傻……」自己等人本來上天空之城的行為就夠可疑了，再要湊過去打聽龍哥的事，那純粹就是告訴人家自己是來搗亂的。這人皮癢了，欠人抽是不是？

公主激動了：「龍哥的孩子怎麼能由別的女人帶？我才是他未來的媽！」

「……」一行人一起斜眼。

「不行，我要把那孩子領回來。」說走就走，公主轉身拔腿就要衝去追趕雲千千，搶奪人質籌碼。

「攔下，綁住，帶走！」一葉知秋也激動了……馬的，這女人一天不給他找事會死是不是？擁有十萬大軍的公主啊，她想踏平哪裡基本上就是揮揮手的事情。想搶回孩子容易，但問題是搶回孩子之後，自己等人要算計天空之城的時候怎麼辦？這不是打草驚蛇嗎？

使盡渾身解數，好說歹說的終於說服公主按兵不動之後，一葉知秋等人已經是一頭大汗。中間公主幾次險些暴走召出大兵壓境，要不是一葉知秋承諾她事後一定會把孩子搶回來，沒準這個臨時聯盟當場就能解散。

經過不怎麼友好的協商之後，為了大局著想，公主最後還是退讓了：「現在不動那孩子可以，但是只要發現情況不對，我就要立刻把孩子搶回來……」

從被雲千千相中作為人質的那一刻開始，小包子就註定了楣運纏身，命犯天煞孤星，在近段時間內，擔任人質將是他唯一的工作……

中轉站裡，除了一葉知秋這批後來者以外，這裡那裡都是水果樂園的桃子兵們。既然做好了一週內攻城的準備，當然就要安排布置參戰人員，對赫托斯府邸的地形、兵力以及巡邏安排等等情況做一個詳盡的調查，用一個專用點的術語來說，這叫勘查。

知道自己的公會裡有翼人族的隱藏種族玩家，調查人員當仁不讓的肯定要由這群人來擔任。雲千千在頻道裡問了聲，轉個方向就朝著翼人族的玩家群活動方向殺去。

「喲，飛著呢？」走到對方活動的地方，天上飛著烏壓壓一群鳥人，雲千千笑咪咪的抬頭，很和藹的打招呼。

「有事？」鳥人中飛下來一看似大哥大級的人物，懸停在空中，很風騷的搧著翅膀，居高臨下的問道。

「沒什麼，就是想請兄弟們幫個忙，查看下赫托斯那邊的情況。」

空軍耶！在玩家們普遍還停留在陸地活動的年代，自己居然就已經擁有了劃時代的空軍隊伍，這是多麼偉大的壯舉啊！

儘管沒想過要把公會發展壯大到什麼驚人的規模，但一想著這些隱藏種族的高人們都匯聚在自己公會裡，還是讓雲千千忍不住有些小激動。

話一說完，鳥人大哥大向上空一招手，那群鳥人呼啦啦就全飛下來了，足有二十號人左右。再一轉頭，鳥人大哥對雲千千頷首，氣派十足：「既然在妳的公會做任務，盡份力當然是應該的。可是兄弟們上下線時間有點不統一，想安排人踩盤子的話，妳是不是先給個章程出來安排下？」

喲，聽這黑話說的……踩盤子？看來也是個內行的兄弟。

雲千千就愛和這號人打交道，很開心的跟人家套交情：「兄弟和九哥不會是一路人吧？」

「九哥是？」大哥大疑惑。

「警察。」九夜面無表情的答。

「……倒是經常打交道。」大哥大的嘴角抽了抽。

「同行？」

「不是……」大哥大的嘴角再抽了抽，「經常被他同行抓去喝茶……」

馬的，這原來是個混混……

雲千千只管對外公關，具體安排這種公會中瑣碎的事就是彼岸毒草的專業了。在公會裡把彼岸毒草呼出來後，雲千千就帶著人潛了，剩下的雞毛蒜皮留給小草操心，她繼續領人亂跑，去找下一批人。

在社會中，最吃香的就是人才，各種各樣的人才。

當其他公會都在為了招攬人才而苦惱的時候，雲千千卻為了人才太多而苦惱。人力資源是個很艱深的課題，如何讓不同的人在各自的崗位上發揮所長，這是一個需要反覆斟酌的問題。

現今有點本事的人都喜歡玩矜持，這號人不跟別人一樣趕著在各類場合做自我介紹、自我推銷，反而個個靦腆如大家閨秀。他們更樂意站在一個不算顯眼卻又不算偏僻的角落，等待著別人慧眼識珠，發掘自己的潛力。

用句通俗點的話說，這叫裝蒜。

如果你能發現到他，他就擺擺架子，吊足你胃口後跟你走；如果發現不到，他就隱藏得更深，暗地裡嗤笑你無識人之明。說不定他還寫本小說，意淫著自己未來大放異彩後帶著一干小弟高調回歸，而你就是那懊悔不已的炮灰配角……

所以人才們一般也有個共同屬性，就是犯賤……

把犯賤的人才們挨個找了個遍，再把當初無常招進人後順手遞來的各張報名單轉到彼岸毒草手裡，雲千千拍拍手，人事調動任務轉交，自己算是徹底沒事了。

袖手帶著九夜和小正太繼續無所事事的瞎閒晃著，雲千千在城池裡走走晃晃。

隨著彼岸毒草在公會頻道中的指揮安排，其他玩家們都先後接到了各自被分配的任務，漸漸開始忙了起來。只有雲千千跟吃飽了沒事幹就出來散步溜食的退休大爺似的，東拉一個、西扯一下的到處惹人嫌。

這樣反群眾的存在自然是惹眼的，不一會，雲千千就被一夥隱藏玩家捉住了。

在水果樂園這樣的特殊團體中，公會成員們普遍都對領導層缺乏起碼的敬意。彼岸毒草這樣有高層氣質的和九夜這樣實力身分超然的例外，而對著雲千千，他們可就沒那麼多講究了。基本上所有人一見著這女孩，就跟看見了可以一起看A片滿嘴跑火車的哥兒們一樣，完全沒有半點尊敬對方的自覺性。

「那個誰，過來下。」攔獲雲千千的那隊人中出來個代表講話的，對雲千千招了招手，示意讓她過去。

那個誰？那個誰到底是哪個誰？雲千千左右看了看，好一會才反應過來是叫自己。本著團結基層的角度出發，身為堂堂一會之長的她連忙興奮的跑過去：「叫我呢？」

「嗯哪。」那人點頭。

「大哥怎麼稱呼？」雲千千樂呵呵的再問……那人她看著面生得很。

這也很正常，一下招進來三百來號人，要雲千千個個都能記住的話，她得是智商兩百的天才美少女了，到時候《禍亂創世紀》就可以自動更名《洛臨Ⅱ》，純潔路痴小酷男九夜搖身變幻深沉霸主……

不知稱呼的大哥大被問得愣了愣，有點不確定的轉頭問自己身後的兄弟：「這女孩是蜜桃多多吧？水果樂園會長？」

「嗯嗯，沒錯。」另外幾人附和點頭指認。

「哦。」大哥大點點頭，再轉回來，「剛才副會長安排我們去小怪身上刷魔石，預備給兄弟們升級裝備用的。」

雲千千唏噓做同情狀，「是嗎？那麼任務還挺重的……」

但凡公會等組織有統一大任務時，比較正規的方式都得替參戰人員準備藥品、道具等物資。老話說，大軍未動、糧草先行，在這裡也是差不多的道理。

大公會有公款，底蘊深厚，碰上這情況自然是直接從倉庫裡調用需要的東西就成；但換到了水果樂園這個新興暴發戶這裡，一切都得從無到有，任務自然顯得越加艱鉅。

於是這會除了針對赫托斯的行動人員以外，自然還有負責後勤準備的。眼下這一行人就都是擅長群攻技能的種族玩家，被彼岸毒草派出去專門刷物資。

九夜自從進了城之後，整天淨跟在雲千千後面被強拉做隨身保鏢，動手機會異常的少，這會已經閒得快長出草來了。他一聽要出去刷怪，頓時也有些動容，下意識的摩挲了一把手裡的匕首。「你們去哪刷？」

「就去城外不遠的地方。這裡的怪都狠，最低級的也夠我們折騰了，不敢瞎逛出去。」那大哥大轉頭發

現是創世第一高手問話，態度頓時熱情了不少，大方笑笑答。

「嗯，你們去吧去吧，早去早回。」雲千千被身邊的小正太扯了把袖子，知道這小不點餓狠了，連忙跟人告別。

帶著人家孩子在外面晃蕩半天了，到現在連餅乾都沒給買一個呢。要說天空之城裡想找個吃東西的地方真不是容易事，怪的級別高了，就代表地方層級高；地方層級高，消費水準自然也高……生活不易，世道艱難啊……

「哎，蜜桃這是去哪裡啊？」大哥大見雲千千要走，連忙把人再攔下。

「沒事沒事，隨便逛逛。」這人別是想蹭自己飯吧？雲千千以水果之心度君子之腹，暗暗思忖的同時還有些小不爽。聽聽這稱呼，叫彼岸毒草就是規規矩矩的副會長，輪到自己就直接蜜桃了……會長尊嚴蕩然無存，規矩何在？方圓何在？

「你們什麼時候去刷？」九夜沒管這兩人對話，又問了句。

大哥大笑道：「就現在呢，早去早收工。」

「……要我幫忙嗎？」只要一單獨行動就保准迷路的九夜蠢蠢欲動。

「那自然好呢。」大哥大大喜過望。「本來就想喊你們一起的，剛沒好意思開口……」

「有什麼不好意思的。」九夜脣角微勾，露出了心滿意足的微笑，匕首在手指間挽了個花兒。「走了。」

「嗯，兄弟們，都走了，跟第一高手刷怪去了……」

一行人熱熱鬧鬧、有說有笑的往城外走去，雲千千被夾在群眾中，雲裡霧裡的跟著都快走到城門了才猛然回神——馬的，誰說自己也要跟著去刷怪了？她出來散個步招誰惹誰了？!

赫托斯是個梟雄，赫托斯是個大大的梟雄。

所謂梟雄大家都知道，這號人物一般都是有本事又帶著那麼點霸道氣質的。其為人處事的格調基本上是曹公座右銘的升級版：人不犯我，我也犯人；人若犯我，往死裡犯人……

如此一個記仇的梟雄，在被一個小女孩一番威脅之後，想讓他再嚥下一口鳥氣是萬萬不可能的事情。雖說 NPC 守則限制了他們不能說謊，但背地裡做些小動作卻是沒什麼問題。反正只要表面工夫做到了就行，具體情況還可以具體分析嘛。

於是赫托斯分析一道之後，覺得自己就這麼乖乖的聽話，等著人打上門實在不是回事。雖然他答應了對方一週內能攻破府邸就不再插手天空之城，但是他可沒跟人家說過自己不會主動出擊啊！

管妳有準備還是沒準備，反正老子已經準備好了。妳不打過來是妳的事，老子要不要打過去就是老子的事了……

赫托斯用很剽悍的強盜理論調戲了雲千千一把，而遺憾的是，雲千千此時還並不知道自己已然被算計……要說地頭蛇始終還是更有優勢，更何況雲千千手底下那幫還沒磨合好的成員們此時也算不上強龍。

赫托斯有條不紊的一個個命令下達了下去，其府中兵士們立刻井然有序的行動了起來。調查雲千千等人行蹤的，城池內戒嚴巡邏的，秘密整兵待發的……整個城池在不一會後就被赫托斯手底下的人暗中控制了起來，只待他們老大一聲令下，馬上就能跟出了閘的野狗般，瘋跑出去咬人。

在這一切行動布置著的同時，赫托斯首要最關心的，當然就是自家兒子的安全。他殷切的囑咐著被派出去的各下層領導人員們，一定要注意小少爺的動向和安全，一有機會，立刻不惜代價搶回人質……

就這樣，被挾捲出野外刷怪的雲千千，身後跟上了兩批追蹤者：企圖搶回「龍哥的兒子」的公主和一葉知秋一行人，以及小正太的正牌生父赫托斯手下的軍隊……

當地面王城大軍遭遇中轉站貴族精銳私兵，當玩家中的精英遇上 NPC 中的梟雄……嗯，這是一個多麼

聳動、多麼熱血的戰爭大作題材啊！要是把事情再鬧大點的話，光這一段情節就可以單獨開一卷寫個百八十萬字了，反正十來萬 NPC 什麼時候死光什麼時候算完……

一葉知秋本來是不想出來打草驚蛇的，要照他的意思，最好大家就在旁邊喝喝茶聊聊天看戲，等到雲千千把任務做完了，天空之城正式由系統城市變為玩家據點之後，己方再藉公主的威勢和兵力去大舉進攻。這樣自己可以拿到天空駐地，風頭正勁，公主也可以心滿意足的抱得美男歸，兩全其美，多好的事啊……

可是自從看見雲千千帶著的小正太之後，本來一直還算配合的公主卻不幹了。

這個公主自從跟一葉知秋合作以來，連龍哥的面都沒見到過半次，早已經是相思難耐，日日愁眉不展。這會兒冷不防的瞧見了「龍哥的兒子」，感覺那就是眼前一亮啊！

想見龍哥？只要把他兒子接到自己身邊，還怕龍哥不出現嗎？

於是，拗不過公主，又怕對方翻臉毀約的一葉知秋，在公主強勢的要求下，最後只好妥協，與之商定暗中跟在雲千千後面，看看情況再說。

既然是想暗中跟蹤，肯定就要注意隱蔽。在城裡時，隱蔽物是房屋暗巷、街頭雜物；而換到野外，自然就變成了草堆樹叢。這主要是由被跟蹤對象的行走路線和當時的環境來決定發揮，完全屬於隨機應變的行為模式。

野外嘛，又不是熱帶雨林，小路兩邊的隱蔽物就只有那麼多，大家的行走路線又都是同一條……所以，當赫托斯和一葉知秋的大隊人馬都在做著同一件事情的時候，出現不期而遇的情況就顯得分外理所當然了……

「老大，你覺不覺得下面跑動的人有點多？」府邸上空，翼人族玩家甲遲疑道。

赫托斯的手筆太大了，雖然極力的做好了保密工作，但NPC們頂多也只能做到出了府邸再隱蔽行蹤。在府邸中時，各色NPC跑來跑去的景觀依舊是分外惹眼。

大哥大本來正與一翼人美眉談笑風生、打發時間，聞言才轉移注意力湊過來，手搭涼棚的作眺望狀，問道：「哪裡呢？」

翼人玩家甲手指腳下府邸，鬱悶道：「這兒那兒都是。」

只見赫托斯府中人來人往，步履匆匆，一看就是有明顯的調度，不然總不能是赫托斯在這種時候心血來潮想辦宴會吧？

「嗯？」大哥大漫不經心的瞥了一眼。「還真是的，誰給蜜桃多多飛個消息過去報告一下？」

「……老大，剛才不是只有你加了她好友嗎？」

一片靜默後，終於有一翼人玩家小聲喃喃道。

「咦，是嗎？」大哥大疑惑了下，接著不以為意的大笑：「哈哈，我飛就我飛，我這就飛……」說完後他拉了剛才與他說話的美眉，在公會裡問了雲千千座標，「刺溜」一聲飛出去了。

「……」馬的，是叫你飛消息！

雲千千身後的兩支人馬還是鬼祟前進，因為行進角度不同的關係，再加上兩批人一路都注意躲藏，所以一時之間竟然誰都沒有發現誰。

可是不一會後，隨著跟蹤行動的逐漸進展，兩批人走的路線也漸漸靠攏。從上空看的話，明顯可以看出他們在刻意向著雲千千的方向匯流。終於，撞車已經是在所難免……

「呀！」

一葉知秋的隊伍中突然傳出一聲低呼，在大家都竭力收斂行蹤的此時顯得分外突兀。這等無組織、無紀律，關鍵是有可能暴露自己被前方那個齷齪水果發現的錯誤，當然是整支隊伍都一致鄙視的。除公主外，幾乎所有人都第一時間向發出聲音的那人投去了不滿的視線。

「怎麼回事？」無常不滿的皺了皺眉，壓低聲音問道。

「後、後面……」被瞪得有些手足無措的那玩家結巴了會，嚥了嚥口水才終於把話接著說了下去：「後面有人。」

啥？

一支隊伍的人都傻眼了，條件反射的向自己身後看去。果然，草叢中窸窸窣窣的鑽出幾個人來，都穿著統一的制式服裝，一看就是正規編制出身，此時抬起頭來與大家正好來了個面對面。這幾個後來者都是一愣，臉上漸漸顯出意外的神色來。

怎麼辦、怎麼辦、怎麼辦……

從來沒想過會在這時候暴露的一葉知秋當機了，此時他分外的迷茫和無助，傻愣愣的看著眼前幾個不速之客，不知這究竟是敵是友。更要命的是，這幾人看起來甚至連玩家都不是……

愣了半天之後，一葉知秋想著自己身為一會之長，總得做點什麼表率，於是勉強扯出一抹笑容，客氣的抬了抬手，「那個……HI……」

「……HI……」幾個疑似非玩家的後來者也沒回神，呆呆的跟著揮了揮手，眼底一片茫然。

「玩家？NPC？」一葉知秋問道。

幾個後來者依舊在發愣。

等了一會沒等到回答，一葉知秋沒耐心了，勉強再笑了笑：「謝謝。」抓抓頭，再抓住無常咬耳朵：「這幾人誰啊？」

無常瞪他一眼。「我哪知道。」

「別是那水果又從哪裡拐來的援兵吧？她就好幹這空手套白狼的勾當，比直銷賣保險的都專業。」一葉知秋有了個不好的設想，頓時一臉憂心忡忡。

「……」還真有這可能……無常越想越覺得一葉知秋的假設有可能，於是也跟著憂慮了，感覺那叫一分外煩心，他死命的揉太陽穴，「等等，你容我想想。」

這麼幾句話的工夫裡，後來的那幾位也終於恢復了思考能力，面面相覷了一下，當中一人皺眉開口：「你們是什麼人？」

這回換一葉知秋這邊的人面面相覷了。

什麼人？他們是玩家，是人族，是落盡繁華的人，是地面大陸地圖的人，是……從不同的角度來說，這個問題就有不同的答案。

比如說你代表公司去外地開會，登記處那別人問起你是哪裡的，那意思肯定就是指的哪家公司。你總不能報出來的是自己的家庭住址吧？人家又不是調查戶口……

「那能不能先請問各位是什麼人？」一葉知秋想了想，小心翼翼的反問了句。

後來者們遲疑了下，還是那位代表問話的人站了出來：「我們是這裡的原住民。」

「還真是NPC。」隊伍裡的小聊再次火熱展開，無常主講，開始有了一點憂患意識：「就是不知道和蜜桃多多有什麼關係。」

「問問九夜？」一葉知秋再次犯傻。

無常鄙視：「我記得我前面已經說過了，九夜不傻……」他再一轉頭，對幾個NPC頷首：「我們出來踏青的。」

「……」是，他不傻，你傻。這種話NPC能信嗎……一葉知秋反鄙視。

沒想到的是，NPC們居然還真給了個釋然的表情。

「既然如此，就不耽誤幾位了，我們有公務在身。本城沒有城主，最高領導人是赫托斯大人，如果你們只是暫留的話沒有什麼問題，但如果想長住的話最好還是辦個戶口……最近幾天城裡馬上要開始打擊犯罪，辦個戶口就不怕被當黑戶抓了。」

「……謝謝。」此時的一葉知秋再也想不出自己該給個什麼表情了……

翼人族的大哥大帶著美眉藉公務出遊，向著雲千千報給的方向直線飛去。由於空路上目前還沒有展開運輸業務的關係，再加上可以飛翔的道具也多在遊戲中期才會出現，所以此時根本就遇不上什麼阻礙物，速度也異常的快。

不一會後，兩個鳥人就追上了雲千千幾人所在的團隊。

翼人大哥大拉著美眉從天而降，直接落在了一行玩家的面前，呵呵笑道：「你們跑那麼遠做什麼，這離

城遠了危險。」

雲千千抓頭赧然，「也不是我們想跑遠，這不是想著孩子沒吃飯嗎？就乾脆去獸形小怪的刷新區，到那裡再順便叫九哥烤點烤肉什麼的……」本來還說不想出來、不想出來的，結果出城了一聽九夜哄孩子說給他烤肉，她這邊反而先興奮起來了。

創世第一高手親手做的飯啊，那不僅僅是好吃的問題，更重要的是說出去有面子……嗯，雖然她使喚九夜好像也不是這一天兩天的事了。

翼人族大哥大詫異的看了一眼九夜牽著的小正太，再看了一眼雲千千，怎麼瞅著怎麼彆扭，忍不住嘿然道：「怎麼能讓男人做這種事呢……」

話還沒說完，旁邊一直溫婉做小鳥依人狀的翼人美眉突然就翻臉了，她柳眉一豎，「男人做這種事怎麼了？難道你還想著回家了讓別人給你捶肩揉背打洗腳水？要再敢歧視女人，小心老娘剁死你啊！」

雲千千：「……」

眾人：「……」

大哥大尷尬，連忙陪笑：「我也就隨便說說的，老婆妳別生氣。」

「這位是？」雲千千遲疑。

「……我老婆。」大哥大一臉鬱悶，低眉垂眼的介紹了下，想想再挺著胸脯，得意洋洋的補充句：「現實合法的。」

別看翼人美眉剛才凶狠，一聽大哥大這麼介紹，頓時又羞紅了臉，一副不勝嬌羞的小女人模樣低下頭去，不好意思的擰著衣角，輕聲嗔道：「什麼呀，這也值得你炫耀……」

「……」誰，這還是個雙面嬌娃呢。

雲千千算是長見識了，一拱手，「大姐頭好。」

「……」大哥大頓時鬱悶。「自從結婚以後我已經不出去混了，妳這稱呼能不能改改？」

閒扯幾句之後，大哥大這才想起了自己這趟過來的目的，連忙把赫托斯府邸裡的異動報告了出來：「照妳說的，那宅子裡果然有動靜了。」

「哦？什麼動靜？……來，邊走邊說。」雲千千總算逮著光明正大偷懶的理由了，她拉上大哥大和性格分裂小美人混進隊伍，走著走著就走到了隊伍後面，擺明一會是不打算出力了。

大哥大想了想，「因為隔得有點遠，所以聽不到他們說什麼。不過看著好多人進進出出的，一看就是準備出去幹壞事的樣子……我們以前出去幹群架前也是這麼個氣氛。」

九夜拉著孩子走在旁邊，聞言不動聲色的掃來一眼。

大哥大沒注意到，雲千千倒是把對方的眼神捕捉個正著，頓時一個激靈，總算想起來這位最看不過的就是大哥大這號人的行徑了。

「來，這邊說。」雲千千再一拉大哥大和小美人往別處去，然後轉頭打發九夜：「九哥，你跟前面的人走，別丟了啊！我去辦點正事。」

「……」

大哥大能提供的消息其實也沒別的了，他們畢竟只能看，不能聽，把當時情景一複述之後，分析的事情就不關他的事了。這位倒是比雲千千還省心。

177・美麗的誤會（上）

說著話的這會兒工夫裡，這時候大家已經走到了早前定好的刷怪區域，各自準備開工。

雲千千被遠處停下來、似有所思盯著自己和大哥大這邊的九夜給弄得寒顫了下。她想了想，決定還是發個消息給彼岸毒草把這情況報告上去，順便把大哥大夫妻弄過去，免得老礙某人眼……負責調度的人本來就該是彼岸毒草，憑什麼要她在這裡傷神外加提心吊膽啊……

毫無責任感的女人在推卸問題時永遠是那麼理直氣壯。

彼岸毒草不比雲千千的散漫無狀，在公會裡一聽這報告，立刻就察覺到這其中肯定有古怪。雖然不清楚赫托斯具體打算做些什麼，但是個人都知道現在他最恨的就是那顆卑鄙水果。

於是二話不說，他直接調人去雲千千那，這樣赫托斯一旦有動作，自然也就能第一時間明白狀況……

眾人選的刷怪點是一片平原，一眼望去不見邊際，只見到三三兩兩奇形怪狀的小怪在其上悠閒散步，一副很閒適的模樣。

在還沒有對外公開的這片地圖中，野生生態環境異常好是理所當然的。說實話，只要沒有喊打喊殺的玩家們，這世界本來就應該是這麼一片祥和景象了。所以從這一點上來說，玩家其實跟到處燒殺搶掠的土匪也沒什麼本質區別；而赫托斯如果不計天空之城禍亂事件的話，本來人家也應該是一個捍衛領土、抵抗入侵玩家、受萬眾景仰的英雄來著……

雲千千左手一根烤腿，右手一串烤蔬菜，吃得滿嘴流油邊安撫九夜道：「九哥，說實話，那人已經不做老大很多年，你也不用老跟人家過不去。再說都是遊戲，他就算真沒金盆洗手，也頂多就是帶著一票小弟橫行霸道，圈地盤作威作福……跟其他玩家幹的事一模一樣的。而現實裡，那就屬於小妖的管理範疇了，咱不操那個心，啊？」

「……妳把烤好的東西給孩子留點。」九夜瞥了她一眼，沒接這話題，不鹹不淡的來了句題外話。

雲千千剛從烤腿上凶狠的撕咬下一塊肉來，一聽這話愣了愣。她看看左手已經留下一個缺口的肉塊，再看看身邊一臉饞相的小包子，琢磨一會後，騰出油乎乎的爪子拍了人腦袋一下，一臉嚴肅的開口：「做人質就要有做人質的自覺，姐為綁架你也費了不少力氣，衝這份辛苦，我先吃，你沒意見吧？」

「……」九夜黑線，嘴角抽了抽。他渴望的看了眼不遠處正在刷怪刷得熱火朝天的一行人，再看看自己手中正在炮製的烤肉，只感覺分外的失落……

這還是個女孩子呢，不指望她賢良淑德了，可她就不能學著做做飯？

這邊的九夜失落，那邊埋伏的兩路人馬比他更失落。

本以為雲千千大張旗鼓的折騰任務，到了野外應該是有什麼了不得的事情要辦，沒想到到了地方才發現，人家就是來刷怪練級的。而且還不是她自己刷，這位光在旁邊吃吃喝喝，蹭著別人的經驗，順手調戲小正太，這日子過得叫一愉悅。

只可憐了埋伏著的這些人，動又不敢動，怕漏掉什麼重要的事件；看又沒啥好看，別人吃喝玩樂著，自己趴草叢餵蚊子。最關鍵的是，那幫刷怪的人東跑西跑的，冰火雷電還滿天飛……萬一這要是不小心落個火星在身邊把草叢點燃了，自己到時是跑啊還是忍啊？別到時候什麼沒打聽出來，自個先壯烈了，只給創世紀留下個魔幻版革命烈士傳奇……

「會長，那些NPC還在附近。」隊伍裡，玩家甲向一葉知秋報告：「我們要不要撤退先？萬一真是蜜桃多多那邊拐過去的NPC，一會就麻煩了。」

一葉知秋沉思一會後，問無常：「怎麼辦？」

「我怎麼知道。」無常淡淡的掃了一眼公主的方向，再看回一葉知秋，若有所指：「如果要我說的話，現在最好暫時撤退。就算不撤，起碼也要離得遠一點看看情況。問題是有人不幹。」

「……」

確實，大家都不是問題，最大的問題是這一會一變的公主。

所有人把視線轉向公主，想看看對方的反應。結果公主卻是完全沒把隊伍的人放在眼裡，正全身心專注於遠處搶不到烤肉的小正太身上，緊張的唸唸有詞。

「哎喲，這笨孩子，跟他老爸真是差遠了，龍族的連塊肉都撈不到……馬的，又被搶了，你不會上爪子撓她啊……」

另外一邊的NPC們也很糾結，他們是被派出來跟蹤的，同時瞄準時機救回小少爺。既然是跟蹤，首要條件當然是隱蔽自己不被發現，不然那就不叫跟蹤，是叫尾隨，而且還是死皮賴臉的尾隨。

可是現在隱蔽性已經沒有了，一葉知秋等人的橫空出現讓這些NPC們分外疑惑和茫然。在無法分辨敵友的情況下，這些人的存在使他們格外顧忌。

「大家覺得那些是什麼人？」NPC 甲問自己身邊的同伴，廣泛徵集群眾智慧答疑解惑。

「反正肯定不是大人的手下，他們是冒險者，以前從未打過交道。」

「沒準是那個劫走小少爺的冒險者的同夥。」

「對、對，地上大陸來的人沒一個好東西……」

「他們是不是有什麼陰謀？」

「綁架和強闖赫托斯大人府邸都已經做了，他們還能做出什麼比這更嚴重的事情？」

NPC 們交頭接耳、議論紛紛，積極開動想像力，琢磨一葉知秋等人的意圖。

最先說話的 NPC 甲環視了一圈，沉吟良久後終於下定決心，握拳堅定道：「不管怎麼樣，這些人不是我們同伴這一點是肯定的了。既然不是朋友，那他們就是我們的敵人……照原計畫，救小少爺。另外把原定截阻蜜桃多多的人分出一組，去搶先襲擊那隊冒險者！」

「吼——」一干 NPC 們紛紛應和……

被眾多玩家、NPC 們一起監視著的雲千千，根本就不知道不遠處草叢中兩撥人的計畫，她這會兒終於吃飽喝足了，正百無聊賴的調戲小正太。

九夜的烤肉使命也已經完成，在小正太手裡塞了一堆肉後，終於如願以償的加入了刷怪的行列。兩把小匕首在手中上下翻飛，他殺得是酣暢淋漓，根本連往這邊看一眼的興趣都沒有。

就在這平靜祥和（？）的氣氛中，突然，一陣不和諧的騷動從遠處傳來。

唯一無所事事的雲千千第一個發現不對勁，她轉頭向騷動處看去，正好見到遠處一簇草叢中站起 NPC 若干。

其中一個領頭男子手中長槍一揮，指著他們身側一個方向，凜然斷喝：「殺！」

隨著這一聲令下，草叢中「呼啦啦」撲出一大隊人來，衝向領頭男子所指方向的另外一處隱蔽物，桿桿長槍齊心捅進去，戳出人影六個……

「咦，一葉會長？」雲千千一看清那六個人影中的一葉知秋，當即驚詫：「這是怎麼了、怎麼了？你偷看他們老婆洗澡了？」

「呸！」一葉知秋被打得手忙腳亂、應接不暇，但聽到這話還是忍不住抽空衝這邊啐了一口……馬的，這到底是什麼女孩啊……

「果然是敵人！」聽到雲千千叫出一葉知秋的名字，剛才還有所猶豫的 NPC 們頓時肯定了自己心中的揣測，越加發狠，咬牙再喝：「殺光！不要讓他們有機會反抗！」

這些冒險者明擺著是一夥嘛，不然怎麼會認識，還那麼熟稔的打招呼……

在單純的 NPC 腦中，判斷敵友的標準簡單到令人髮指，他們就覺得敵人認識的人肯定也是敵人。

「草泥馬！果然是蜜桃多多一夥的！」一葉之秋遇襲，也覺得肯定是雲千千搞的鬼，不然那些 NPC 為毛會突然出手？這肯定是因為那桃子察覺到自己等人了，所以先下手為強。

至於說剛才雲千千那聲問話？馬的，這女孩最喜歡裝傻了，那哪叫問話啊？分明是明知故問，赤裸裸的挑釁啊這是……

雲千千眼睜睜看著不遠處的 NPC 們和一葉知秋殺到一處，莫名其妙的抓了抓頭，百思不得其解：「到底怎麼了這是……」頓了頓，她一指 NPC 人馬，轉頭問小正太：「小子我問你，那是你爹的手下吧？」

這整個中轉站就數赫托斯最有勢力，除了他，其他NPC也調不出這麼多人。而且最關鍵是自己謙遜待人，人緣好著呢，除了赫托斯以外，也不可能有其他人跟她過不去……

小正太一邊看遠處打架、一邊咬口手上的肉，腮幫子動動動，半天後嚥下去，這才騰出嘴來說話：「不知道。」哼，知道也不告訴妳……

「臭小子……」雲千千嘟囔著再轉回頭去，又看了會兒，越看越覺得茫然。

這絕對是赫托斯的軍隊沒錯，但是為毛？為毛赫托斯軍隊裡的 NPC 來了以後不是救小正太，反而卻和一葉知秋幹上了？

178・美麗的誤會（下）

這到底唱的是哪齣啊？

NPC軍隊一出手，立刻顯示出了過硬的軍事素質，只見這些人配合默契，勇猛無敵。尤其是這裡的NPC本來就比玩家等級高，再加上赫托斯擔心自家兒子，派出來的更是精英。

只見領頭NPC長槍一指，一片地面就龜裂開來，一葉知秋等人還未站穩，旁邊的長槍又補上，什麼靈蛇出洞、橫掃千軍……但凡是雲千千想得出來的招式，這些NPC手上無不耍得出來，那叫爐火純青。

而一葉知秋隊伍的人能代表公會上天，自然也是公會玩家中數得上號的高手。他們平常PK打架跟家常便飯似的，群毆經驗是豐富無比，雖然說在眼前的NPC面前占不上什麼優勢，但抵擋一下卻還不成問題，瞅準機會也能還上幾招，就是殺傷力不夠大。

公主倒是有千軍萬馬，問題是人家現在扮演的是女肥賊白萱，頂著一個普通玩家的身分。如果她這會兒把十萬大軍召來助陣的話，那不是明擺著告訴人家自己是冒牌貨了嗎……

場面就此膠著，誰也奈何不了誰。

而那邊打得熱火朝天，這邊被兩撥人同時定為目標的正主雲千千卻分外寂寞。她不僅不明白兩撥人為毛會打起來，更不明白這些人為毛要特地跑到自己面前打起來。

身為一個不明真相的非自願圍觀群眾，雲千千表示壓力很大。想了想，她覺得自己就這麼乾站在旁邊看人打架實在是不大好，於是手呈喇叭狀，衝著戰圈開始大喊：「加油嘿！打多不算多，打少不算少，宰掉一個賺一個嘿……那誰，用你的槍戳他……小葉子，那傢伙居然敢爆你菊花，還手搧他巴掌……加油加油！嘿咻嘿咻！……」

兩邊人一起吐血，面色難看，很有同仇敵愾一起衝過去殺了那女孩的衝動。

但是此時的雙方心中依然存在著很深的誤會，他們都覺得對方是雲千千那邊的人；而受此心理影響，兩方人自然也都覺著那女孩的嘲諷技能是衝自己一人來的了……

缺不缺德啊，居然放個這麼卑劣的禽獸在旁邊擾亂軍心……兩方人心中的觀點不謀而合，一起越加生氣的怒視對方。

這使眼見是沒法打下去了，被那女孩在旁邊一攪和，所有人都覺得本來熱血沸騰的一戰變成了像是在耍猴。當然了，被耍的那猴具體就是指自己……

「行動！」領頭 NPC 終於忍無可忍，一揮手，負責搶人的 NPC 們立刻脫出戰圈分離了出去，向著雲千千這邊狂奔而來。

「詭，想偷襲姑奶奶？」剛喊完一撥話的雲千千還以為自己終於引起公憤了，眼明腳快、身體啵兒棒的迅速往旁邊一跳……

結果人家看也沒看她一眼，直奔專心啃肉的小正太而去，一抄手，頓時把小小身子撈了起來，腳跟一轉再逃竄而去……

「呃……」

雲千千被突發狀況給驚得窒了窒，繼而鬱悶了，她這時才想起來自己忘了要保護人質。

而一葉知秋等人則是一愣，一時沒能反應過來這是怎麼回事。

倒是公主一看這情況就發火了，跳腳暴喝：「快把龍哥的兒子搶回來啊！」

龍哥的兒子？哪裡呢？雲千千被這一聲喊給弄得莫名其妙，抓抓頭，想想還是撈出狗笛吹了吹，不一會後，凱魯爾神秘出現。

「什麼事？」

「……沒啥，你跟那幫人去看看什麼情況。」雲千千伸手一指 NPC 逃竄的方向，為凱魯爾指派任務，後者應聲而去。

公主這會兒顧不上雲千千了。前面早就說過，這人和一葉知秋合作的目的也不過就是為了一個龍哥而已，天空之城的歸屬她不感興趣，她就想把「龍哥的兒子」搶到手，好逼得龍哥出現，一解她的相思之苦。

NPC 們搶回小正太後也不戀戰，立刻全員撤退了，不一會工夫就跑出老遠……

眼看著自己見龍哥的重要道具被人搶走，脫離了自己的視線範圍，公主豈有忍受得下之理？當時就顧不得一葉知秋，伸手從腰間掏出一塊令牌一揮，烏壓壓一片軍容整齊的大軍立刻憑空出現。

公主將自己那很富貴的小肥手一揮，氣勢凌人的遙指懷抱小正太逃竄的 NPC 方向，王八之氣周身亂竄，下令道：「給本公主追！人擋殺人，佛擋殺佛……不管付出多少代價，一定要把那孩子搶回來！」

說完，她親自率軍，和著大部隊一起以衝鋒破竹、勢不可當的氣勢席捲而去，只留下滾滾塵土……和無措的一葉知秋等人。

「哇塞，公主耶！」雲千千眼睛一亮，吹了個口哨，接著疑惑：「咦，公主怎麼會到了中轉站？」

「……」一葉知秋被雲千千狐疑的眼神盯得尷尬無比，支支吾吾的無法回答這個問題，最後他氣急敗壞的一轉身，「兄弟們跟我衝，去把剛找我們麻煩的那幫孫子滅了！」說完，他也如公主剛才那般氣勢洶洶的率眾離開。

「操，跟老娘轉移話題……」雲千千衝著一葉知秋等人逃跑的方向呸了口，然後重新坐下來，從空間袋裡掏出還剩下的烤肉，繼續有滋有味的啃了起來。

這一切說起來很費時，但實際上也不過是一、兩分鐘內發生的事情。有了九夜加入的刷怪團戰力大增，附近早被清場了，水果樂園的一行人現在都在遠處拉怪。

等到剛才混戰的 NPC 軍隊、公主大軍以及一葉知秋等人都已經離開之後，又過了差不多快一分多鐘，終於引好怪的九夜等人才出現在另外一邊那遙遠的地平線上。

等人跑到跟前了，怪一聚攏，刷怪團所有成員一起出技能，雲千千才掏法杖，很自覺的配合著放了兩個天雷地網、雷霆地獄……

藉著清場、收拾戰利品的空檔，九夜掃過來一眼，發現少一人，於是面無表情的問道：「孩子呢？」

「被他爹派人救走了。」雲千千撇嘴，漫不經心的回道。

「哦。」點頭，轉身，喝下紅藥藍藥各一瓶，補充狀態完畢後，得到解答的九夜毫無好奇心的又衝了出去，繼續拉怪，並未就小正太消失問題發表什麼言論和其他相關詢問。

而雲千千則是重新坐下，繼續啃烤肉……

一個小人質的消失，在雲千千和九夜的心中根本未能掀起任何的波瀾。

而這個在二人心裡都不算重要的小 NPC ，在公主和赫托斯那裡卻成為了一場大戰至關重要的導火線……

彼岸毒草派到雲千千這邊來看情況的小隊此時還在路途中。他們並不是一開始就在一起的，所以在接到指派之後，還要先集合、組隊，補充藥品，聊天增進下了解，和吃個飯儲存體力什麼的……

等到一切雜七雜八的瑣事都解決完之後，小隊五人這才上路，以散步的速度優哉游哉的往雲千千所在的

方向「趕路」。

走到一半時，小隊中負責探路的玩家突然輕「咦」了一聲，繼而手搭涼棚眺望前方。

「怎麼了？」臨時小隊長問。

「前方有情況。」探路玩家臉色嚴肅道。

「什麼情……」臨時小隊長的話才問一半就戛然而止，因為已經不用問了，抱著小正太的赫托斯軍隊出現在遙遠的小路另外一邊。看那氣勢洶洶的樣子，臨時小隊長立刻明智的判斷出自己等人不是對手，於是一揮手，果斷下令：「讓道！」

小隊五人整齊劃一的向旁邊一跳，剛把路讓開，就見赫托斯軍隊已經跑到了近前。因為正急著趕路的關係，這些NPC看也不看玩家一眼，「轟隆隆」的從水果樂園小隊面前揚長而過，一副行色匆匆的樣子，就留下一地捲起的塵土。

「操，那是什麼人啊？」赫托斯軍過後，被嗆了一鼻子土的水果小隊眾人個個灰頭土臉，小隊長氣得破口大罵。身為一個向來在玩家中屬於高端存在的隱藏種族玩家，他們真是很少有這樣狼狽的時候。

「副會長說的有情況就是指這個？」隊伍中有人疑道。

小隊長想了想，點頭，「嗯，大概是。」

「那我們……」

他話還沒說完，剛才赫托斯軍出現的方向，另一股更大的塵土又騰捲了起來，看這架式，過路的人只會比剛才多，不會比剛才少。

「操，再讓！」小隊長氣急敗壞，手一揮，帶著水果小隊的人再次跳開。

他們遠遠的竄出去之後，不過一會，眾人就見到一個剽悍的肥婆帶著一支剽悍的大軍，再次「轟隆隆」的從自己面前席捲而過。

這次的大軍實在是太過龐大了，竟然「轟隆隆」了足有五、六分鐘才過完。等人都走完，風平浪靜之後，面無人色的水果小隊互相一看，自己小隊的人個個都成兵馬俑了，那滿頭滿身的土喲，動一動就能抖下一個小土丘來。

「……欺人太甚！」小隊長咬牙，怒火已瀕臨爆發。

話剛說完，一葉知秋的五人小隊也出現在地平線……

179・莫名其妙的戰爭（上）

為什麼？

一葉知秋心中的悽怨無以表述，他默默無言的抬頭，專注的凝望著頭上灰濛濛的天空，目光似想要看穿那團厚厚的雲層，到達另外一端的彼方。

緊握武器的手背上的青筋，透露出了他的恨、他的不甘……

是上蒼造化的捉弄嗎？冥冥之中究竟是誰在控握棋盤，彈指揮手間，如此輕易就將他從天堂打入地獄？為什麼要如此對他？他到底是做錯了什麼，才註定了今日要承受如此多舛曲折的命運？

為什麼……這一切到底是為什麼？

「會長？」旁邊一個怯怯的聲音響起：「那個，我們還是先找個地方坐坐吧，都在復活點裡站了半小時了，太擋人家道路……」而且關鍵是還容易被圍觀……

「……走！」

一葉知秋咬牙，低下頭，率先一轉身，帶著一起死回地面主城的小隊踏出了復活陣……馬的，這仇他記下了……

上中轉站的經歷對落盡繁華的眾人來說就像是一場夢，不，甚至比夢還短暫。

本來大家對天空之城的這次行程都是滿懷信心的。有無常精妙細緻的事前安排，還有公主十萬大軍做實力後盾，自己等人只需要做黃雀觀，等著那個水果牌的笨螳螂把事情都解決了，再最後出面就可以直接接收勝利果實……多麼好的一招借刀殺人啊！多麼完美的計畫啊！

所有人都覺得，這次一定能看到雲千千那張欠揍的嬉皮笑臉上出現驚愕、憤怒、不甘等等他們期待已久的表情了。可是等上了天，還沒等來得及監視到雲千千的什麼動向，緊接著發生的一連串事情就讓他們措手不及。

首先是遭遇了疑似雲千千幫凶的神秘 NPC 集團襲擊，接著是他們賴以倚仗的後盾公主率領大軍棄他們而去。如果這些還在可以接受的範圍的話，可是到了最後出現的那撥，對他們展開瘋狂襲擊的玩家的舉動，就讓他們怎麼也無法理解了。

幸運的是，一葉知秋帶上天的都是會中精英，平時單P、群P經驗豐富，所以在面對突然襲擊時還是很有專業素質的迅速給出了反應。

可是很快的，一葉知秋又想起了不幸的事情。那就是除了他率領的小隊外，這片天上地圖中的玩家們也全都是無常曾經跨刀幫忙挑選的精英中的精英，而且更可怕的是，人家個個都是殺傷力巨大的隱藏種族……

操，他們就是過個路而已，招誰惹誰了？為毛路上遇到的那隊瘋子個個都紅著眼睛，像是跟他們有什麼不共戴天的血海深仇一樣拚命攻擊他們？沒有這麼恃強凌弱的好吧……

世界太瘋狂了，恐怖分子四處流竄，原來現今的世道已經亂到了連走個路都要冒著生命危險的程度了嗎？

一葉知秋很迷茫，落盡繁華也很迷茫。直到他們最後被盡數剿滅，在恐怖小隊的歡呼聲中，重新復活於遊戲中的地面大陸地圖中時，都還久久不能從震驚和茫然中回過神來，他們對未來失去了信心。

篡奪天空之城的計畫……功虧一簣。

而一葉知秋甚至不知道自己到底哪裡做錯了，難道這一切都是那顆可惡的爛水果預謀已久的嗎？可怕的女人……

天空中轉站中，可怕的女人雲千千在悠閒的燒烤中，終於迎來了有說有笑的遲到五人救援小組。

這五人小隊似乎相處得很融洽，不知道在討論著什麼，氣氛十分熱烈，個個臉上還都帶著興奮和快樂的表情。他們遠遠瞧見雲千千就高興的拚命揮手，一副心情很不錯的樣子。

「蜜桃姑娘～」

「……」馬的，又是一幫視自己會長身分於無物的混球們……雲千千嘴角抽了抽，把燒烤架往旁邊一丟，不緊不慢的站起來。「你們還真是會抓時間，事情都完了才來……怎麼，路上撿到金子了這麼高興？」

雲千千早聽彼岸毒草說了，要往自己這邊派一隊人，好防備著赫托斯那邊有什麼動作。結果人還沒到，小正太就被搶走。這下好了，什麼都不用防備了，除非是赫托斯想再派人來刺殺她，否則短期內這邊是不會再有任何問題……這群馬後炮。

「也沒什麼，就是順手報了個小仇。」小隊長不好意思的「嘿嘿」一笑，接著才問起正題：「妳這邊的事情完了？」

「完了。剛有人來搶人質，已經搶走了。」雲千千根本沒興趣問人家報了什麼仇，她最好的一點就是對別人的私事沒什麼好奇心。隨口回答之後，雲千千就不懷好意的看著增援來的水果小隊，希望能從對方等人的臉上看出一些類似愧疚的表情。

誰知道這些人的心情依舊良好，懊悔、震驚之類的表情一概沒有，小隊長甚至還抱怨了句：「早說嘛，害我們白跑一趟。」

「……」

既然跋山涉水、千辛萬苦的來了，自然沒有轉身就走的道理，索性現在沒事，這支小隊也就跟著混編進了刷怪爆魔石團隊，一起奮戰在清怪第一線。

九夜再度失業。

身為一個高手，身為一個以磨礪自己技藝為目標的高手，他是不屑與人去搶怪的。這傢伙更喜歡的是拉上一大堆怪一起打，來鍛鍊自己的操作和技巧。

人手增多後，九夜找不到太多小怪可供練手了，乾脆就收起匕首走回來繼續烤肉，一副百無聊賴、生無可戀的模樣。

已經頗為了解九夜的雲千千瞥了他一眼，「九哥，無聊了？」

「嗯。」九夜垂著頭，翻動手中烤架，一副很寂寞的樣子。

跑得更遠些倒是有閒著的怪，可他就怕自己跑不回來……

「沒事，我料想赫托斯老頭搶回兒子之後就該有動作了，一會小草就得呼叫我們。」雲千千安慰道。

聽到這話，九夜終於打起了些精神，也肯抬頭了。「什麼時候？」

「這個……我只是預估，具體什麼時候也不清楚。」雲千千抓抓頭，很有些無奈。她這麼純潔正直的人怎麼可能猜得出赫托斯這種卑鄙小人的心思呢？萬一對方想先讓她放鬆警戒再突然派人也不是不可能的，自己怎麼能跟九夜保證什麼時候一定有架打？

於是，九夜失望的重新低下頭去，一身蕭索的……繼續翻烤架……

雲千千猜得沒錯，以赫托斯的精明謹慎來說，他確實是沒打算在搶回兒子之後就立刻動手。這老謀深算的傢伙追求的向來是不動則已，一動就要一擊必殺。

面對雲千千率領下的那強悍的水果團，赫托斯其實也很有壓力。他知道，能通過通道上到中轉站來的絕對不會是簡單人物，萬事還是保險些的好。

戰前布置、人手調動、城池布防安排……這些都要事前做好準備，一處都不能大意。

……是的，赫托斯原本是這麼想的。

可是在公主橫空出現之後，這個設想卻是無法實現了……

赫托斯軍成功救出小正太後，一路馬不停蹄的直接衝回赫托斯的府邸。將孩子一放，他還沒來得及喘口氣，立刻就蒼白著臉色，驚惶報告：「不好了大人，有支強軍入侵城池！」

「什麼？」

赫托斯看見自己失而復得的兒子，剛剛在臉上展露出欣慰和高興的神色，正要過去擁抱自己可愛的孩子，可是緊接著，他就被下屬彙報的消息震得愣在了原地，保持著起身的姿勢怔怔的呆立住了。

「……是那個女人的進攻開始了？」良久之後，赫托斯終於找回了自己的聲音。他想來想去，唯有這個解釋可以行得通，不然他實在是想不到還有哪一股勢力會突然攻打自己的城池了。

成功營救回小正太的 NPC 一臉凝重的點頭。「是的，帶軍的女人是原本來府上騷擾的那一行人的同伴，先前在野外營救小少爺時，我們還和他們發生過衝突。剛才在路上時，屬下還聽到她率人在後面喊著讓我們交出小少爺。」

美麗的誤會……

赫托斯一聽彙報，頓時氣得咬牙：「這個女人欺人太甚，我已經承諾在一週內接受她的挑戰了，居然還不肯放過我的孩子！」

「大人，請儘快做出布置。」

「好！全城戒備，準備出擊！」

有史以來最焦頭爛額的副會長，彼岸毒草……即便是在給唯我獨尊那樣橫衝直撞的莽人當屬下時，他也從未曾有過如此手忙腳亂的時候。

偌大的一個新興公會、數百個未經過磨合的公會成員、龐大繁瑣的任務、膽大包天的攻城計畫……事情一件接著一件，每當他做好了一項布置之後，那顆爛水果總能給他再攪和出另外一堆爛攤子來。

彼岸毒草一邊忙碌一邊咬牙，終於卯足了勁把一整疊公會成員資料表看完，一一做出了妥善的布置。他剛想鬆一口氣，系統公告就出現了，大致意思是說已經有人開始攻打赫托斯府，攻打任務現在進入倒數計時，請在時限內破壞掉府內中心樞紐……

馬的！是誰那麼手賤?!

180・莫名其妙的戰爭（下）

彼岸毒草只想到是水果樂園裡那群還沒完全服從的小子們有人動了手，甚至還懷疑過是不是雲千千空虛寂寞冷的刷出去沒事找事了，卻完全沒考慮到會有第三者插足的可能性。

別說是他沒想到這種可能，就算赫托斯又何曾想到過呢？他執著的認為自己的敵人只有水果團隊，根本沒想到自己兒子的美色居然還能吸引來另外一隻春心寂寞的肥公主……

彼岸毒草心急火燎的趕到現場時，第一眼就見到了那個手握重軍的肥公主。後者領著一大片軍隊將赫托斯府附近的幾條街道都堵了個嚴實，正在一邊發動衝擊、一邊歡快的罵陣，大致意思就是說交孩子不殺什麼的，看起來似乎還很興奮很投入的樣子，也不知道是在哪裡憋狠了。

彼岸毒草狠狠的怔愣了一把，揪住身邊陪自己一起趕來的另外幾個玩家，顫抖著手指指著公主問道：「這婆……女人誰啊？」水果樂園裡什麼時候有這麼醒目有特色的人物了？他怎麼沒印象？

看這體型，看這剽悍勁，再看這氣場……這肥女人的隱藏種族該不會就是那傳說中的狂戰士吧？

被問到的玩家們也很茫然。

「不認識啊，上天的時候好像沒見過這張臉。」

「你們確定？」

「大哥，比美女還要引人注目的，除了絕世美女以外也就只有她這樣標新立異的款式了。」被懷疑的玩家很鬱悶。「你說你要是見過這號人的話，能沒印象嗎？」

「……」說得沒錯。彼岸毒草頭大的想了想，再飛快的掏出一疊小紙片翻找了一番後，無果，他精神恍惚的喃喃問道：「那她到底是誰啊？」

「……」我們知道個屁。

雖然敵人的敵人應該也等於算是朋友，但這姑娘畢竟不是自己人，萬一人家把赫托斯府打下來了，到時自己公會的任務到底算不算是完成啊？

想到這裡，由不得彼岸毒草不慎重對待。他眉一皺，帶著幾個人就往公主的方向走了過去，準備和對方交涉一番。

「站住，幹什麼的？」一個軍士發現這邊玩家的企圖靠近，大聲喝止，手中大刀激動的向前一遞，差點沒直接戳進彼岸毒草的胸口裡去。

「……我想和那位美女聊聊。」彼岸毒草迅速向後退開一步，看著面前的大刀有點鬱悶。

「我們公主已經有丈夫了，你不用白費心思。」軍士義正詞嚴。

彼岸毒草：「……」

有了這個忠心為主的軍士，彼岸毒草想探聽情況的企圖算是徹底破滅了，主要是他接受不了自己被人誤會成喜歡那麼一號極品的事情。所謂士可殺不可辱，要這麼著被人誣衊，他還情願剛才那把刀戳進自己身子裡了呢。

最後看了一眼打得熱火朝天的赫托斯府，彼岸毒草長嘆一聲，只能帶著人暫時離開。

在這一路上，彼岸毒草大致把事情連貫起來細想了一下，現在已知道的情況只有兩個：一，那批包圍赫托斯府的人是由NPC率隊，而且這NPC別看長得難看，身分倒是挺高的，疑似某國公主。其二，則是這些攻打赫托斯的人既非友也非敵，聽那陣前叫罵，肥公主的目的似乎是要赫托斯交出一個什麼孩子。這倒是與自己等人無關，可怕就怕後面會有什麼變故。比如說對方一不小心把赫托斯家給全滅了，自己等人無法完成任務啦……

火速聯絡了足智多謀或者說卑鄙無恥的雲千千，彼岸毒草把這邊的情況一說，雲千千立刻帶著九夜就趕回來了。看她那興奮的樣子，與其說是著急戰況發展，不如說她是特意回來圍觀湊熱鬧的。

雲千千把彼岸毒草拉出來，組進自己和九夜的隊伍，開始介紹已知情況：「那公主我認識，是西華城一個強搶良家惡龍的肥婆，應該是一葉知秋帶上來的，就是不知道她怎麼和赫托斯家槓上了。」

彼岸毒草點頭。「既然如此就說得過去了。一葉知秋最開始開通來天空之城的傳送陣肯定是想來給我們作梗，公主率領的大軍應該就是他原本的底牌。難怪最開始送我們上來之後，他要擋在傳送門前遮遮掩掩的……可是現在這情況又是怎麼回事？」

「這個……也許人家只是因為找不到龍哥而轉移目標，想來個正太養成？」雲千千抓抓頭，對肥公主那神鬼莫測的飄逸思維同樣表示無法理解。

公主這麼一大把年紀了，還是黃花大閨女，當然沒那耐心再去領個童養夫。與其精心培養十數年，她還不如直接撿個完成品，哪怕是霸王硬上弓呢。

當然了，雲千千這會兒也絕對猜不到對方竟然是因為錯將小正太認成了小龍人，想挾孩子以令龍哥。

想來想去想不通是怎麼回事，雲千千乾脆給一葉知秋飛信傳書：「公主為什麼會和赫托斯打起來啊？」

一葉知秋果斷秒回消息：「呸！」

物啊。

這人被殺回地面，一口怨氣還沒完全消下去。他到現在都認為雲千千是早已看穿自己的陰謀，特意安排了一撥人截殺自己的。所以抱著既然已經撕破了臉，乾脆也就不用表面客套的心態，毫不猶豫的表示了自己的不忿……尤其是這女孩欺人太甚，前腳派人殺完自己，後腳沒事人似的又來打聽事情，這簡直是視他如無物啊。

「怎麼了這是？你剛才被人揍的時候我可是給你加油了來著，怎麼這麼萎靡啊？」雲千千倒是笑嘻嘻的毫不以為意，反正她沒臉沒……呃，不拘小節。

「妳還好意思說？」

「怎麼不好意思了？」

「妳明明剛剛才派人刺殺我……」

「咦，你死了？……我哪有空刺殺你啊，前面那會兒是你跟蹤我又不是我跟蹤你，就算想派我也得知道往哪派吧。」雲千千大汗，回頭小聲跟彼岸毒草嘀咕：「小葉子腦子壞了，有被害妄想症……」

「喂，我聽得到！」一葉知秋在通訊器另外一邊吼道。

「對了，你還沒告訴我公主為毛要去打赫托斯呢。」雲千千轉回來繼續掰扯。

「……」這姑娘把他說話當放屁是吧？

其實一葉知秋對赫托斯這個突然出現的陌生名字也很是在意的，他知道公主是去抓龍哥的兒子，但是這個赫托斯又是哪塊地裡冒出來的哪根蔥啊？難不成也是龍族？

出於好奇心，一葉知秋終於還是暫時放下心頭的不爽，問出了自己的疑惑。

雲千千呵呵一笑，答道：「赫托斯就是中轉站最大牌的貴族，開始我把他兒子還綁架出來了呢。就是你們被赫托斯家裡 NPC 攻擊那會兒，他們就是衝著這小不點去的。」

「……」一葉知秋嚥下一口血，面色難看的從牙縫裡擠出問話：「妳意思是說……那NPC是去搶孩子的？

那孩子是赫托斯的兒子？」不是龍哥的種？

「是啊，怎麼了？」雲千千繼續呵呵：「我們任務就是打赫托斯的府邸，不知怎麼了，公主現在正跟那裡較勁呢……」

一葉知秋瞬間崩潰，自己這到底是做了哪門子孽啊！合著鬧騰那麼半天，落盡繁華根本只是遭了池魚之殃；最可氣的是，現在公主因為一個誤會還正在幫那爛水果的忙……

「他掛了。」雲千千收回通訊器，一臉莫名其妙。「怪事，聽我說完他就不吭聲了，然後就切通訊……我沒那麼難溝通吧？」

彼岸毒草裝作沒聽到這句話，回頭跟身邊的幾個玩家指派任務：「去盯著赫托斯那邊的動靜，公主要攻府就讓她攻，你們先在旁邊看看情況再說。」

雖然還是沒聽一葉知秋解釋什麼，但從對話內容和前者的反應來看，彼岸毒草大概也把事情的起因推測了個八九不離十。

「到底什麼情況？」雲千千等彼岸毒草做完一連串布置後才抓了他問道。

彼岸毒草瞥了她一眼，有些感慨這位姑奶奶的狗屎運。

想想後，他才總結歸納：「總的來說，就是一葉知秋想帶公主來搗亂，但是似乎是出現了什麼誤會，讓他們和赫托斯的人都誤以為對方是敵人……再加上公主似乎對小孩子有什麼執念，於是就造成了現在的慘劇……」

真可憐，這幫人莫名其妙就給人家當了一回擋箭牌，本來布置得好好的王牌也成了水果樂園的槍……操作得好的話，事情應該挺順利的。

九夜鬱悶。「那麼說又沒我事了？」

彼岸毒草看九夜似乎一副很寂寞的樣子，連忙話鋒一轉：「當然了，我們自己也要過去現場了解一下情況，有什麼需要的時候出手也會比較及時……嗯，九哥，這就拜託你了。」

「成，那我這就帶他過去。」雲千千點頭，反正閒著也是閒著。

於是，彼岸毒草臨時調整了計畫，暫時留下來運籌帷幄。而雲千千則帶著九夜掉頭回了赫托斯府……

181・絞殺

偽神族使者正寂寞的蹲在街上，被滿街滿巷的士兵隔得遠遠的。他剛才看到這人山人海時，本來還吃了一驚，立刻就想進去看看情況，結果沒跑幾步就被人家提著領子丟出來了。盡忠職守的軍士們在執行任務時的清場意識還是很不錯的。

雲千千和九夜重新回來之後，看到的就是這個風一樣的男子蕭索失落的蹲在街邊，形似要飯的神態。

「嘿，那邊的小姑娘，嘿，嘿！」一見到雲千千，偽神族使者立刻眼前一亮，興奮的衝那邊揮起了爪子。

雲千千看了眼圍得滿滿當當的赫托斯府，發現暫時無法突破，於是笑咪咪的走過去搭理使者。「喲，又是生活所迫，改成擺起地攤來了？」

偽神族使者一上中轉站就大肆販賣道具的德行被雲千千記得死死的，有事沒事就拿出來說一下。這麼一調侃，偽神族使者也窒了窒，老臉一紅，乾咳幾聲，忙道：「叫妳來不是為這。」

「那是為啥？」雲千千蹲過去問。

「妳知道這些人是哪來的？」偽神族使者納悶的一指公主大軍。「我記得只有你們接了任務去攻打赫托斯府吧？難不成天空之城還有其他援軍下來？」

身為一個發派重要任務的NPC，他有必要確定是不是只有自己這邊的人接受了任務委託，以及任務完成後，究竟該如何判定獎勵歸屬的問題……比如說兩個人都接了殺同一個BOSS的任務，可是具體究竟是誰完成了，則是按照絞殺與否的標準來判斷的。總不能一個人做了前面，後面所有人都跟著白占好處……

系統給彼岸毒草的公告亦如是，赫托斯是沒辦法刷新的有身分證的NPC，水果樂園接了打他府的任務。這會兒有人先動手了，如果雲千千的人還沒動作，不能按系統要求親自破壞掉中心樞紐的話，那公主即使把整個中轉站都踏平也和他們沒關係。所以系統才會提醒那麼一聲，意思也就是讓水果樂園的人趕快出手，別跑慢了，到時候連剩飯都撿不到……

「放心，我們保證破壞掉中心樞紐。」雲千千安慰偽神族使者道：「那肥婆是出於私人感情糾葛才出的手，和我們雖然說暫時沒有衝突，但不保證她臨陣倒戈，突然變敵人……」比如說當她看到她在這裡，情急之下想抓了她來追問龍哥下落的時候……

嗯，這幾個「她」，相信大家都明白，不解釋。

有大事件發生，自然哪裡都少不了默默尋。雲千千還在跟偽神族使者東拉西扯，順便想辦法混進赫托斯府邸的時候，就看見默默尋帶著記者團出現的身影。這女孩最近在中轉站混得很HAPPY，撈了不少獨家新聞，藉著玩家的新鮮感和熱情求知欲，狠狠的出了一回名。

在這種良性刺激之下，默默尋最近更是志得意滿，工作起來極為投入認真，有成為新一代女強人代表的趨勢。

「小尋尋。」雲千千甜膩的喊了一嗓子，把NPC群中的那女孩召過來。「採訪到啥沒有？」

「西華城公主殿下就某人的違信事件發表譴責，代表整個西華城全體軍民對某人比出不雅手勢以表達自己的氣憤填膺之情，同時發表嚴肅聲明，要求某人儘快歸還她的夫君，否則她將帶軍踏平天空之城……」默

默尋面無表情的抄起小本子唸了一段，抬頭問道：「妳問的是不是指這個？」

「呃……」這女人的記恨心可真大……雲千千謹慎的往後縮了縮，生怕那邊戰圈中的公主一回頭瞧見自己。「除了這以外呢？她為什麼攻打赫托斯的理由妳採訪到了嗎？」

偽神族使者則是聽到最後一句大驚失色：「那個帶軍的公主要攻打天空之城？」

「她現在只是有這想法，但目前看來有些難度，因為公主說自己還不知道該怎麼上去。」默默尋答。

「哦……」偽神族使者暫時放心。

「至於說她為什麼對付赫托斯的理由……」看見雲千千謹慎小心的樣子，默默尋只覺心頭暗爽，痛快不已。「聽說是因為繈子被赫托斯搶去了，所以她這才大動干戈，想搶回那孩子。」

「繈子？」雲千千抓頭，不確定問九夜：「九哥，上來以後你見到小龍人沒？」

「沒。」九夜果斷搖頭，一臉躍躍欲試的看赫托斯府方向戰場。

雲千千也疑惑：「那麼她說的繈子是誰啊？」

默默尋本來還指望著這邊有獨家消息補充新聞內容，這才勉為其難的過來和這女孩說上幾句，沒想到人家比她還無知，頓時失望。「你們什麼都不知道？」

「等我問問吧。」雲千千撈出狗笛一吹，起先被派出去跟蹤大軍的凱魯爾頓時出現。

「幹嘛呢？我剛才正刷怪……」

「……」身為一個 NPC 您刷的哪門子怪？

九夜倒是感興趣：「對手身手怎麼樣？」

「還湊合。」

「數量呢？」

「一次不敢引太多，我都是一隊一隊刷。」

「都是戰系吧？」

「也有法系，偶爾還能看見治癒牧師。」

「哦。那麼……」

雲千千黑線。「喂，跑題了，大哥。」

「對了，妳找我有事？」凱魯爾總算注意到雲千千了。

「……」

詢問過後，根據凱魯爾的跟蹤報告，公主的目標顯而易見是衝著赫托斯的小兒子去的；而再按照她喊話的內容可以判斷得出來，這女人明顯是把小正太當成龍哥的種了。

這個誤會很美好，但是也讓雲千千很不能理解。除了兩個孩子一樣貪吃以外，她真沒看出來這兩個小豆丁長得有哪裡相似。再說，用頭髮也想得到小龍人不可能出現在天上……也不對，人家是龍，會飛的……

「那麼說，就是誤會了。」雲千千摸摸下巴，放凱魯爾自己去玩，重新轉頭跟身邊的兩人一NPC說道。

「嗯嗯，一場誤會引發的血案。」默默尋兩眼亮晶晶，運筆如飛，刷刷刷幾下就擬好一篇草稿，總算是讓她逮到一條新聞了。

「其實只要她把赫托斯給拿下，我個人對此是沒有意見的。」偽神族使者想想道。

「呸！」雲千千憤怒。「你目的達成當然沒意見，那我們的任務怎麼辦？」

偽神族使者笑咪咪的過河拆橋：「愛怎麼辦就怎麼辦。」

「……信不信我拿龍哥做條件，讓公主帶兵殺上天空之城啊？」

「妳……」偽神族使者瞠目結舌，怒視雲千千。

這回換雲千千笑咪咪：「無毒不女子，和一整座天空之城比起來，區區一個男人何足掛齒，再說又不是我男人。」

「……」九夜默默瞥來一眼，不語……

偽神族使者的終極目的是下來消滅陰謀搗毀天空之城的惡人，雖然說惡人眼看要被消滅了，但身邊還有個比惡人還惡的惡人加以威脅，這就不容他不慎重考慮。

畢竟這麼幾天相處下來，偽神族使者對雲千千也是有了一定了解，知道這女孩說出的話是真做得到的，別到時候前門拒虎，後門引狼……

「好吧，你們只要能趕在那個公主之前破壞掉中心樞紐，就算你們任務完成。」偽神族使者終於妥協……

「要想進去，我們首先得找一個沒有軍士包圍的地方。」九夜帶了雲千千在赫托斯府邸外繞著，有後者在一旁看顧著，他總算難得的體驗了一次帶路的快感。

「走錯了，這邊。」雲千千隨手把有脫離軌道嫌疑的九夜抓回來，非常習慣的若無其事問道：「那依你看，哪裡可以突破？」

「……我叫翼人族那幾個兄弟們來試試吧。」

沒有回答，等轉完一整圈後，九夜這才回身抽出匕首，淡定搖頭。「沒有，殺進去吧。」

翼人族的玩家們除了那個大哥大外，現在都還在赫托斯府邸附近上空看戲。這幫混小子絲毫沒有重任在身的自覺性，發現赫托斯這裡開打之後，只在公會裡跟彼岸毒草報告了下，接著就無所事事的蹲一邊閒聊了起來。直到雲千千呼叫到頭上的時候，都還是愛動不動的一副死德性。畢竟會飛嘛，長時間居高臨下看人，難免會產生一點優越感。

翼人族老大料想是因之前禍從口出正被老婆罰跪，接到雲千千呼叫訊息後，趕來的領頭鳥人是另外一隻。

「找我們有事？」

「能不能把我和九夜都送進赫托斯府邸裡去？」雲千千也開門見山，半點不浪費時間。

「這個……我們的負重能力有限。」鳥人很為難。

「把繩子拉進去綁在屋角上，我從外面房頂過去。」九夜遞了捆繩索出來。

鳥人這才痛快點頭，帶了繩子很快的飛入赫托斯府，尋找安全又夠高的綁繩點。

「附近房屋最高的頂多也就三公尺不到，下面的 NPC 有一百七、八十公分的身高……你從人頭頂上過，那不是擺明了給人當靶子？」雲千千目送鳥人離開後才憂心忡忡。

「夠快就行了。」九夜胸有成竹。

「我一手無縛雞之力的弱女子可沒你那麼好的身手。」雲千千眉角抽搐，感覺分外頭大。

「用妳的面具，或者化雷爬進去。」

「……」雲千千沉默一會後問道：「繩子導電嗎？」

「……還是用面具吧。」

爬繩子和爬電線是兩碼事，雖然不是很能確定繩索是否屬於導體，但九夜還是不想冒不必要的險。於是兩人的潛入方式分別確定。九夜選擇正大光明的強行硬衝，雲千千只能迂迴冒充、渾水摸魚。從這一點上來看，行事風格和個人性格果然還是有著必然的聯繫。

可是易容也是門大學問。要變身，也得選擇好目標。變公主軍的人，頂多只能跟著攻打攻打城牆，裡面的人不會放她進去。而變赫托斯軍的人，只要一接近就會被周邊公主軍的人捅成篩子，照樣是無用功。那麼變誰好呢？雲千千猶豫一會後，變成了龍哥……

「幫我帶個口信給你們公主。」雲千千信步隨便找了個軍士，一拍對方肩膀，抬手指了個小巷道：「告訴她，我在那邊的小巷子裡等她。你們繼續救我兒子，叫她一個人來。」

「你是？」軍士本來不爽，一聽這話駭然迷茫，心中隱隱有了某種猜測又不敢確認。

「我是你們駙馬。」雲千千露齒一笑，自覺帥氣逼人。

「……」駙馬怎麼這麼猥瑣？

軍士當然只敢在心裡懷疑，連忙跑到公主面前報告這一消息。只見兩人嘀咕幾句後，公主驚喜的轉身，順著軍士指示的方向，果然看到了正向她招手輕笑的雲千千。

「龍哥～」公主一聲嬌嗔，把雲千千嚇得差點轉身就跑。

畢竟親眼見到一個體重超過一百公斤的肥婆做千嬌百媚狀向自己撲來，這刺激終究不是一般的大。雲千千用了自己最大的克制力才沒臨陣脫逃，勉強扯出笑來，對肥臉通紅的公主輕聲溫柔道：「妳來了。」

「嗯。」公主被「龍哥」從未有過的溫柔視線注視得不知所措，害羞的低下頭去，香腸似的手指拚命的絞著自己的衣服角。

「我們走吧。」雲千千繼續笑，努力的笑。

「嗯。」眼看心上人率先轉身步入無人小巷，公主更加臉紅，聲音也輕得如蚊蚋般。

無人小巷，孤男寡女……到底有怎樣的故事會發生呢？公主期待萬分。

半分鐘後，一片片密集雷聲突然從小巷中傳出，外面駐守的軍士們大駭，相顧之後，眾人手握兵器就要衝進去。公主突然適時從小巷中拐出，冷著一張臉大喝：「你們想幹什麼？」

「公主？」領頭的軍士有些意外，遲疑道：「我們剛才是想、想……」想看看您是不是被暗算了……

「想打攪我約會？」公主自動幫他補充完，眼一瞇，表情十分不爽。

領頭軍士惶恐埋頭，半跪低身，「屬下不敢。」

「派一隊人把守住這條小巷，不准任何人進出。」公主哼了一聲，甩頭就走。她來到陣前，肥手一揮，喊道：「先給我住手。」

公主軍這邊紀律嚴明，令行禁止，既然眼看是自己主子發話了，那自然是一起齊刷刷住手，後退結防禦方陣，連個吭聲的都沒有。倒是赫托斯那邊的人又條件反射的衝了一會之後才突然發現對手已經不在，周圍騰出一片空白地帶，讓他們感覺分外空虛。

公主清咳兩聲，剛想說話，翼人族那邊的繩子也搭好了。九夜搭了個布條在繩子上，跟空中飛人似的，刺溜一聲自兩軍眾目睽睽之中飛入圍牆，消失不見。

「……」

整片戰場的 NPC 們都目瞪口呆，想不通這是哪裡來的膽大包天的賊人，一時之間被刺激住了。半晌後，赫托斯府內彷彿是終於自震驚中回神，鬧哄哄的傳來嘈雜的喧譁聲：「有刺客！」

「抓住抓住……A小隊去前方攔截……放箭……」

「刺客跑掉了——」

「人呢？」

「不見蹤影。」

「可惡，給我搜……」

與此同時，眉角抽搐的「公主」接到個短信，是九夜淡定的聲音。

「不好意思，迷路了，正在找中心樞紐。」

「……」

再度乾咳，現在的公主，也就是雲千千喊話，吸引來了赫托斯府內人的注意力。「我有話要和你們大人說，請開門。」

府內窸窸窣窣討論了一陣，最後好像是赫托斯下令了，於是出來個士兵喊話：「大人說不准放行。」一開門，沒準會衝進來千軍萬馬不說，單是公主這造型走進來也嚴重影響赫托斯府內的整體美觀啊。

「我一個人進去，其他士兵退後十公尺。只要你們不殺我，他們就不會動。」雲千千呵呵一笑：「當然了，如果我進不去的話，沒準下一秒他們就又要開始發動衝鋒了。」

府裡再次窸窸窣窣，不一會後，小士兵繼續喊話：「大人說了，妳進來可以，但是要放下手中法器，不能帶人，一切行動必須在我們的監……呃，陪同下，不能擅自走動，不能大聲喧譁，不能隨地吐痰，不能……」

「那我不進去了。」雲千千很無奈：「還是繼續打？」

第三次窸窸窣窣，小士兵滿頭大汗又出現。「大人問妳到底有什麼條件？」

「這個……反正我目前就是想進去看看，但又不想答應你們那些條件，你們看著辦吧。」

窸窸窣窣……小士兵再出現在牆頭時已經是淚流滿面。「大姐，買賣不成仁義在，大家都是 NPC，妳開個有誠意些的厚道條件？」

「你叫那老赫自己出來說嘿。我堂堂一會……嗯，一國之公主，跟他說句話他還擺架子？」雲千千也不耐煩了。這傳話來傳話去的像什麼話呢，談條件都不好好談，顯得自己有派頭是不是？

不一會之後，赫托斯出現在牆頭，手呈喇叭狀喊話：「請問……」

「射！」

一聲令下，公主大軍中弓箭手頓時一輪齊射，赫托斯飛快縮下腦袋回牆裡大罵：「#@$$……」

「我就洩洩火，誰叫你派個小兵跟我囉嗦那麼半天。」雲千千一招手把士兵都喊回來，重新立在牆頭下喊陣：「出來吧，這次保准不欺負你了。」

雲千千知道和這種老狐狸說話十分費勁，所以一開始就給他來個下馬威，自己現在十萬……呃，公主應該沒有召齊十萬大軍，但是看這架式，圍個小貴族府邸是怎麼都夠用了的，畢竟本錢雄厚，家底足啊。有權不用過期作廢，現在逮著機會不趕快欺負赫托斯幾把，回頭自己面具一摘，還找誰說理去？

什麼？你說赫托斯會翻臉？

別開玩笑了，要是來一幫暗勢力成員把你堵在家門口了，人家就是調戲你幾句，你還不是得忍著嗎？只要有一絲機會，那當然還是和解的好，總不能拿身家性命開玩笑吧。

除非你能報警叫警察來，不過目前九哥是咱這邊的，正義夥伴沒空搭理赫托斯這點小冤情……

「……」半分鐘後，赫托斯頭頂小鋼盔，身披套甲，小心翼翼的在牆頭再探了個頭出來。瞪著雲千千無語了半分鐘，他才無奈問道：「妳到底是想怎樣？」

今天是遇上不講理的了，註定赫托斯要處於一個悲劇的位置。

事實上，別說是赫托斯心中悲苦，就連戰圈外一直旁觀並明白真相的偽神族使者看來，都忍不住替這個敵人掬了一把同情的熱淚……好說也是一代梟雄啊，居然被個玩家欺騙還調戲。那些NPC也是，一個都沒看出來自個兒公主是冒牌貨……

「我就想進去遛達遛達，你陪同就行了，其他人不准靠近本公主。」雲千千態度堅定，義正詞嚴道：「本公主身分高貴，氣質雍容，最關鍵是還貌美如花，怎麼能隨便讓其他男人近身？」

「……」赫托斯牙疼了會後，問道：「萬一妳暗算我呢？」

「笑話，我一手無縛雞之力的法師，尤其還是一女法師，難道真暗算你，你就沒辦法跑了？」雲千千嗤笑。

赫托斯想想也是，雖然沒有士兵跟著自己挺危險的，但是這公主說要一個人進來，到時候裡外一切斷聯繫，實際上她比自己更危險。堂堂一個大男人總不能怕了個肥婆吧？

於是心下一定，赫托斯咬牙：「好，我就放妳進來，不過按妳所說，其他人不准跟著。」

公主手下的大軍不知道自己主子是發了什麼瘋，本來說要搶小孩子，現在又心血來潮改去逛人家後花

園……可是上級的命令不可違背，在反覆確定那個突然變得高深莫測的女人確實是自己主子之後，他們也就一聲不吭的讓開了道，讓雲千千一個人進了赫托斯府。

「赫托斯大人的府邸不錯啊，建築空間安排挺合理的。」雲千千一進府就笑嘻嘻扯蛋。

赫托斯也是老滑頭，根本沒去追究對方這番話有幾分真心，揮退士兵後，一邊伴遊一邊真真假假的謙虛著：「一般一般……不知道公主殿下是怎麼知道我的名字？」

雲千千窒了窒：「這個……大人威名遠播，整個大陸誰人不知，誰人不曉啊。」說完一回頭，擦把冷汗……香蕉的差點露餡。

「哈哈哈……不過虛名而已，真是慚愧。」自己走的明明是低調路線，方便隱藏身分，怎麼名聲大到連地面大陸的公主都知道了？赫托斯內心萬分疑惑，難不成這次無妄之災真是樹大招風？

「對了大人，聽說座標XXX、YYY那裡風景不錯，不知道可不可以帶我去參觀一下？」

「當然，當然。」這公主也是夠怪異的了，要去個地方不說地名卻喊座標，再說那座標還是茅房上方……

赫托斯帶公主抵達指定座標，乾笑一下，道：「不知道公主想看什麼風景？」

「……」雲千千瞪著茅房無語半分鐘。「其實我是有話想和您說，不知道可不可以讓跟著的士兵先退下？」

「這個……」

「其實我這次被慫恿來攻打貴府也是無奈，難道您不想知道原因？」

赫托斯皺眉，沉吟半晌道：「妳是說……」

「不知道您是不是知道蜜桃多多這個人？」雲千千再湊近些，壓低聲音做神秘狀。

聞言，赫托斯頓時眼前一亮，恍然大悟。這名字簡直是太知道了啊，敢情這事鬧那麼半天，又是有這女孩攪和在裡面？

毫不猶豫的趕走士兵，赫托斯一臉凝重。「公主殿下，請說吧。」

「其實……」雲千千左右張望下，確定周圍已經沒人，於是嘿嘿一笑：「其實，我就是蜜桃多多……」

話音一落，雲千千身上紫光纏繞，跳開舉杖大喝：「雷咒！」

赫托斯還沒從這個答案中回神，前額上已經被劈個正著。他再一看，眼前的哪是公主，分明是那個卑鄙無恥的水果。

「妳耍我！」赫托斯大怒，甫一能動彈，不說還手，先掉頭就跑，想把自己手下叫來先。

九夜神秘出現，從院中樹上跳下，正好擋在赫托斯身前，手中匕首翻飛，二話不說劃出道道銀光，先把赫托斯對切了幾個大口子，再伸腳一踹，很有技巧性的把人又踹回雲千千腳下。

「天雷地網、雷霆地獄、天雷再地……對不起沒冷卻。」雲千千呸了聲，抬手搬了個石頭往赫托斯腦袋上丟。「泰山壓頂！」

「我X！」赫托斯被九夜一腳踹得僵直中動彈不得，只能眼睜睜看著一塊石頭慢慢在自己眼中放大，最後正中紅心，被砸了個眼冒金星。

九夜上前，緊跟在雲千千的技能之後繼續在人身上左一刀、右一刀。雲千千灌下一瓶藥，站到一邊脫離戰鬥狀態等待回藍。

大招凶猛，赫托斯轉眼之間去掉半血，等終於逮到一個脫離受制的機會，他連忙扯開嗓子大喊：「來人哪！」

遠處士兵們源源不斷的趕來，雲千千不慌不忙，笑咪咪的丟了個石頭砸在腳下。「封符石，可以耗費玩家整條藍條，封印一個技能……對了，這個石頭裡封印的是傳說中失落一族的結界……」

操！

赫托斯眼前一黑，只感覺陣陣的絕望。

不用雲千千解釋，空氣中撞上的有若實質的觸感已經讓他知道這是個什麼玩意了。身為一個高級 NPC，這點眼光還是有的。

士兵們已經跑到眼前，但是此刻卻再也無法進入戰圈。赫托斯與跑在最前面的領頭士兵徒勞掙扎，伸出手去卻怎麼也無法碰觸彼此。剎那間，兩個人都委屈得幾乎潸然淚下，眼中寫滿了不甘與哀怨，如同被分隔幾世的痴情愛侶。

而其他士兵們正在拚命攻擊結界，攻擊無效後，只能白著急的在透明的結界外大喊大叫、亂蹦亂跳。這嘈嚷混亂的圍觀場面看在赫托斯眼中，讓他恍惚有種身在動物園的錯覺……當然了，那些人是籠子外的，而他自己就是那籠子裡的……

雖然赫托斯等級很高，但身為隱藏種族的修羅族也是有額外加點的屬性；尤其九夜這種劍走偏鋒的，最是追求高速、高爆、高殺傷。更別說雲千千這種為省藍而走純智路線的變態法師了。

一個變態遇上兩個變態，再加上人家裝備比他好，操作也比他好，有心算無心之下，這勝負結局已經是顯而易見的了。

近處是絢麗的刀光劍影，遠處是電閃雷鳴的華麗聲效，還有一群在近在咫尺處吆喝跳腳的圍觀黨……十來分鐘後，赫托斯終於就在這如此豪華的追殺陣容中欣慰的合上了雙眼，化成白光而去……

「搞定收工！」

雲千千一別法杖收回腰間，得意的啪了個響指，興奮的跑去把赫托斯暴出的戰利品收起來。紫階拳套一副、未知鑰匙一把、近戰技能書一本……丟給九夜。再來就是金幣若干與高階生活材料若干……

真行，辛苦折騰半天，居然沒一樣東西是她用得到的，還白費了一個結界的封符石，這可是連成本都回不來。唯一值得期待的也就只有那把神秘鑰匙了，不知道是哪個藏寶地或是任務鏈的重要開啟關鍵？

雲千千唉聲嘆氣把其他東西都收回自己包裡，假惺惺的對九夜道：「這些東西都用不到，回頭我拿去拍賣，得了錢咱再對分啊。」

「不用，妳收著吧。」九夜不屑撇嘴，清高孤傲，視金錢如糞土。

「嗯。」雲千千倒也不客氣，一點頭，真就沒再說謙讓兩下了。她轉而回頭看向結界外的士兵們，這幫倒楣孩子們眼見自己BOSS身死，這會都挺受刺激的，一個個目瞪口呆，抓著武器愣在了原地。

「我們殺出去？」雲千千猶豫著試探問道。

這個提議深得九哥之心，可是正待他欣然頷首的時候，外面的小兵們在面面相覷之後突然率先有了動作。

只見在最開始和赫托斯深情相望的那個領頭士兵帶領下，前排士兵們動作整齊劃一的豎起手中長槍，再撩起穿在最外面的皮甲，從自己內衣裡襯上撕下一尺布條來，三下兩下綁上槍頭，堅定的雙手舉起搖晃大喊道：「我們投降！」

剎那間，一片白布飄舞的海洋……

「……」雲千千嘴角抽了抽。「這是怎麼個說法？」

九夜默然一會，道：「螻蟻尚且偷生？」

「行啊九哥，精神層次昇華了不少。」雲千千稱讚了一聲。

「……」

士兵們是真的投降了，不用懷疑，因為這是系統說的。赫托斯全府上下已無戰意，全面投降。

既然不用繼續打架，雲千千當然是樂意的，就是九夜有點小失落。抓來一個士兵問了問中心樞紐的所在之後，雲千千留下人帶路，自己拉上九夜就跟著去破壞中心樞紐。

路上她順便拉士兵閒聊，問了一下對方如此識時務的深刻理由。雲千千主要想知道是不是赫托斯人緣不佳，所以才會一個想為他報仇的人都沒有。而士兵給出的答案卻很讓人意外，細想一下卻又不乏現實主義色彩。

「老大都死了，我們就算把你們殺了，回頭誰發獎勵？下個月誰發薪水？」那士兵愁眉苦臉道：「兄弟們這會都犯愁呢，不知道哪家城池缺士兵，過個幾天要是再找不到下家，我們這些人可都失業了。」

馬的，就衝你們剛才投降那熟練爽快的態度，再是哪家城池缺士兵也不能招你們……雲千千終於沒有疑惑了，一臉高深莫測的但笑不語，神情安詳。

不一會後，就順利找到中心樞紐，毫無意外破壞之。

水果樂園全團上下收到系統公告後，歡欣鼓舞的同時也莫名其妙……不是說任務挺難的？怎麼區區兩個人進去就把任務做完了？

臨走前，雲千千拉住那個似乎知道挺多情報的士兵，掏出赫托斯身上爆出的鑰匙，試探性的又問了個問題：「知道這鑰匙是哪裡的嗎？」

「知道啊。」士兵仔細打量鑰匙幾眼後，果斷點頭。「這就是中心樞紐的驅動鑰匙。如果用它控制了中心樞紐的話，就等於控制了這座城池的布防工事。」

雲千千吐口血再問：「你說的中心樞紐，莫非就是我們剛才破壞的那個？」

「沒錯。」士兵再次堅定點頭。

「……相識一場也算有緣，這玩意送你了，留著做個紀念吧。」

雲千千再用公主的臉出了府，打發公主軍原地不動後，她與九夜二人拐彎抹角的和偽神族使者會合，後者很欣慰的難得表揚了雲千千。

「妳的任務完成得不錯，我回天空之城之後會立刻將你們的功績上報，同時將赫托斯以前做過的那些手腳公布出去……你們是天空之城的英雄，從今天開始，天空之城將無條件接納整個水果樂園公會，歡迎你們隨時來做客……」

「淨說這些不實際的，你直接說沒有實質任務獎勵不就得了。」

「……也不能這麼說，這些任務環本來就是以獎勵天空之城的聲望為主。」偽神族使者耐心解釋。

「我就想知道為輔的獎勵有些啥？」

「沒有。」

「哎喲，說這話就傷感情了不是……」

正當雲千千拉開架式準備和偽神族使者討價還價的時候，遠處的公主軍方向突然傳出一陣騷動，一片嘈嚷聲中傳出公主那耳熟的聲音。

「豈有此理，全軍戒備……翻地三尺也要給我找出她來……還有那孩子……」

雲千千條件反射一縮頭，偽神族使者嘿嘿一笑：「妳沒殺那公主啊？」

「好說也是個女人，我這人在沒必要的時候向來不好殺女人。」雲千千義正詞嚴。

「我記得以前死於妳手下的女人有不少。」九夜突然吭聲，面無表情的插了句嘴。

「……其實我主要是考慮到國際影響，公主身分特殊，能不動就盡量不動吧，也免得挑起無謂的戰爭。」

「哦。」九夜點頭，總結：「也就是說妳怕被西華城通緝。」

雲千千沉默半晌後，突然一把抓住九夜的小手手，淚流滿面。「九哥，你學壞了。」

至於說戲耍公主本身是否會構成通緝罪？雲千千相信，只要龍哥在自己手裡一天，那女人就保准得對她客客氣氣的，沒準以後天空之城中的經濟發展還得靠人家大力消費呢……畢竟大家也知道，追男人是很費錢的，比如說送玫瑰、送首飾、送房子……

彼岸毒草剛布置好人手，還沒來得及吹響衝鋒號，那邊任務完成的公告聲就傳出來了，歡呼聲中，這位副會長的心情無比複雜。

又過了一會，雲千千傳來消息，告知不一會之後，天空之城就會派下來一個傳送師，本公會成員可以通過傳送師傳送至天空之城，不再需要九夜身上的通行證。這主要也是聲望任務在中轉站裡已經提前完成並達到足夠要求的關係，所以本來的限制取消了，倒也省得雲千千為究竟該篩選出哪一百人上天而頭大。

第一批傳送人員當然是傳說中的骨幹，或者再說清楚一點，也就是雲千千好友名單上的那幾隻。

到了傳送師身邊站好，雲千千一晃眼發現天堂行走，頓時想起件事來，好奇問道：「對了，我記得叫你的小相好看住阿格夫。」

天堂行走狠狠瞪來幾眼。「還好意思說？阿格夫早跑了，順便還拐帶我小相好移情別戀。」

「一個NPC而已，移情別戀至於讓你這麼生氣嗎？」雲千千倒吸一口冷氣，驚訝道：「莫非你動真情了？

這可是網遊，不是愛情小說，別整人機之戀這麼深刻的感情來誤導別人啊。」

「屁！」天堂行走呸了聲。「主要這回是我被甩，還是個 NPC……」

燃燒尾狐在一邊笑得幸災樂禍。「這才叫報應不爽呢，誰叫你以前甩那麼多女孩，這回遭報應了吧！」

「呸個神棍！」天堂行走見誰咬誰。

「……」

有說有笑間，旁邊的傳送師身上已經慢慢罩起一片白光，不一會，傳送陣啟動；就在這一瞬間，雲千千等人眼前一花，一道黑影抱著個小黑影竄進傳送陣來。接著場景轉換，再接著大家已站在雲端，再再接著，黑影竄走……

從頭到尾雲千千都沒弄清楚是怎麼回事，站在雲朵上的傳送陣中愣了好一會神，接著才不確定的轉頭問其他人：「剛有人坐霸王車？」

「該死，是洛特蘭斯！」偽神族使者怒罵。

「咦？我看明明是阿格夫帶著城主的兒子……」天堂行走驚詫。

「洛特蘭斯是誰？」雲千千無視天堂行走，先問偽神族使者。

偽神族使者依舊忿忿然：「就是年輕時候和我一起看女生洗澡又被我推出去當替罪羊的那小子。長大後我也不知道他去哪裡了，原來他就是阿格夫？」

雲千千等人圍堵阿格夫的時候是在假山洞裡，換句話說，這偽神族使者一直沒見著人家是誰，直到現在才知道此人的真實身分。

「嘖，怪不得這人要幫赫托斯欺負你們呢，原來是小時候被你欺負狠了。」

總算是找著阿格夫的犯罪動機了，難怪都說少年時的心理陰影很容易造成人格扭曲，料想阿格夫決定叛變也是因為被這禽獸使者給逼的。

這很明顯啊，既然人家現在是使者，說明他肯定混得不錯。而既然此人混得不錯，也就說明他在天上名聲很好……一個喜歡偷看年輕女生洗澡的色狼還能有這麼好的名聲，可以想見他以前究竟栽贓誣陷過別人多少次了，肯定到現在也沒人發現使者的真面目呢。而屢次背黑鍋，備受委屈又無人願意理解信任的阿格夫，在寂寞孤獨恨之後，會有如此叛逆的舉動也就讓人可以理解了。

「現在有新的任務要委託你們。」偽神族使者無視身邊雲千千等人的鄙視目光，一臉痛心疾首的道：「洛特蘭斯已經變了，他之前做過那麼多錯事，現在又帶著城主的兒子上天，肯定是對於赫托斯的死有所不滿，說不定會為了報復而再次做出對天空之城不利的舉動……我委託你們，在天空之城搜出洛特蘭斯的行蹤，將他制服並送至天空仲裁所。如有必要，也可以就地格殺。」

「嘖嘖。」雲千千又嘖。「不需要這麼殺人滅口的啊！你是怕這小子把以前你偷看女生洗澡的事情說出去吧？」

傳送陣中又一道光芒閃過，彼岸毒草帶著第二批傳送人員上天，出現在雲千千等人身邊。

彼岸毒草一出現就急急走過來道：「剛才你們傳送的時候有個人竄進去了，好像不是水果樂園的人……你們見著了嗎？」

「見著了。那是一個少年時期背負了眾人誤解和深刻仇恨的復仇者。」雲千千幸災樂禍的一指偽神族使者，「這小子以前做的孽。問他吧。」

讓偽神族使者老把那點年少輕狂的事情翻出來講，說實話他自己也挺不好意思的。看見彼岸毒草的視線當真轉過來了，他連忙乾咳幾聲道：「沒什麼、沒什麼，一點小誤會。」

「大家自由行動找任務做吧，上了天也沒其他要求，反正需要人手的時候我會再吭聲的。」雲千千也不糾纏這個話題，一揮手跟彼岸毒草交代了聲，帶著其他人就要離開。

偽神族使者一看，連忙把人拉住，著急問道：「那我剛才交代妳的事……」

「行了行了，遇到那小子我會幫你問問他到底是個什麼意思，具體情況到時候再說吧……」

天空之城整座城池都建在雲端上，地面就是柔軟的雲朵，摔一跤都不覺得疼。當然了，走上去也有點飄飄然就是了，總沒有腳踏實地的感覺，總覺得像小時候進兒童樂園玩彈簧床一樣；而且料想打掃環境也是個大問題，萬一有個素質不高的衝雲上吐口痰、嘔個吐什麼的，不知道是不是得拿抹布一寸寸擦……

這裡的本地土著們倒是已經習慣了柔軟的地面，走得四平八穩沒有什麼問題。雲千千一行人上來後卻總有種暈船的錯覺，好一會後才適應了一些。不過萬一要是打起架來的話，玩家在技能施展的時候如何穩住下盤肯定是一個不容忽視的問題。這一點就連九夜都有些憂心。唯一感覺無壓力的是雲千千，一是前世已有過適應經驗，二是她其實並不介意坐著或躺著放技能……

天時人和不知道，但是地利肯定是不利於玩家的，這一點毋庸質疑。

天空城池裡的原住民NPC十分多，而且大部分都是隱藏種族，雖然是沒有玩家入駐的城市，但也分外的熱鬧。畢竟是一個獨立小國般的存在，有一座主城的大小再加上周邊地圖，算起來NPC少了的話還真是支撐不起來。

創世紀裡的NPC們也是要自己討生活的，可不跟其他遊戲似的，NPC隨便在街上晃晃充當群眾演員，一天下來收工之後，家裡自然就能刷新出口糧。

雲千千等人在地面地圖上的時候都算得上是出類拔萃，畢竟隱藏種族是多麼風騷的存在啊，說百里挑一或是千里挑一都不為過。

可是到了這裡之後，隱藏種族就是那地攤貨。天上飛的是鳥人，地上走的有人有獸有侏儒，走路得低著頭；萬一不小心踩到個小動物，說不定人家一變身站起來就要衝過來撓你。從高處一個石頭砸到街上去，十個有九個半都是隱藏的，剩下半個在地面地圖屬於普通的顯性種族，倒是被大家稀罕得不行，是等同於稀有動物般的存在。

「走，我們去找城主。」有任務在身，雲千千的目的地也就分外明確。一彈指，帶著九夜、天堂行走以及燃燒尾狐、零零妖就直奔城中心最高大的建築物而去。

一行人到了城主府，門口士兵把隊伍攔下，喝問：「幹什麼的？」

「參觀的！」雲千千挺了挺胸膛，分外光明正大的反喝回去。

「滾！」

……真沒禮貌。

雲千千鬱悶了。

零零妖在旁邊鄙視道：「上天了還沒個正經，人家堂堂一城主府又不是旅館飯店展覽館，妳說參觀的，人家能讓妳進嗎？」

「那我要說我們是來當城主拿駐地的，他當下就得翻臉你信不信。」雲千千橫過去一眼。

「死心眼，妳就不會說是久仰城主大名，特地來拜會他順便想做個居民登記什麼的？」

雲千千驚訝：「身為一個正義的警察，你說這種明顯帶有欺騙性質的謊話是不是有點不大好？」

「這有什麼，當初我當臥底的時候常說，天上地下隨口放炮，比妳還能糊弄。」零零妖總算是逮著機會炫耀了，長久以來被雲千千壓制的一口惡氣終於得出。

「呃……我主要不是想著我們已經是英雄了嗎？怎麼說也得有點特殊待遇啊。沒想到這裡的人似乎不怎麼買帳……」

「英雄也是有階級的，妳以為隨便來個英雄就可以進城主府釣魚了？等上面的人接見吧，小姐……」

既然等也不能乾等，眼下這情況似乎要偽神族使者來引見後才會有進展了。雲千千幾個索性在天空之城先逛了起來，當然是沒敢離開通往城主府的主幹道。

地面有玩家到來的消息早就在整個天空之城傳遍了，雲千千幾個一路走來，碰上好幾個沒素質的原住民NPG對小隊五人指指點點，還交頭接耳。此情此景，讓雲千千不由得想起自己和九夜曾經在海底亞特蘭提斯受到的待遇。

馬的，又成稀有動物了……

雲千千暗啐一口，一抬頭，猛的見到一個熟悉的人影在街上一閃而過。她錯愕的揉了揉眼，再一看人已經不在了，於是雲千千忍不住拉了拉九夜，「九哥，我剛好像看到我們族長了，你見著沒？」

九夜正在專注的打量一個街邊小店，裡面擺滿奇特兵器若干，這會哪來的興趣注意其他人。「沒注意。」

「走，瞧瞧去。」雲千千根本不管人家的意見，拉上人就追了過去。

轉過小巷，哪有什麼人影。隊伍裡另外三個人跟著跑過來，燃燒尾狐抓抓頭，「沒人啊，妳眼花了？」

「……大概吧？」雲千千有些不確定。「狐狸，你幫我算算，看我們族長現在是不是在這裡。」

「大姐，妳太瞧得起我了吧？你們族長那是多高的級別，我能算得出他？」

「也是，你技能挺廢柴的。」

燃燒尾狐黑線。「……我翻臉了啊！」

暫時放下這一事，一行人無所事事的又逛了一會，終於等到一路上慢慢散步的偽神族使者進城了。

「幾位英雄，逛著呢？」偽神族使者很友好的和雲千千打招呼，自己的任務還靠她呢，現在客氣點沒錯。

「等你半天了。」雲千千把人抓過來，「走，帶我們進城主府。」

偽神族使者先是一愣，繼而忙掙開雲千千抓著自己的手，狐疑問道：「你們進城主府幹嘛？」

「廢話，我不去城主府，千辛萬苦跑上來幹嘛？」

「難道不是受本族小王子所託，知道天空之城各部遺族有難，所以幾位義不容辭、拔刀相助？」

「……小說看多了吧你。」

知道雲千千想進城主府，偽神族使者略微思索一會之後也就答應了下來。反正是英雄嘛，受動的時候也是要進去的，早點晚點沒關係；再說有自己在旁邊，真要有什麼情況也好提前知道。比如說某人正義感萌發，想為洛特蘭斯平反什麼的……

進了城主府，雲千千不甚熱情的接受表揚，順便拿下無屬性榮譽勳章一枚，隨手丟掉，抬頭問道：「你就是城主？」怪事，自己明明記得城主應該是神族的人，怎麼這坐在主位上的人越看越像精靈？瞧那尖耳朵跟兔子似的。

偽神族使者在旁邊嚇得直擦冷汗，壓低聲音警告：「妳客氣著點。還有，趕緊把勳章撿回來，說自己手滑了。」

雲千千想想，確實不能這麼不給人面子，於是深以為然，撿回勳章笑了笑：「不好意思，手滑。」最主要是城主身邊的侍衛們表情已經不甚友好，所謂識時務者為俊傑……

就在偽神族使者和自己說話的同時，雲千千突然想到一條訊息，似乎在傳聞中，天空之城因為種族眾多且個個強勢的關係，所以城主職位並不像其他地圖那樣是終身制，而是罕見的選舉制。

在玩家拿下天空之城作為駐地以前，這裡的各種族 NPC 們每三個遊戲年都會重新選舉一屆城主……那麼說，她印象中的神族城主在前世玩家登天前剛好在任期，而此時的城主還是精靈族？

雲千千正在整理思路，主位上的城主已經好脾氣的和善開口：「是的，我就是這屆城主。」

果然……雲千千笑了笑：「什麼時候被拉下臺啊？」

偽神族使者瞬間崩潰。他想哭啊！平常看這女孩也是挺會說話的一個人，怎麼到了這裡反而變得句句驚心，早知道他就不答應帶她來了。

精靈族果然不愧是設定中的大自然的寵兒，脾氣好得實在沒話說。城主聽了雲千千的話不僅沒發怒，還謙虛的笑了笑：「再過一週就是換屆選舉，看最近三年來城內的發展，再加上神族王子不惜墮天去尋找各位求援的莫大功勳……恐怕照目前的聲望來看，一週後天空之城就是神族執掌了。」

「沒事，失業了也可以去幹點別的嘛，國家無論什麼時候都是支持離職再就業的。實在不行，我留張名片給你，地面上有個西華城的公主正徵兵呢，你要沒工作了，可以帶著手下人去找她應聘。」雲千千安慰道。

精靈城主窒了窒，繼而璀璨一笑，耀眼得百花也為之失色。「那就提前先謝謝您了。」

「客氣客氣。」

趕上換屆選舉了？這真是天大的好消息。雖然說可以用武力直接攻打天空之城的駐地 BOSS，但那個成功的把握實在是不大，就算雲千千咬緊牙關，倚仗的也不過是九夜的高戰力、燃燒尾狐的弱點標記……以及自己的卑鄙無恥。

既然如此，透過正規選舉試試也不失為一個辦法。好說她現在也是一介英雄人物了，總該有選舉和被選舉權吧？

再退一步說，就算選舉最後無法獲勝，對雲千千來說也不過是晚一週攻打 BOSS 罷了。條條大路通駐地，自己何必選難走的那一條？

從城主府回來之後，將情況那麼一說明，軍師兼副會長的彼岸毒草立刻表示贊成。上了天空之城的玩家雖然都已經落戶，不再有被掛後就得返回地面的危機，但畢竟在通道和中轉站中已經損耗了一批，現在這些人就算全員線上，滿打滿算也不會太多，攻打 BOSS 太不現實。彼岸毒草本來就有疑慮，而現在知道雲千千有競選打算，當然是要大力支持……

「選舉是一週後，得分項目分三方面。」雲千千把彼岸毒草抓來開會，不知從哪抽出一張紙來，在上面畫了三個大圈，詳細講解選舉內容：「第一是投票得分，發表演講或展開上街拉票活動什麼的不限手段，全體天空之城成年居民可在一週後現場參與投票，票分高者可得四十分。第二是武力競技，擂臺賽，這個不解釋。獲勝者得三十分。最後一項是特別考題，競選最後一天由天空之城各族代表聯合出題，分數三十……嗯，最後一項的變數最大，而且分數不是一家獨得，是參賽者最後按成績高低比例分配的。」

「投票的話，按照現任城主的意思，現在神族的聲望在天空之城中空前強大，如果他們參選的話，那四十分八成是歸神族了……武力不好說，畢竟都是隱藏種族……最後一項未知，那就更不好說了……」彼岸毒草只沉吟了片刻，很快就分析出了當前的形勢。

雲千千橫他一眼，把桌面上的紙團揉成一團往窗外一丟。「合著你這意思我們就一點勝算都沒有了？」

彼岸毒草苦笑：「後兩者姑且不說，就談第一點。要真按這次救援天空之城的任務貢獻度來說，我們的功勞絕對在神族之上。問題是我們畢竟是外來者，上來這裡才一天不到的時間，這裡的 NPC 怎麼可能投票給妳？」

這就好比國際援助團的人到了某貧困山村支援教育還展開紅十字行動，雖然人家無私奉獻，送衣送藥送書送錢送糧食，但外人就是外人，妳可以充分考慮對方的想法和意見，但總不可能把村長的位置給人家坐吧？

英雄只是一個榮譽，就跟那頒給模範婦女的獎狀似的，損耗自己的精力為別人累得要死不活之後，實質好處是半點都沒有。只不過是掛起來好看，走到路上認識的人會誇你兩句而已……而且萬一要是遇上那素質不高的，搞不好當面誇獎完了，等走過一轉身，還得和人指著你背後嘲笑：「瞧那傻子嘿……」

「那投票先不說，比武的那一項大家怎麼看？」雲千千摸摸下巴，跳過第一項，繼續徵詢意見。

彼岸毒草繼續頭大。「這得看對手了……誰知道前一屆參賽選手的情報？」

「小尋尋去採訪偽神族使者去了，回頭就把情報拿回來。」

「那女孩行嗎？」

「……不一定，要是胖子在的話就是絕對沒問題，那傢伙陰著呢。小尋尋畢竟還是嫩了點。」雲千千唉聲嘆氣。

最後一項神秘專案沒必要討論了，對於未知的東西連該怎麼防範都不知道，還不如直接跳過。可是不管怎麼說，已知的兩項活動中，水果樂園如果真有心競選城主，那就必須至少獲得其中一項的分數。不然的話，連競爭力都沒有。

在眾人的殷殷期盼下，半個多小時後，默默尋終於率領記者團回歸了；而且人家不但帶回了情報，連情報提供人也就是偽神族使者也一併帶了回來。

行啊，這女孩本事真是不小……雲千千一行人膜拜看默默尋，想不通她怎麼就把這使者給拿下了。

結果默默尋見到眾人的第一句話就道破玄機：「我答應跟他約會一次。有什麼想問的趕緊問。」

「……」

時間可不能浪費，雲千千迅速進入正題。

聽說眼前這幫人有心思競選城主之後，果然如彼岸毒草所料，偽神族使者第一時間奉上震驚的表情。「競

選城主？你們？」

「我們怎麼了？再囉囉嗦嗦小心我把你當初偷看年輕女生洗澡還嫁禍給別人的醜事都抖漏出去啊！」雲千千一拍桌，氣勢驚人。

偽神族使者瞬間萎靡，把柄在人手上，不低頭也不行。「如果說你們想知道前屆選手資料的話，我只能說對方很強。」說完，他掃了一圈眼前的眾人，謹慎斟酌用句後再開口：「如果是蜜桃多多小姐的話，您的技能殺傷力是夠，但防禦力似乎就不夠強了，比武中勝負難料。以九夜先生的技巧和技能，他倒是有七成的把握。」

「那我呢？還有其他人呢？」彼岸毒草著急問道。

「……你想聽實話？」

「……算了，還是直接說他們倆吧。」

自取其辱的彼岸毒草鬱悶的坐回座位上，聽偽神族使者繼續介紹情況。

「比武中的各個選手都很強，我很難告訴你們該如何應對。天空之城的居民們都是當年神魔大戰中遺留下來的種族，掌握著許多失落的文明和武器。遠離了戰爭的我們可以更加心無旁騖的鑽研，經過千年不斷的發展和壯大，可想而知會有怎樣的進步……」

「嗯，拿你們玩家的例子來說吧。你們死一次會掉級掉武器，這其中的損耗是不可避免的。但是假設有一個地方可以讓你們既能不斷刷經驗又不會死亡掉級呢？假設果真如此，你們的等級和實力又將會比現在高出多少？」

眾人默，良久後，九夜第一個出聲：「我都不記得自己掛過幾次了。」

「同上。」

「同上＋1。」

「同上＋2。」

人在江湖飄，哪有不挨刀。玩網遊的想說自己沒死過？這根本是不可能的事情。刷小怪、刷副本、刷BOSS，再加上平常的單P群P野P……每個遊戲玩家都無法說出自己到底經歷過幾次死亡。這其中損耗的經驗和時間加起來的話，多的不敢說，比當前的自己高出10級是肯定跑不了的。

偽神族使者點頭，「我們天空之城就是這樣一個零損耗的情況。因為戰爭和各種爭奪衝突的關係，地面上各種族的技能和文明多少都會有些失傳或殘缺；而天空之城則是從神魔大戰的時候開始，就將一切都完完本本的保存了下來，其中甚至還包括不少的禁咒……在這樣嚴峻的情況下，你們覺得自己還能贏嗎？」

「……那倒未必。」沉默了半晌，雲千千突然語出驚人。

偽神族使者本來做諄諄教誨的世外高人狀，說完話後就擺起了一副超凡脫俗的架子，優越感空前強大。沒想到他還沒得意多久，就被雲千千的一句話震得粉碎。「咳、咳咳……妳說什麼？」

看看其他人似乎也不大明白，雲千千耐心的解釋給他們聽：「這就好比生態圈中的競爭關係，一片地區中存在各種物種，彼此捕食廝殺也許會限制了各物種的迅速繁衍，但每個物種卻都不斷的進化著，變得更加適應環境。反之，比如沒有了天敵和環境考驗的話，就算某一個物種能夠快速繁衍壯大，最後也不過自取滅亡，根本沒有了戰鬥和應變危機的能力……比如狗是怎麼來的，不就是最早從東亞的野狼馴養而來的嗎？」

「……妳的意思是說，地面大陸上的都是狼，而我們是馴化了的狗？」偽神族使者捏著杯子的手抖啊抖，不知道是氣的還是怎樣。

「我可沒那麼說，是你自己總結的啊。」雲千千舉杯擋住自己偷笑的表情，滿意的看著九夜幾人重新恢復自信，而偽神族使者則是被激得一句話都說不出來。

進步是在不斷的失去中獲得的，沒有戰爭的天空之城，即使再有多少失落的技能，也不過就跟國際武術大賽上的花架子一樣，好看是好看，就是沒有多少實用價值。要說打架嘛，還得首推小混混。

當然，這個比喻不大正確，尤其是在遊戲中，技能就算再怎麼空架子，系統判定的殺傷力還是在的。要說能仗著技巧和經驗就勝過這些高殺傷力的技能，也只有九夜這樣專職的網路打手才有可能。不過目前雲千千也只是想讓大家恢復信心而已，所以這點「小問題」也就不用刻意提出來講了。笑話，真要讓這些人在這裡就卻步不前的話，回頭自己派誰上擂臺去當替死鬼啊……

雲千千很滿意，果然新時代靠的是智慧，當初修羅族族長看不起自己真是有眼無珠。所以早先她就說過了，自己可是比九夜有潛力得多。後者只要橫衝直撞就行，而自己幹的是技術工作……

這邊正說著話的時候，那邊街上就傳來了一片騷動和尖叫聲，其中甚至還隱約夾雜著少女激動的大喊。

「看哪！那就是偉大的神族王子，啊——他好帥……」

雲千千從窗戶探出頭去，正好看到一片小美眉興奮暈厥……

「……」

飯店外的大街上現在是一片人山人海，看起來幾乎是全城出動了，萬人空巷，一起圍觀著上空被眾神族包圍、正在刻意放慢速度飛行展覽的一個騷包。

雲千千定睛一看，這不就是她在沙漠接任務時的那神族落難小王子嗎？合著任務結束，人家忍辱負重後，終於可以衣錦還鄉了。

偽神族使者也聽到了外面的動靜，一口喝乾杯中茶後，他站了起來，微微欠身向眾人告別：「抱歉，各位，我們神族的王子回來了，接下來我這藏獒要回去為王子操作競選城主的投票事宜，有空我們再聯繫吧。」說完，他特意轉頭朝默默尋方向投去一笑：「寶貝，記住我們的約會啊……」飛吻，閃人。

默默尋臉色忽青忽白的變幻了好一會，最後在眾人的竊笑中忿然起身，沒好氣的挨個把人瞪了一眼。「我也走了。這次就當是回報你們帶我上天空之城，以後大家兩不相欠。」說完她再瞪眼，帶著記者團閃人。

雲千千坐回位置，把窗戶拉上，隔絕了外面的人聲沸騰。「現在就要開始做投票準備了，大家覺得我們是發傳單還是花車遊行、演講還是開舞臺劇宣傳？其實我個人認為三項同時進行也不是不可以的，尤其是傳單……要不，我現在聯繫幾個專業的攝影師，照一套藝術照留著登封面？」

彼岸毒草吐口血：「大姐……妳丟人能不能在會裡就成了，別折騰到 NPC 那裡去？」

「怎麼這樣說話呢，其實我還是挺上相的。」

「行了，這事我回去研究一下看怎麼運作，妳先帶九哥玩去吧。」彼岸毒草頭大的揉揉太陽穴，直接起身、抬腳走人，也不給雲千千反駁的機會。

雲千千見狀，無奈的再看了看其他人，一個個別臉的別臉，低頭的低頭，就是不看她。於是，最後她還是只好把視線轉回了九夜身上，默了默後問道：「九哥想去哪裡玩？」

九夜默然，喝茶，目不斜視……

要真說起九夜喜歡的娛樂，那就是打架、殺人、迷路……咳，最後一項算是非自願的，還是刪除。而雲千千雖然也經常打架殺人，卻是在已知的優勢下恃強凌弱。要真給個強大對手讓她挑戰自己極限的話，這女孩保准跑得比誰都快。

單從這一點上來說，雲千千和九夜的區別就很明顯了。

揮別另外幾人，雲千千帶著九夜找了個自己記憶中好打又沒有支路的副本，讓九夜進去挑戰 BOSS，然後自己就閒閒的坐在副本外等待人家爽完歸來。

這心情、這場景，如果不知道這是帶人打副本的話，見到的人保准以為雲千千是在青樓外面寒風中坐等自己主子泡小姐的小廝。

瞧這第六高手混得……嗯，自己是不是第六來著？

無聊的雲千千抓抓頭，閒閒沒事的坐在石頭上和公會裡的人聊天。就在她正無所事事、直感覺生無可戀

的時候，一條短信飛了進來。

「蜜桃，我上來了。」

誰上來了？當然是新任圖書館館長兼天機堂老闆混沌粉絲湯。

要說人家為什麼是人才呢？雲千千這樣在資訊豐富的年代生活過的老玩家，都知道情報堂競爭難度的，那老頭館長的任務可是一點都不好做，不僅要求專業知識豐富，更考驗個人情報網的完整度。

比如說吧，以前曾經有過一個想去競職分館長的情報堂老大，找到圖書館老頭完成前置交談，獲得資格後開始考核。

問：創世十大高手中有幾男幾女？

這個問題很簡單，迅速回答之。

第二問：這幾男幾女的配偶分別是誰？

這就有點考驗人了。要知道，現在不是經常陪在某人身邊的異性就一定是對方的配偶，比如說那些大老闆，帶進帶出的都是情婦或二、三、四、五奶，正宗黃臉婆放家裡卻不見得有幾個人認識。

十大高手嘛，身分需要，平常跟身邊的多半是情人；即便是作風正派的，身邊跟的也不一定是配偶，說不定是長期合作的遊戲夥伴？夫妻也不一定實力對等，比如說老公是高手，進出高級副本，老婆卻只有30、40級，那就根本跟不上步調。於是老公組個固定隊，隊伍其中說不定就有這麼一號女強人式的隊友，平常沒事經常下個本、群個怪、吃個飯、逛個街什麼的……

而第二個問題回答完了還不算完，緊接著第三問：十大高手的父母名字？

那個被考核的老大當場崩潰，後來在交流論壇發帖，聲淚俱下的哭訴了自己這一慘痛經歷，讓雲千千很是偷樂了好幾天——活該，誰讓你們這些情報販子賺錢那麼狠！

所以在知道混沌粉絲湯居然果真通過了圖書館館長的考核之後，雲千千會顯得驚訝也就是理所當然的了。

「胖子，你說你上天空之城了？」

「是呢，快來圖書館分館，慶功宴正開著呢，我請妳吃滿漢全席。」混沌粉絲湯在通訊器另外一邊哈哈大笑，頗為自得。

「呃……我還等九哥呢，你替我留一桌。」

混沌粉絲湯財大氣粗，也不計較自己被占便宜，果真扭頭吩咐旁邊人再準備一桌放著，然後才轉回頭來，繼續跟雲千千閒聊：「那位大小姐最近怎麼樣啊？」

「看創世時報那銷量，難道你還看不出來她最近風頭正勁？」雲千千笑道。

「也是，那小妞雖然有點不通人情世故，但這方面的專業技能掌握得還是不錯……當然了，這也多虧我之前管理得好，情報網也布置得到位，一切都在軌道之上，她接手根本沒什麼難度。」說到最後，胖子還不忘把自己誇獎了一把。

「是是，您威武……」

胖子的能力是巨大的。別看人家以前做的只是主編，但交遊之廣闊，可謂是三教九流無所不包。畢竟新聞工作者走的就是人脈關係，在江湖上沒點面子怎麼成。

幾個小時後，九夜終於從副本出關，手中的匕首已經換了一套，表情分外舒爽。雲千千不等人張口說話，抓了九夜就是往回跑，去趕她的飯。

混沌粉絲湯早已經在天空之城上的圖書館分館等待良久了，一見兩人，腆著肚子就踱了過來，叼著根牙籤剔牙縫，慢條斯理的埋怨道：「怎麼現在才來啊？」

「滿漢全席呢？」雲千千也不跟他客氣，直奔主題。

雲千千自己吃飯就是素麵素餃素包子，全以省錢管飽為主。別人請客的話，頭幾次還好，來多了也知道雲千千這人是每次都不肯付帳的，要嘛就厚著臉皮蹭吃，要嘛跑單；實在跑不了，她也有本事占著人家酒店桌子就著茶水一坐一整天，非要等著人回來結帳不可，還假模假樣的裝驚訝道：「哎呀，你怎麼還特意為這幾個錢跑回來啊，我馬上就結帳走人了……」

一般人臉皮可是沒她那麼厚的，三次兩次後都學乖了，跟這水果吃飯就淨挑便宜的，而且說好吃飯前付帳，吃完各走各的，可不作興加菜。於是這麼長久下來之後，雲千千終於漸漸養成了和九夜一起在野外開伙打野食的好習慣。難得有人請吃滿漢全席，這位就像是餓了半輩子似的，可不就著急忙慌的趕過來了嗎？

混沌粉絲湯呵呵笑了笑，吐出牙籤往嘴裡塞把消食片，拍拍手召出 NPC 把桌面撤換了一道，然後就熱情招呼雲千千和九夜趕緊坐下。「來來來，我再陪你們吃一桌。」

「都那麼胖了還吃，小心脂肪肝。」雲千千拉著九夜往桌邊一坐，先替自己拿了幾碟海鮮，再幫九夜拿了幾大盤肉，筷子一抄就開始下手。「吃飽了就別勉強，回頭我打包就成，不給你浪費。」

「……吃著飯呢，別說話。瞧妳那噴的，還讓不讓我吃了？」混沌粉絲湯鬱悶的把凳子往後挪了挪。

「你別提醒我啊，這不是逼我往菜裡吐口水嗎？」

「……」

一頓飯自然是吃不了多少工夫，飯罷之後，雲千千果然一個菜都沒能包上。混沌胖子那消食片的儲量充足，吃飽嗑一把，再吃飽又一把，硬是陪著兩人把整桌菜給吃完了。

「說吧，有什麼要我幫忙的？」又叼上根牙籤，混沌粉絲湯吩咐人來把桌面一撤，往背後椅子上一靠，懶洋洋的問道。

雲千千捧杯小酒，驚奇的問道：「你怎麼知道我有事要找你幫忙？」

「廢話，要沒事找我幫忙的話，剛吃完妳就該閃人了。跟妳又不是第一次吃飯，我還能不知道妳？」混沌粉絲湯翻了個白眼。

「呵呵，瞧你說的……」這話說得自己多尷尬，好像她用完就甩似的。

九夜今天副本刷爽又飯飽酒足，心情顯然不錯，難得開了次口：「她想競選城主。」

「喲，志向不小啊。」混沌粉絲湯眼前一亮，來了點興致。「剛傳送上來的時候，我剛好看到神族小王子遊行，也是為了競選城主？」

「那是，都在準備著呢，那王子還是本屆大熱門。」

「妳想競選，打算怎麼運作？」

「這得看小草安排。」

混沌粉絲湯沉吟半晌，突然皺眉，「這麼說的話，我倒是挺同情彼岸毒草的……」

「喂，你什麼意思？」雲千千黑線。

「呵呵，開個玩笑……主要是妳看，這個競選地方官員吧，最主要的就是兩點，一是樹立形象，二是獲得政績。後一項咱就先不說了，單說妳這形象……」

「我形象招你惹你了？」雲千千挽袖子抄法杖，咬牙切齒的準備放雷。

「瞧瞧、瞧瞧，就是這個問題。」混沌粉絲湯兩根手指夾著牙籤對雲千千指指點點，一臉痛心疾首。「妳覺得天空之城這麼文明的城市會選個暴徒當自己城主？」

「屁個暴徒！」雲千千憤怒：「老娘明明是流氓！」

「……」原來您也知道自己是個什麼貨色啊……

乾咳幾聲，混沌粉絲湯繼續磨牙籤，邊剔邊道：「當然了，現在天空之城沒人認識妳，也就是說妳以前做過的那些勾當沒人知道。這有個好處，那就是他們對妳不會有什麼惡評；當然也有個壞處，那就是他們對妳同樣不可能有什麼好評……老子跟妳說直白點吧，也就是說這裡的人根本不知道妳是哪根蔥……」

這一個人在外界的評價無非幾種，一是好，二是壞。

前者一般都是扶危濟困、仗義有德，上車必讓座，遇窮必扶貧，誰有個頭疼腦熱、家庭不和，包括作業沒做完、馬桶沒人通什麼的，都能找這種人幫忙解決。於是大家一看，這是多好的一罐萬金油啊，關鍵還實惠耐用……再於是，這種人會受到歡迎也就是理所當然了。

而後者則是和前者完全不同的類型，比如說卑鄙無恥、仗勢欺人……最好的例子是雲千千，不管是在媒體還是在玩家口中流傳的版本，這人就從來沒有過什麼好的評價。

但是除了這兩種人以外，還有第三種，不好不壞……也就是完全沒有什麼存在感的人。

不管是被人捧還是被人罵，前兩者始終是被人記住了，好歹人家知道他們叫什麼，做過哪些事。

而第三種人則好比是擦肩而過的路人甲，大家根本沒興趣了解他，更沒工夫打聽這種人做過什麼好事或者是壞事。無論是在哪一種場合，這種人多一個少一個都不會有什麼區別，最大的作用就是充當布景人牆。不幸的是，雲千千在天空之城就是這麼一個形象，身為一個外來者，大家對她實在是太陌生了……

「所以我這不就來找你了嗎？」雲千千腆著臉，笑嘻嘻道：「其實你得這麼想，我現在就好比是白紙一張，隨便您把我抹黑抹白都行，只要媒體的宣傳到位了，是黑是白還不都憑您一張嘴？」

「這個……難啊。」混沌粉絲湯為難了一下，長嘆道。

雲千千接著笑：「別跟我扯這鬼話，再難還能難過官要選舉？你看那些包情婦的、貪汙受賄的、以權謀私的……你可別跟我說這些人只是很傻很天真啊。你們報紙上替這種人歌功頌德的時候都沒見什麼心理負擔，怎麼到我就難了？」

「……主要是人家肯砸錢。」

「我也肯砸。」

混沌粉絲湯眼睛一亮，盯著雲千千從空間袋裡掏出一把冥鈔元寶砸到桌上，財大氣粗的問道：「狐狸前陣子要去禁地閉關時託我買的，一百萬，夠不夠？」

「……」

默默比出一根中指，混沌粉絲湯失望的靠回椅子上。「行了，我知道妳意思了。反正玩家當了城主總是對我有好處的，這事我看著找人幫妳辦……我還要整理分館安排工作先，妳先回去吧。」

離開圖書館分館後，雲千千剛好收到彼岸毒草發來短訊，稱默默尋方面已安排到位。對方答應利用系統辦公資源為水果樂園以成本價印發傳單，同時以記者證租來遊行花車一臺，每天可使用兩小時遊行全城，屆時雲千千可登車演講，造勢宣傳。

「現在也沒其他法子，只能先照其他人的樣子做了。反正各國競選總統都是這幾招，我們也這麼做吧。」

彼岸毒草的聲音無比疲憊，顯然如何包裝雲千千已經成為了他的一塊心病。

要貌無貌，要德無德……若是能把競選人選換作九夜的話，那他能省多少事啊！

「要照藝術照嗎？」雲千千還記得這一事。

「……」

另外一邊沉默五分鐘，最後在雲千千忍不住將要再次開口之前，彼岸毒草終於默默的切斷了通訊器。

操！

天空之城中的人們基本上都沒有其他事情做，如亞特蘭提斯一樣，這樣避世的地圖一般都有點不食人間煙火的味道。居民們的生活過得太沒有激情，整天除了上班下班、研究魔法、吃飯睡覺以外，就再沒有其他娛樂了。而奇怪的是，在這樣枯燥的生活環境之下，這裡居然沒有出現人口膨脹的問題……嗯，關於最後一點不解釋。

所以可以想像，每到三年一度的城主競選時，天空之城都像是在舉行什麼盛大節慶一樣，吸引了全城所有居民的注意力，端的是熱鬧非凡。

雲千千拉著九夜剛在街上晃了半小時的工夫，已經親眼見到數座遊行花車從身邊緩緩駛過。熱情洋溢的競選人舉著擴音器發表著自己的競選演講，還有各族的漂亮美眉站在花車上抓著欄杆發散傳單給群眾、拋媚眼，大喊著「請投我們一票」之類的口號。

街上還有許多幫助競選的NPC在向街上行人發放小禮品，如食物、飲料、菜油，如掃帚、抹布、拖鞋，如香菸、啤酒、餐巾紙……以此手段收買人心，好為自己支持的種族拉上一票……至於說為什麼不發藥品裝備道具？別開玩笑了，天空之城裡一共才幾個玩家？掌握絕大多數投票權的始終還是NPC們，所以這方面的判斷還是很好決定的。

雲千千一路走來，儘管被各種族龐大的宣傳攻勢弄得憂心忡忡，但因為收穫禮品頗多，所以心中還是有些安慰。

九夜瞥過來一眼，「妳跟人家拿菸幹嘛？」

「咦，你不抽？」雲千千驚訝。

「我要抽的話，剛才那女的能把整箱都給我。」九夜再瞪她一眼。

雲千千想了想剛才的情景，還真是這樣的。一般擔任發放禮品、宣傳工作的都是美女，這些NPC們也喜歡帥哥，見著九夜，恨不得把手上的東西都塞過來；而再見著九夜身邊的自己之後，一個個都是咬牙切齒、怒目而視……

果然長太漂亮了就得遭同性羨妒……雲千千幽幽的哀嘆一聲，顧影自憐的摸了把自己臉蛋，隨即很快又興奮起來：「對了，九哥，今晚是不是吃炒菜啊？難得你領了那麼多油，我們就別烤肉了吧？」

老子是保姆？九夜抬頭看了眼天，再低頭看雲千千，淡然問道：「妳有鍋？」

「……」沒有……靠！這幫小氣摳門的，居然都沒人發鍋？雲千千咬牙。

一路掃蕩過來，等到了彼岸毒草那裡的時候，雲千千和九夜已經是兩手都抱滿了東西，空間袋也早就塞滿了。發禮品的美女又熱情，再加上雲千千雁過拔毛那屬性，九夜的純情小酷哥形象硬是被這麼狠狠的毀了一把。

「妳說要在街上查看一下別人競選的情況，就是為了去拿這些禮品？」彼岸毒草看著雲千千，內心感覺格外的悲哀。

「嗯……其實也不全是為了這，我主要是想知道一下她們給我禮品的時候會說些什麼宣傳語……」

「那她們說什麼了？」

「帥哥，我家住城西X街X巷X棟，有空交個朋友吧……」雲千千抓抓頭，無比鬱悶。「都是跟九哥說的，沒搭理我。」

「……」彼岸毒草深呼吸下，轉頭同情看九夜。「九哥，真辛苦您了。」創世第一高手啊，現如今也就是落得這麼個下場。

燃燒尾狐早被彼岸毒草抓回來了，這會正在旁邊使勁的搓銅板。

雲千千東西一放，閃避小草的怒火，竄過去，笑呵呵搭訕：「算出什麼來了？我今天有金錢運沒？」

燃燒尾狐給了雲千千白眼一個。「別拿我跟那些擺攤算命的騙子相提並論。」

「我是讓狐狸幫忙算下投票現場當天的法陣結界部署。」彼岸毒草幫九夜接過東西，回頭順口答了句。

「法陣結界？」

「嗯。我是這麼想的，讓狐狸在其他競選人的投票箱前布個結界，如果投票那天我們實在不行了的話，看能不能發動結界，讓其他人無法靠近投票箱。」

「……你真壞，這點子我都想不出來。」雲千千豎起大拇指，一臉讚嘆。

「……」她到底是誇還是罵呢？彼岸毒草糾結。

默默尋在一邊早就已經擬好了傳單的內容。雖然在整座天空之城的各種族宣傳大勢之下，這樣的手段未必能有什麼效果，但做了總比不做的好。

不一會後，主編小姐捏著傳單稿過來給人過目：「看看這樣行不行。」

雲千千接過來，一目十行看完，認真提意見：「我覺得妳這篇稿子沒有很好的描述出我的優點，比如說相貌端莊，比如說品德高尚，比如說智慧過人，比如……」

彼岸毒草一把抄過稿子來一眼掃過，還給默默尋。「行，就這麼發。」

小客房裡除了彼岸毒草、默默尋和燃燒尾狐以外，還有不少雲千千叫不出名字的玩家正在忙碌著，顯然是被分派了工作，正在為競選一事盡最大努力。只不過與其說大家是在努力工作，不如說他們是在投入的玩。

幾乎所有人都認為雲千千競選城主是不會有什麼希望的，現在也就只能說是重在參與……這就好比是學校或公司搞什麼小型活動一樣，因為不用評分頒獎什麼的，所以眾人也就分外的輕鬆，一邊忙著還一邊有說有笑，氣氛十分之和諧。

「蜜桃，妳想想看有沒有什麼交好的種族可以拉到票。」彼岸毒草忙著忙著一回頭，發現雲千千在旁邊無所事事，於是順手分派一個任務過去：「雖然可能性不大，但是這種競選中的拉票沒準也是可以找到任務的。比如說妳幫助了某種族，獲得對方的支持；再比如說妳救下了什麼重要人物，讓人帶著一票兄弟來給妳助陣？」

「你覺得我會閒著沒事到處找人救？」雲千千白了一眼彼岸毒草。

「……我也覺得不大可能。但妳看看大家都這麼忙，難道妳就好意思一個人閒著？」

雲千千想了想，「幫人我不擅長，但我看看能不能搞點破壞，比如說破壞某競選人的名聲，比如說替某競選人製造醜聞……」

彼岸毒草瞬間頭大，揮手趕人。「行了行了，妳去吧，是我考慮不周了，其實這樣確實比較適合妳……」

於是剛進了旅館不到十分鐘，雲千千再次被轟了出來，又一度在街上閒閒遛達。九夜也是閒人，雖然沒人趕他，但此人甚是無聊，自願請纓出門陪遊。

街外還是人山人海，這裡那裡都沒處落腳，酒樓店家早就爆滿。拖家帶口出來看熱鬧者有之，再三往返逐街領取禮品者有之。雲千千抓抓頭，想想還是直奔城主府而去。

「妳不是也報名申請競選城主了嗎？今天外面這麼熱鬧，妳怎麼不也去準備準備？」精靈城主親切的接見了雲千千，雙方落坐後，對方略帶驚奇的開口問道。

「有其他人辦著呢，我先逛逛，了解下地形。」雲千千笑問：「您呢？不打算連任了？」

「呵呵，城主的位置要看所有人的意願，如果大家覺得別的人比我更適合，那我自然就該讓位，有什麼必要準備的呢？」

謔，這還有個真豁達的，就是不知道上屆選舉是怎麼把他推上去的了。雲千千笑咪咪道：「其實我找您主要還有件事。」

「妳說。」

「請問下，天空之城的各部種族裡，有沒有修羅族的人啊？」好說也是一族的，自己如果真要競選，修羅族裡怎麼也得投幾張友情票吧？

「修羅族？」精靈城主思索了一會。「我記得天空之城沒有這一族……修羅族人個個勇武，在神魔大戰時是戰場上最英勇的主力，這樣的種族怎麼可能會有願意避戰的人呢？」

九夜看了看雲千千，實在不好意思告訴精靈城主，現在他眼前就有個避戰的修羅族人。

「不過……」還沒等雲千千失望，精靈城主隨之又來了個轉折。「如果說到修羅族族長的話，前幾天似乎有人在天空之城裡看到他的蹤跡。如果想知道修羅族的消息，也許妳可以去試著找找他。」

「修羅族族長？」雲千千激動。自己之前說看到的那人是修羅族族長，偏偏沒人信她。

精靈城主笑笑：「是的，我們的人一見到修羅族族長後，就想邀請他了。可惜修羅族族長行蹤太過詭異，一個錯眼就不見了……如果是二位的話，也許修羅族族長會願意出面相見吧……」

飛快竄出城主府，雲千千終於找到事做了。自己族長的事情自己知道，那可是個到處惹禍的人，去一趟亡靈之族就能放火把人家族長的骨頭架子燒了。現在人家上了天空之城，八成又有熱鬧可看。

出門左右張望，還是永恆的人山人海，雲千千頭大了，摸出狗笛一吹，召喚凱魯爾。

「這回又是什麼事？」凱魯爾架子很大，不耐煩的問道。

「族長來了，你幫我們在城裡找找。」

凱魯爾本來吊眉搭眼、一臉不爽，聽了這話頓時感到驚訝。「族長來了？」想想，他又驚慌了起來，抓著雲千千，臉色蒼白的問道：「族長是不是來抓我回修羅族的？是不是因為我和瑟琳娜的事情？是不是生氣了？是不是……」

「你冷靜。」雲千千黑線。自己還覺得凱魯爾是個壯男酷哥呢，沒想到一聽說修羅族族長就像老鼠見著貓。這副樣子要是讓瑟琳娜看到了的話，料想他這輩子都沒戲。

「對對，冷靜。」凱魯爾鎮定了一下情緒，深呼吸，再深呼吸，最後睜開眼來，一臉堅毅且壯烈的神情道：「無論族長要怎麼懲罰我，我都不會有半句怨言的……那麼，我去了。」他說完轉身，刺溜一聲竄進了人潮人海中，被廣大群眾的身影瞬間淹沒。

「……」雲千千默然的目送凱魯爾離開方向一會，面無表情的對九夜道：「九哥，我們分頭找吧……嗯，你總能找到旁人所留意不到的角落，如果你自己行動的話，也許會有意外驚喜……對了，記得看到城牆就掉頭，千萬別出城……」

185・醜聞門事件

雲千千的安排果然是沒錯的，不到十分鐘的時間，九夜就從隊伍中發回了消息，稱其在某處座標處尋找到了正在街上看熱鬧的修羅族族長。

雲千千速速趕去會合時，形似孿生兄弟的九夜和修羅族族長正在交談。也許是看到自己愛徒，所以心情甚好的關係，修羅族族長居然難得的給了雲千千一個好臉色，點頭微微稱讚道：「不錯，妳是怎麼知道九夜能夠找到我的？」

雲千千擦把汗。「其實是這樣的，我早就發現了一個問題，每當九哥自己行動時，他的行蹤就一定是……呃，縹緲詭異、神蹤莫測。以前在海族和其他人家院子裡的時候，就連那些本地土著都找不到他，巡邏的人就跟擺設似的……所以我想，如果是九哥出馬的話，一定也能找到同樣行蹤難測的族長您老人家……」

「很好，不愧是我看上的徒弟。」修羅族族長勾了勾脣角，對九夜很滿意，對雲千千以上的發言也同樣滿意。

「……」您直說自己和九夜一樣是路痴不就成了……

沒錯，雲千千前幾次就隱約察覺到了，以修羅族族長如此重要的職務來說，長年不在族中，反而四處遊歷，這本來就是說不過去的；再加上族裡有點身分地位的老人都對修羅族族長那沒什麼保密必要的行蹤諱莫如深，一問起來就支吾遮掩；再再加上，修羅族族長每每出現和消失方式都與九夜驚人的相同……

「這次找我是什麼事？」修羅族族長是知道雲千千無事不上門的，索性開門見山，直接進入正題。

雲千千小心翼翼的問道：「是這樣的，不知道您對自己族人競選天空城主有什麼想法？」

「妳指的是妳自己？」修羅族族長皺眉沉思後答：「對我族來說是禍水東引，算是好事一樁；但對天空之城來說卻是無妄之災……」

雲千千淚奔，這人真是一點面子都不留給自己。

「原本聽九夜說的時候我還不信。怎麼，妳還真打算競選城主？」修羅族族長斜睨雲千千一眼。

這話怎麼說的，自己不是說真的，難道還是閒著沒事，專程跑來跟你找話說？

雲千千陪笑道：「那是，不知道族長大人有沒有什麼好辦法幫我拉到選票？如果再要能派出百八十個精幹打手幫忙比武就更好了。」

「修羅族裡最不缺的就是戰士，可是幫妳競選對我們又沒什麼好處……」說到一半，修羅族族長停了下來。想想這還真是有好處來著，只要這水果把注意力轉移到別的地方去，不在族裡折騰，單憑這一點自己就該大力支持了。於是他話鋒一轉，又道：「當然，借人給妳也不是不可以，但選票的事就沒辦法了。其實我個人認為倒是不必那麼麻煩，妳直接殺光其他候選人，不就沒人跟妳爭了嗎？」

鷹派，這是絕對的鷹派！雲千千擦把冷汗，小聲在隊伍裡問九夜：「九哥，你不會也是這麼想的吧？」

九夜沉吟道：「我還真沒想到這一點，不過……似乎可行度很高啊。」

由三種對應投票項目時的不同提議，可以看出提議人的性格區別所在。如彼岸毒草這樣受荼毒汙染較少的人，雖然擅耍權謀，但本質來說依然算得上是正人君子，於是理所當然走的是光明正大的競爭路線。

而雲千千這樣喜歡坑蒙拐騙的壞蛋，做起事來的時候就要更加的不擇手段一些。只要能利己，她是完全不會介意別人受不受損的問題。所以這女孩的思考風格也就更多樣化，不像彼岸毒草一樣容易受限於某個層面。

當然了，最囂張的還要算是修羅族族長。有人跟你競爭？殺掉；有人擋你路？殺掉；欠債不還？殺掉；看不順眼？殺掉……

在這位族長的眼中，一切問題都是可以用抹煞對手來解決，思維方式只有一條直線。雖然方法簡單有效，但適用範圍卻太過狹隘，除了他本人以外，就算是雲千千這般視聲名如浮雲的惡人，也是萬萬不敢用這種法子。這要是一個弄不好的話，成為全民公敵都將不再是夢想……

從修羅族族長那裡再領了一根使用次數為十，每次可隨機召喚修羅族高等級 NPC 一名的狗笛之後，比武的選手問題就算解決了，現在的難題只剩下投票。

彼岸毒草聽說了雲千千傳來的消息之後，欣慰的同時也表示壓力很大，投票正是他最為難的一塊心病……該如何把一個卑鄙無恥的賤人改造成淳樸 NPC 們心目中的正面偶像？這是個問題。

「我覺得小草差不多也到極限了，那邊能使上的力不多，還是我們出手吧。」和猶豫躑躅的彼岸毒草結束通話之後，雲千千抬頭對身邊的九夜道。

修羅族族長再次去流浪了，天空之城不是他的終點，這傢伙只是一個迷路的過客。

而雲千千和水果樂園的玩家們在這裡的任務還沒有結束，還需更加努力。

九夜抽出匕首，認真問道：「妳的意思是，我們現在就要開始安排暗殺日程，分批次刺殺競選選手了？說吧，第一個是誰？」

「……這個問題是這樣的，其實吧，我個人是一個和平愛好者，曾經還以擔任世界和平大使為自己的夢想，只是後來因為現實等種種緣故才不得不放棄。」雲千千唏噓感慨，一臉的真誠純潔。「所以呢，這個暗殺計畫其實我並不贊成。如果可以的話，我還是希望能以更溫和的手段來感化那些競選選手，讓他們在我的感召下，自己認識到自己的渺小，心甘情願的退出競爭。」

「妳的意思是說，找把柄威脅他們？」九夜皺眉總結。

「什麼威脅啊，說話真難聽……我只是想幫他們分析一下為什麼他們不夠資格擔任城主而已，是友好的正面勸導行為。」

九夜不說話，一臉鄙視的橫眼雲千千。

雲千千眼看這確實是不能把人家當傻子，於是乾咳幾聲，尷尬道：「當然了，你要說威脅也行，不過那是在他們不願自己退出之後的最後手段。非到最後時刻，我是不願意這麼做的……總之，時間就是金錢，我窮，見不得浪費，我們抓緊走著！」她說完，刺溜一聲竄出去，消失在街外人群之中。

九夜繼續沉默，看著雲千千消失的方向，靜靜的等著……

不到一分鐘，雲千千低眉臊眼的訕訕跑回來，一見九夜滿臉不爽的表情，頓時哭喪著臉認錯：「九哥我錯了，一時忘記你不認路……」

幹壞事也是要挑選目標的，如果是分量不夠的話，就算你求著讓別人幹點壞事，也未必有人肯答應。比如說，假如一女的長得跟如花似的，你能想像她紅光滿面的跑警察局去報案，說有人強姦她的場景嗎？

所以總結，即使想被害，也得先要有被害的資本……

雲千千正在挑選夠資本的各族競選選手。小部族一般問題都不大，上天空之城的種族太多了，把所有分支小族零零總總都算起來得足有百來個，最小一族的總人口數甚至只有十來人。

雖然說是民主競選，但一般各個種族的居民們還是會優先投票給與自己相同部族的競選人，其次才是另外幾大族候選人，再或者政績非常卓越者。因此，小族候選人基本上也就是上來湊個數，在臺前走一趟，領了自己族的友情票，接著差不多就該下臺了，可以說完全沒有競爭力。

雲千千別的不敢說，但是讓自己公會的人全投自己倒是沒問題。兩百來張票攥在手裡，別的競選人壓不過，壓死這些小族卻是絕無問題的了。

根據混沌粉絲湯打探下來的結果，目前天空之城上有競爭力競選城主的大族一共有五支，神族、精靈族是毋庸置疑的，另外三族則分別是獸人族、魔族和翼人族。

一般情況下，所謂競選就是這五族黨派輪流當家。上屆是精靈王，這屆呼聲最高的則是神族小王子，另三族有一定機率當選；但在兩人的壓力下，把握不大。

當然了，如果雲千千要出手的話，就必須得是五個部族一起拉下馬，不然只要隨便漏掉一個，很可能就是她這隻傻鷸咬了四隻蚌，最後卻被某族漁翁得利……

經過與混沌粉絲湯的密謀籌劃之後，雲千千找到默默尋又聯繫了一批傳單印發稿，開始著手準備。

彼岸毒草對雲千千準備出手的事情表示既期待又惶恐。期待是對方每每出手必有奇招，一般情況下都能在最不可能的形勢下達到目的。而惶恐則在於雲千千出招之賤實在是超乎人類想像，且對方向來是只重結果不重過程，彼岸毒草深怕水果樂園的名聲被她一朝盡毀……

要知道，NPC可不比玩家，玩家被欺負了也就被欺負了，即使事後知道是某人耍詐，礙於實力差距也不得不忍下一口鳥氣。可NPC就要直白得多，再加上天空之城的居民普遍等級都高，一旦發生暴動事件，則後果不堪設想。

當然了，雲千千和九夜也許是不怕，但關鍵是其他人怕啊！比如說彼岸毒草，就已經暗中準備了大批藥品儲存，心驚膽顫的隨時準備亡命天涯……

第二天，提心吊膽苦捱了一天的彼岸毒草謹慎的派出人打聽了下，沒聽說街面上發生什麼異常事件和大新聞，得到回報後，彼岸毒草甚感安慰。

可是就在他剛放下心來沒多久之後，旅館夥計很興奮的敲門，送來傳單一疊。「客人，您昨天吩咐的有新消息就告訴您……這些可是天大的新聞。關於那個賞錢……」

彼岸毒草的心瞬間再度提到嗓子眼。打發走旅館夥計之後，他深呼吸再深呼吸，平靜許久之後，自認心臟已準備到足夠堅強，這才戰戰兢兢的顫抖著手指，捏起傳單紙最上面一張流覽……

半小時後，旅館夥計例行打掃，在房間內大驚的發現吐血昏迷之彼岸毒草，其手中傳單散落一地，紙頁上沾滿了斑斑血跡，整個現場看起來無比形似偵探劇中的密室殺人現場。

雲千千究竟做了什麼？

其實也沒做什麼，她只不過是讓默默尋陪著，秘密發放了一批新聞而已。

前面曾經說過，天空之城的居民們娛樂很少，僅僅是三年一度的城主大選而已，就讓這些NPC們熱鬧得如過年一般。可以想見，這樣的枯燥生活該有多麼的乏味。

而乏味的生活裡，NPC們最關注也最期待的自然就是大選中，那些競選種族們為了拉票而舉行的各項活動了。在這些活動中的任何一個細節都是居民們的談資，讓他們興致勃勃、津津有味的反覆談論。這一點談資足足可以流傳到下一屆新的三年大選舉行，直到被新的大選八卦代替為止。

各族的競選人們除了遊行演講以外，最常見的拉票手段就是散印傳單。在傳單上，有各族人妙筆生花、慷慨激昂的文章。天空之城的居民就很喜歡交換彼此收到的傳單，然後一起討論誰的文章寫得好，誰的言論比較有趣，誰的發展設想不可行……討論到心滿意足之後再各自回家做飯，吃飽了繼續回來討論。

一般哪一族的傳單被討論得多，也就代表了那一族的聲望較高，基本上投票多多是不成問題的了。

可是就在今天，一批新的傳單突然橫空出世，以強硬的姿態搶占了幾乎整個天空之城中居民們的飯桌位置，豔壓群單，在街頭巷尾的所有NPC們之間四處流傳了起來。

這批傳單分四張，第一張是神族篇，其內容指稱神族小王子的隨身侍從在昨夜拜訪了各小族首腦，勸告對方退出沒有希望獲勝的競選爭奪，把票投給神族；同時，這位神族侍從還在拜訪時給每位小部族族長送上一個鼓鼓囊囊的錢袋，稱是「精神補償費」，隨傳單附上小寸照片若干，隨機截選登載了幾張該侍從給各族長遞上錢袋時的清晰照。

在小小的照片中，神族侍從的猥瑣表情竟然異常清晰，讓人一眼就看得出其身分來，絲毫不容錯認。另外，傳單下半頁還有一些小族族長的憤怒發言，對神族的這個小動作表示譴責……

雖然大家都知道你是最有力的競選人，但你耍手段作弊就是你不對。更別說還用金錢攻勢。雖然咱勢力小，但也是不容這般侮辱。

傳單之第二張是魔族篇，是一篇類時事新聞，與前一篇有關聯。同樣是在昨夜，魔族競選人身邊的頭號幹將，也就是長老，秘密前往了天空之城仲裁所，向仲裁所舉報近百支小族與神族之間收受賄賂的關係，並義正詞嚴的要求仲裁所取消神族及這近百支小族的競選資格，還天空之城一個朗朗乾坤。

事後仲裁所進行調查，發現證據不足，於是表示不能如此輕率剝奪他人的競選權。魔族長老因此大為氣憤，率領另外一魔族幹將於仲裁所內靜坐抗議，表示自己的不滿。雖然事後被勸回，但魔族長老的這一舉動明顯有惡意打擊對手的嫌疑，引起了各小族族長的強烈不滿。

第二張傳單上，同樣附上了魔族長老在仲裁所內靜坐的照片，模樣清晰，證據確鑿。最關鍵的是，傳單上居然還附了仲裁所印章，仲裁所官方發言人對此新聞的真實性給予了證實。

傳單第三張是翼人族篇，稱翼人族競選人與其女下屬有不正當關係，兩人私下來往已久，並已育有一子，附帶照片第一張上，清晰的照下了該競選人與其女下屬帶孩子在餐廳用餐的情景。除了小孩子穿著大衣、低著頭，只露出一雙手外，競選人和女下屬的容貌都清晰可見。兩人神態親密，相視而笑。

下方則是翼人族競選人和女下屬帶孩子去開房間的照片，下面還附上了該旅館老闆提供的開房收據以資佐證……

相對比之下，傳單第四張，也就是最後一張的獸人篇，就不那麼有殺傷力了。乃是獸人族競選人隨地大小便的照片，有在小巷中背牆而立放水的，有叼著衛生紙蹲草叢、漲紅了臉運氣的，內容甚是歡樂，與其說是醜聞，不如說是笑料……

四張傳單以野火燎原之勢迅速在天空之城中流傳了開來，四族領導人得知此事後，深感事態嚴峻，連忙第一時間發表了聲明，對傳單上的內容表示否認，並嚴厲譴責作假者，鄙視這種非法競爭的行為。四族還為此發表了聯合聲明，表示要永久通緝和捉拿罪魁禍首，一旦發現，即予以逐出天空之城並永久追殺的處置……

傳單文章可以作假，但是小族長的發言、仲裁所的證實、旅館開房間的收據，還有那一張張清晰的照片……這些難道都是作假？

天空之城的居民們根本連信都不信，一徑歡快的、興奮的拉著各自好友，非常熱衷的投入到謠言的二次傳播之中去。

這座城市有多久沒能有這麼有趣的花邊娛樂了？這簡直是上天送來的大新聞啊！再說大家都知道，謠言這種東西不怕辯，只怕傳。不管最後得出的結果是真是假，最起碼身處謠言中的主要角色們灰頭土臉是肯定的了……參與了謠言討論的天空之城居民們，都以能第一時間得知這一個聳動新聞而感到自豪，並表示會持續關注事件的後續發展。

尤其是能收集到整套四張傳單的 NPC 們，更是被大家視為偶像般的存在；甚至有出版商表示願意為這四張傳單編撰出書的意向，只是不知道到底該與誰聯繫版權問題。

彼岸毒草清醒之後，第一時間火速的抓回了雲千千和九夜。在逮住兩人時，居然還附帶了一個天堂行走。

「說！這是妳幹的吧？」進了旅館把門一關，彼岸毒草臉色鐵青的將傳單往桌上一拍，喝問道。

雲千千挖挖耳朵，往桌上看一眼，笑嘻嘻道：「有什麼好生氣的，這效果不是挺好嗎？」

「……」果然是她幹的……彼岸毒草眼前一黑，險些當場暈厥。鎮定一下情緒後，他抽出最下面的第五張通緝令，再拍到雲千千面前，咬了咬牙，艱難的再問道：「妳打算怎麼辦？現在四族可是已經聯合發表通緝聲明了，萬一要是曝光的話，我們水果樂園可是禁不起折騰。」

「放心放心，不會曝光的。」雲千千好聲好氣的安慰這個情緒顯然太過激動的男人。「你瞧瞧，那些照片上可都是他們自己族的人，誰能聯想到我身上來？」

「說到這裡……妳到底是怎麼弄到這些假照片的？」記得遊戲裡似乎沒有照片修改的說法吧？

雲千千刷出一張面具往臉上一罩，刷一聲變成神族侍從。「噹噹噹噹……見證奇蹟的時刻！」

「奇……」奇蹟你老母！

彼岸毒草瞪大眼睛，吐口血。「那照片上的其他人呢？妳一人分飾兩角？」

雲千千往身邊一指。

天堂行走在彼岸毒草的瞪視下，笑呵呵的摸了摸鼻子，不好意思的也掏出一張面具一刷，分別變成翼人候選人、獸人候選人，以及那個陪魔族長老靜坐的魔族幹將甲。最後他摘下面具，恢復本來面貌，羞澀的一低頭，「其實我只是從犯……」

「……」好，很好。

彼岸毒草閉眼，再睜開，「那個外遇事件的翼人孩子呢？」

「路上遇到洛特蘭斯了。我們答應他放他一馬，不向神族洩露他的行蹤，以此條件借了赫托斯的小兒子客串……要不，怎麼照片上的那孩子得遮著臉穿大衣呢？不就是怕別人認出來嘛。」雲千千看白痴般的看彼岸毒草。

「……最後一個問題，妳哪來那麼多錢賄賂小族長們？」

「呵呵……」這回雲千千也羞澀了，她不好意思的一低頭，恰似狗尾巴草不勝涼風的嬌羞。「錢袋裡那些都是石頭……」

真是夠踏馬卑鄙的陷害了！

彼岸毒草聽明白前因後果、內幕真相之後，頓時氣堵語噎，瞪著雲千千，一句話都說不出來。

而水果樂園中不明真相的無知群眾們，還在街上跟著 NPC 們一起參與圍觀，對緊急遊行並發表澄清說明的四族人指指點點，嘻嘻哈哈的毫無壓力……他們這是不清楚事情的嚴重性，所以現在還笑得出來。若是知道花車上氣憤演講的那些 NPC 想抓的人其實就是他們水果樂園的雲千千的話，料想這幫人現在就該跟彼岸毒草一樣可憐了……

既然罪惡之手已經犯下令人髮指的罪行，彼岸毒草知道現在即使在房間裡吼破喉嚨也於事無補了，所以他決定還是留口氣、苟延殘喘著替人擦屁股，再仔細分析一下雲千千計畫中有沒有疏漏的地方，也免得將來被人堵上家門口潑油漆。

「你們變身的時候被人看到了嗎？」彼岸毒草想想，提出第一個最容易曝光的問題。

一般電視劇或小說裡都有這麼個 BUG 法則，壞人幹了壞事很難被揭穿，但是到了正義的主角被誤會到山窮水盡時卻又一定會被揭穿。
一般都會有個隱藏得很深的神秘路人甲或配角，目睹了壞人行惡的關鍵疑點，因惡勢力過於強大或智商不夠，沒發現有異常等原因而讓真相沉了下去，等到劇情需要的時候才會出面作為關鍵人證……
雲千千看白痴般的看彼岸毒草。「我們變臉的時候有九哥在旁邊看場子，他的感知至少可以拓展到方圓一里的範圍……你覺得誰能有那麼好的視力，隔著老遠發現我們？」
九夜抬頭，坦然的迎接彼岸毒草驚訝震撼的表情，他冷哼了一聲，神態頗為自矜。後者本來想再懷疑下九夜的監視是否會有疏漏，但想想自己武力值不高，終於還是放棄了這個有潛在風險的指證行為。
「那麼，洛特蘭斯萬一跑去告密……」
「那傢伙有把柄在我手裡，他現在就想混日子把赫托斯家小兒子帶大，要是不想亡命天涯的話，他就不會去告密。」雲千千呵呵一笑：「天空之城崩潰計畫就是他向赫托斯提議的。自從偽神族使者發布給我們抓他的任務之後，因為怕這個秘密洩露到偽神族使者那裡，所以他就一直悄悄的在赫托斯的食物中分次下毒，想殺人滅口……不然你以為上次害我們被砍回地面的赫托斯中毒事件是怎麼來的？還有，我們砍赫托斯為什麼能砍得那麼輕鬆？鹹蛋超人附身？」
「啊……呵呵，那應該就沒問題了。」彼岸毒草驚訝，繼而尷尬，他乾笑兩聲後，不好意思道：「我倒是一直沒發現妳說的問題，原來是有洛特蘭斯在其中插手。」
「嗯，下次記得再仔細點，這麼重要的問題你早就應該想到，別等讀者喊 BUG 啊……小草啊，你可是我親自三顧茅廬請來的副會長，水果樂園的未來發展就要仰仗你了，要是不努力的話，你叫我怎麼放心把水果樂園交給你？」雲千千語重心長。
「……」三顧個屁！她明明就是在路上順手撿的……
其實雲千千最開始也沒想到赫托斯過於好殺是有玄機在其中的。因為沒有遇到過修羅族和赫托斯 PK 大比

拚的情況，所以即使殺赫托斯的時候是如此順手，雲千千也依然覺得這應該只是個人實力的問題。本來她還以為是自己靈竅大開，全身打通奇經八脈，再加上聰明睿智的自己知道未雨綢繆，事先甩下弱點標記道具……沒想到事實竟然是如此殘酷，她沒變身奇才高手，只是一不小心撿了人家的便宜。

彼岸毒草以最悲觀的角度，從各個方面提出了許多問題，最後對照雲千千的答案，實在是找不出什麼不對勁了，於是只好強按下心中的不安，讓這次的詢問暫時告一段落。

但是關於另外一點，彼岸毒草卻依舊感到疑惑不解。按照雲千千的說法，最有競爭力的城主候選一共有五個種族，可是她製造醜聞誣陷的卻只有四族人。那麼，精靈族呢？難道此人心機無比深沉，想把所有髒水都潑到精靈族身上去，誤導四族人，讓他們懷疑製造和傳播自己醜聞的幕後黑手是精靈族？

「你的思想太骯髒了。」雲千千對於彼岸毒草的猜想還以鄙視。「主要是精靈族形象太過正面良好，再加上又個個都是帥哥美女的，所以我這才沒忍下心來下手……當然了，主要也是我一時找不到他們的弱點。」

「找不到弱點？」彼岸毒草驚訝，想想之後又隨即釋然。

要說起精靈族，確實是很難找到對方的弱點。精靈族的 NPC 以草果為食，清高孤傲、喜好和平、討厭戰爭，不屑金銀財帛等黃白之物；與世無爭不說，在私生活上也是十分檢點，一生只有一個伴侶，聽說那方面還有點冷淡……

這樣的一族人，口碑良好，財權色對他們都無效，想誣賴人家隨地大小便也沒人會信，也難怪雲千千會下不了手。

想通之後，彼岸毒草也鬆了口氣，或者說洩了口氣。他一方面欣慰於雲千千不會再對精靈族下手，另一方面又苦惱於精靈族這個巨大威脅。左右為難之間，他只好把問題再拋回去：「那妳打算怎麼辦？和精靈族正面競爭？」

「嗯……其實你剛才的齷齪想法倒是給了我個思路。也許我可以給那四族透個口風提示一下，讓他們知道，四族人倒臺後的最大得利者是精靈族？」

「……」

正當雲千千認真思考這個想法可行性的時候，旅館夥計來敲門了。等彼岸毒草打開門後才發現，門外不僅站著旅館夥計，還站著城主府的精英士兵。這些NPC是來請水果樂園的會長，也就是雲千千過去與城主敘話的，且不容人準備，必須得現在就動身。

「可以帶家屬嗎？」雲千千感覺十分沒有安全感，連忙站起身來問了一句。

「直系的可以。」精英士兵板著臉，一副公事公辦的表情道。

「絕對直系，看，我老公。」雲千千連忙一指九夜，順口給人安了個身分。

九夜瞪過來一眼，磨了磨牙。不過在精英士兵審視的目光下，他到底還是仗義的忍下了沒吭聲。

彼岸毒草吐口血後才幫忙作證。「是是，這對狗男女勾搭上好久了，你就一起帶去吧。」

精英士兵沉吟半晌，最後勉強點頭。「好吧。」

「等等，可以再帶個家屬嗎？」雲千千見人要來抓自己走，趕緊再問，同時她掃了眼幸災樂禍的天堂行走的方向，想思量一下這騙子能給自己帶來幾分助力。

「妳有兩個老公？」精英士兵開始瞪人。

「不是，你誤會了……」雲千千欲言又止，為難的看了眼天堂行走，不知道該怎麼給他安排。最後她一咬牙、一狠心，剛要張口……

「妳要敢說我是妳兒子信不信我翻臉？」天堂行走幸災樂禍不出來了，搶先在公會頻道裡怒吼。以那水果不要臉的卑劣性格來說，這種唬爛說法不是不可能出現。

「……其實我剛才只是想說你是我弟弟。」

水果樂園的公會頻道先是一靜，繼而哄的一聲鬧開了，人人都樂呵呵的冒頭準備聽熱鬧。旅館房間裡的

幾個人連忙都把頻道切了，再轉回組隊私聊。

「遊戲登入都有真實身分的驗證綁定，別說妳弟弟，就是妳祖上十八代它都能從人口資料裡查到。」彼岸毒草勸雲千千：「帶個老公就得了，別想再扯些旁支了，知足吧。」

雲千千猶不死心的磨磨蹭蹭。天堂行走眼看這人死皮賴臉，只好妥協。「一會我想辦法換張臉混進去，有情況再說。快滾快滾，看著妳礙眼……」

精靈城主邀請雲千千，果然就如雲千千那不好的預感一般，是為了天空之城中突然出現的四族醜聞事件。在五大最有競爭力的種族中，其他四族都突然中槍，只有自己精靈族卻安然無事，就算雲千千不去刻意渲染，這一現象也是很容易被人拿出來做文章的。

所謂木秀於林，風必摧之。尤其是在別人倒楣的時候自己卻獨享太平，這是一件很容易遭妒的事情。先不說別人心裡會不會犯嘀咕，就算大家都相信精靈族的人品，出於「我不好過了，你也別想好過」的眼紅心理，精靈族被慘遭誣陷的四族苦逼聯手封殺，也不是不可能的事情。

於是，知道了醜聞傳單在城中散播的消息之後，頗有憂患意識的精靈城主第一時間就給予了高度的警戒，並迅速派出人去，就此事進行調查。本來他設想的是有人陷害了四族當事人，結果等問到當事人頭上的時候，卻發現這些人個個都是一無所知。

因為不知道易容面具的存在，所以一切的線索就此斷掉……最後還是精靈族中的一個智囊出面提出了疑點，為迷霧中的精靈城主指出調查方向——天空之城千年平靜，為什麼單單有冒險者登陸之後就出現了這麼多事情？

再於是，精靈城主就想到了水果樂園……

「各位是天空之城的英雄，本來我應該好好款待各位的，只是最近正是三年一度的城主大選，所以抽不開身來。不知各位在天空之城住得可滿意？」一見面，精靈城主先不談正事，很客氣的和雲千千寒暄了幾句：「尤其是會長閣下，不知您對天空之城有沒有什麼意見？」

「還行。這裡環境不錯，空氣也好，最難得的是沒有土地和水源汙染什麼的。唯一不足就是綠化不夠……對了，娛樂設施也少了些。城主有沒有打算開幾個賭場？我可是一手發展起了超級賭城亞特蘭提斯，可以提供給你一些經驗。」

亞特蘭提斯的賭博業已經壯大成熟並蓬勃發展了起來。魚人首領在雲千千離開後本想嚴禁該項活動，怎奈大勢所趨，以他一人的微薄之力已經無力扭轉乾坤。眼看自己屬下的廣大魚民們都已愛上了賭博，在無奈之下，魚人首領也只好大手一揮，應了民眾要求。

長久生活在海中的魚人們已經寂寞了很久，得到正式許可之後，全城上下立刻以無比的熱情投入到了賭場和賭城的建設中去。短短一個月的時間，亞特蘭提斯就發展成為了幾可與拉斯維加斯等肩的存在，大大的帶動了城內經濟建設發展，並吸引了無數觀光旅遊的 NPC 及探險而來的玩家們。

魚人首領對這一現象不知該欣慰還是該羞愧，糾結之下，索性放任自流。後來，每當和其他首腦 BOSS 見面的時候，魚人首領都對對方好奇的詢問諱莫如深，不管對方怎麼詢問，只但笑不語，神態安詳……

精靈城主聽了雲千千的話後大驚，他早聽說亞特蘭提斯這個遺世獨立的海底古城被發展得面目全非，沒想到罪魁禍首竟然在這裡？

如果說亞特蘭提斯以前是一個清貧的貴族，那麼現在的亞特蘭提斯就只能算是一個暴發戶。說好處不是沒有，但卻已不復往日古城風範，千年文化底蘊蕩然無存。這要是拿到現實上來說，最起碼給雲千千扣上一個破壞文化遺產的罪名是跑不了的。

精靈城主的智囊站在一旁開口，扭轉跑題。「會長大人，我們天空之城暫時沒有發展娛樂業的打算。這次城主請您來，主要是想問下您對於今天街上出現的傳單的看法。」

「不錯不錯，照片拍攝得很清晰，寫手的文筆也很好，閱讀性和娛樂性都很強。我認識個可憐作者寫了本《禍亂創世紀》，一整月的訂閱都沒這傳單高。看這請來的寫手層級，估計得是白金大神吧？」雲千千一臉正經的誇讚。

「麻煩就麻煩在這傳單的傳閱者太多了。」智囊笑笑，有選擇性的忽視了雲千千話中的部分內容，逕自繼續說了下去：「眼看城主大選馬上就要召開了，這種時候最有競爭力的四個大族卻一起落馬，雖說不至於被取消競選資格，但也不可避免的會嚴重影響到投票支持率……關於這一點，不知道您有什麼看法？」

雲千千認真的沉思了半晌，接著從座位上站起身來，上前幾步，一臉慎重的握住精靈城主的手，上下搖了搖。「恭喜您，精靈族這次肯定是連任定了。」

「……」老大，這女孩是在誣陷你啊！

精靈智囊猛的睜大了眼睛，驚訝的看著雲千千，萬萬沒想到她到了這種時候還敢不認帳，而且居然還往精靈族身上潑髒水……

精靈城主終於不得不開口：「會長大人，您拯救了天空之城，是我們所有種族的大恩人，為了保障您的安全，我想派一些士兵專門負責保護您。」想想，他再看了眼九夜，又補充道：「……和這位閣下。」

是專門負責監視我們吧，哥哥……雲千千摸了摸鼻子。「其實我個人對這提議沒意見……」反正還有個天堂行走可以用，水果樂園的壞蛋可不止她一個。

「當然了，如果可以的話，我希望您最近一段時間最好不要外出。畢竟要參加競選也要做不少的準備工作，您認為呢？」精靈城主似乎很沒有安全感，他再想了想，又繼續補充。

「……」天花板不錯，木製的，看起來應該挺易燃……雲千千抬頭沉默，目光深邃。

「請不要誤會，我這絕對不是想軟禁閣下。」精靈城主見此情況苦笑。

「……」沒關係、沒關係，您儘管說吧，就是不知道一會聊晚了給不給飯吃？自己可是想吃肉……雲千千認為自己有權利拒絕做出任何非自願性的承諾，畢竟現在像她這麼守信的品格高尚之人已經不多，萬一不小心栽進什麼陷阱可是冤枉。

精靈城主長嘆揮手，「罷了，會長閣下如果有事就去忙吧，我就不送了。」

好機會，此時不閃更待何時？趁著人家忘記了派監視……監護人，還不趕緊走人？雲千千拉上一直無用武之地在旁邊充當布景的九夜，刺溜一聲竄出城主府。

剛踏出城主府府外大門，門邊兩個看門的士兵即迅速跟上。

雲千千跑了半條街停下來才發現他們，納悶問道：「幹嘛呢？我剛在裡面可沒偷東西、沒殺人。」

兩個士兵面面相覷，其中一人回答：「閣下，我們是城主分派來負責保護您的。」

好傢伙，原來早在這等著自己了。

雲千千分外鬱悶，想想自己畢竟是答應了人家老大，現在喊退貨似乎也說不過去，於是她無奈的接受現實。「好吧，你們叫什麼？」

「我叫士兵甲。」

「士兵乙。」

兩個士兵挺胸收腹，一個立正後大聲回答。

「……智腦取名字的想像力也就這水準了。」雲千千鄙視道。「我幫你們換個名字怎麼樣？」

士兵甲、乙猶豫一會後，點頭。

「那好，你們一個叫士兵Ａ，一個叫士兵Ｂ，以後就這麼喊了啊。記住沒？」

「……」

事後九夜對雲千千的想像力同樣報以了鄙視，並認為這樣的改名毫無意義。但是雲千千反駁的理由同樣充分，英文字母有二十六個，天干卻只有十個，明顯前者在數量上占據著絕對壓倒性的優勢。

因此，為了以防未來精靈城主派來更多士兵後，自己卻無法喊人的狀況發生，雲千千認為自己這個未雨綢繆實在是很有必要……

「怎麼樣？城主找妳去說了什麼？」雲千千一回旅館，彼岸毒草立即迎了上來，一臉焦急的問道。

「沒什麼，就是城主府想安置一批退伍士兵，但是這裡又沒有工作崗位，所以讓我帶回來兩個。」雲千千朝身後一指，士兵A、B應聲站出來，立正站好接受首長檢閱。

果然這水果是雁過拔毛，到哪裡都要順點好處出來，這下連人家下屬都拎回來了。彼岸毒草眼角抽了抽，感覺很受刺激。「讓他們門外候著吧。進來，我有話跟妳說。」

雲千千一揮手，兩個原職城主府門衛的士兵繼續在旅館站崗，一左一右分立在旅館房間外，瞬間讓雲千千心中升起了一種帶狗腿子出門橫行的氣派及優越感。

原來的九夜好是好用，就是氣場太強。這種人就算真當了別人的手下，也肯定是那種隱藏很深的冷血高手型，一看就是絕對的主角。更別說雲千千還不敢真把人家當手下，經常是大家一看到九夜就自動把她無視了。

像這兩個士兵就要專業得多了，長再帥也是讓人使喚的氣質，出門絕對不會讓人錯認誰才是老大。

關上門，彼岸毒草嘆息一聲道：「剛才妳走後我仔細想了想，現在這情況有點不對勁。我們不相信精靈族會下黑手，那四個名聲被毀的種族肯定也不會相信。雖然他們可能會因為嫉妒心理而替精靈族找點小麻煩，但在大勢上卻不會造成什麼影響。最關鍵的是其他小部族，那些小族在不會投票給四族之後，肯定會優先選擇精靈族，這樣他們的優勢就太大了……妳還是想想辦法，看怎麼把精靈族也給弄下來？」

雲千千倒吸口冷氣：「你真毒！開始你不是不贊成我使陰招？」

「反正妳都已經做了這麼多，現在想清白也清白不了。只差這最後最關鍵的一步，做了，妳就是小人；

不做，妳就是枉做小人。既然如此，還不如黑到底。」彼岸毒草咬牙道：「無毒不丈夫，我豁出去了！」

「……」你倒是豁出去了，反正小人怎麼看都是老娘……

彼岸毒草說得沒錯，現在的形勢是，四族的競選人落馬雖然替雲千千帶來了微弱的好處，但最後的贏家卻還是精靈族。只要還有這麼一支實力強悍的競選隊伍，天空之城的居民就一定會優先選擇他們，很可能雲千千前面所做的一切努力就都要付諸東流。

所以雲千千的下一個目標，就是精靈族。

187・命案現場

計畫是計畫，現實是現實。現實就是，雲千千還沒來得及對精靈族下手，精靈族就已經先行對她伸出了罪惡的魔爪。更準確的情況，是精靈城主命人逮捕了水果樂園的成員。

前面已經說過，水果樂園的人上天之後，雲千千都是直接讓他們自由活動的，畢竟暫時不用打BOSS，要那麼多打手也是沒用。在目前的謀劃準備階段，只要有那麼幾個使得上力的人就行了。

而閒下來的人在無所事事之後，自然是要自己找點樂子，比如說逛個街、刷個怪、解個任務什麼的。被抓的那幾個人也是倒楣，本來只是興致勃勃的做著任務，任務也簡單，就是A找B，B找C，C又掛念D……可是沒想到一路逛街逛到D家，幾人一開門，出現在眼前的竟然是一命案現場。

幾個水果成員興奮激動樂啊！大家都知道，一般NPC死了以後都是直接刷成白光，如果出現屍體，那表示肯定是有任務或事件關聯著了。於是在任務的吸引下，幾人手賤的進屋去把屍體狠狠的翻了個遍。無果後，他們正待再去查看一下房間周圍，電視劇裡的經典場景就出現了。

一隊天空之城士兵從天而降，見幾人手上都是鮮血，再加上屋內一片狼籍，硬說是幾人謀殺了房屋主人，大手一抓，就把人丟進了監獄，等待仲裁所開審之後就拉出去斬首示眾……

「我們冤枉啊！」雲千千探監時，幾個被關得灰頭土臉的杯具一把鼻涕一把眼淚的喊冤。

任務到現在還不見蹤影，幾人被抓起來的時候就已經掉了1級，順便還被解除天空之城戶籍。這再要被殺個頭，直接就可以死回地面去復活。

地面上的大哥兄弟都知道他們是上天空之城來做任務的，人人都羨慕得不行。前些日子大家通訊的時候還又炫耀了一道。這下可好，任務好處什麼的沒撈著先，就莫名其妙連掉1級再被驅逐出境，要是說出去，人家還不得笑死？

「嗯，我知道你們是冤枉的，乖啊～」雲千千掉頭問身邊跟著的剛跑回來的兩個士兵：「城主說什麼了沒？」

士兵A大聲報告：「惡意行凶殺人罪，罪名成立，城主說半小時後處死。」

「為什麼是半小時？」

「半小時是給妳探監用的，本來是即刻行刑。」

雲千千汗，大汗，合著自己要是不走這麼一趟的話，這三個人現在就已經回地面復活去了？

被抓的幾人一聽更激動了，抓著鐵窗聲嘶力竭：「我要求上訴！」

「城主說你們已經被剝奪政治權利終生。」士兵A公事公辦的回覆。

頓時三人也汗了。在現實裡，死刑犯被剝奪個政治權利沒什麼，不管怎麼說，人一處刑就沒了，事後再上訴不上訴的頂多也就是個名譽問題。但遊戲裡可是沒那麼簡單，大家都是玩家，死了還能活，活了還能繼續死，死死活活無窮盡……這一被剝奪政治權利了，相當於自己以後再來天空之城的時候都是沒有意義，說個話都得戰戰兢兢。一不小心被人拉去關小黑屋，都不准你喊冤。

三人淚流滿面，只好將最後翻身的希望放到了雲千千身上，希望這位傳說中卑鄙無……呃，無所不能

的會長能為他們扳回一局。結果等他們轉頭一看，卻發現雲千千正拉了天堂行走說話，根本沒有搭理他們的意思。

「看來真是任務了。沒聽說玩家被NPC處刑了還帶剝奪政治權利，這明顯是逼我們出手。」

「是……不過最近要忙投票的事情，尤其是妳，在這可是最繁忙、最緊要的關頭，沒空管這事啊。」陪同探監的天堂行走特意在「繁忙」上咬重了字眼，意有暗指。

「你的意思是不管了？」

「不是說不管，但也不是說管，主要是最近沒什麼時間管……要不，妳說管不管？」

天堂行走這話問得真直白，叫自己怎麼說才好呢？

「……」雲千千比上中指一根。「要不，我還是回去問問小草，和他商量一下該怎麼辦吧。」

天堂行走眼前一亮，「這主意行，我們現在馬上回去商量。」

一對狗男女一拍即合，掉頭就要閃人。被關的三人一看不好，放開嗓門淒厲的就喊開了：「會長——」

雲千千被嚇得踉蹌了一下，鬱悶的轉頭，「別急，我們是回去商量救你們的辦法。」

「您的心意我們很感動，問題是我們現在就剩半小時活命時間了，沒準您前腳走，我們三個後腳就得含笑九泉。而且聽說會長您為人陰險狡……呃，那個……」說話的那位明顯有點語無倫次了，含淚悲戚壯烈的看著雲千千。「您別誤會，我們不是懷疑您的人品，更不會懷疑您是想藉機閃人拖到我們被殺。主要是我覺得吧，商量事情在這裡用公會頻道就行了，您覺得呢？」

「……你叫什麼名字？」

「……孽六。」

「你不錯，反應能力挺快的，回頭去跟彼岸毒草報到吧。」雲千千嘆息。

「……」孽六抓著欄杆，淚流滿面……妳踏馬這句話的意思難道是承認被說中了嗎？是嗎？

既然已經無法脫身，雲千千也只好在自己緊湊的日程中劃出一筆，專門來解決這幾個倒楣孩子的問題。

再派個人跟精靈城主求了個情並要求拜訪，十分鐘後，雲千千獨身一人再度出現在城主府的會客廳中。

「不是我不想給英雄面子，但是貴屬下犯下的罪行實在太大了。」精靈城主早知道雲千千的來意，坐下來一開口就先來了這麼一句，斷掉了雲千千出面求情的可能性。「最近正在大選期間，治安本來就不好管理，如果我們擅自放走犯人的話，很可能會引來民眾的不滿；而且這對您的競選肯定也將造成影響。」

「可是如果抓了無辜的人，這豈不是等於放跑真正的凶手？」雲千千耐心道：「再說我的當事人只是進那房子裡做尋人任務，他們也沒有殺人動機啊。」

「那妳說，人是誰殺的？」精靈城主把問題丟給雲千千。

「這個……也許他是自殺？」

「……剛才妳還說是有其他的凶手。」

雲千千抓抓頭傻笑：「要找凶手不是麻煩嗎？反正人死都死了，他只要是自殺，那就可以到此結案了，也沒有其他的麻煩事，你好我好大家好嘛。」

「……」精靈城主頭一次發現天空之城英雄的真面目竟然是猥瑣到此，頓時瞠目結舌的有點反應不過來。好一會後，他才終於回神瞪了雲千千一眼。「人命關天的大事怎麼能這麼草率？」

雲千千抓狂。「那你想怎麼樣？」

「關鍵是妳想怎麼樣……既然想救出人犯，妳總得去找出真正的凶手吧？」

我上哪裡幫你找去?!

雲千千鎩羽而歸，但總算和精靈城主達成協議，暫時不處決那三人，給她一天時間去追查被害人死亡的真相。

出了城主府，雲千千就見等在外面的天堂行走正在與一女玩家拉扯。

「你說！你說！你說嘛！你到底是什麼意思？」女玩家哭哭啼啼，一臉傷心。

天堂行走無奈且沉默，一臉悟破紅塵的「妳愛怎麼辦就怎麼辦」的表情，根本懶得開口接這話。

雲千千頓時頭大，走過去問道：「又什麼事？」沒事就沒事，有事就事趕事……前幾天都風平浪靜的，怎麼單今天就這麼忙呢？

女玩家似乎是見過雲千千的，一看會長來了立刻轉移目標，以迅雷不及掩耳之勢一把抓住想跑卻沒跑掉的雲千千，繼續哭天抹淚：「會長，妳可得給我做主啊……」

「……」老娘是調委會的？雲千千遠目望天，頭一次真切的意識到了自己公會裡的成員當真是藏龍臥虎。她那麼敏捷的身手居然都沒躲開這女孩的一抓，可以想見對方這一手練了有多久。

一邊的天堂行走看見雲千千後同樣露出解脫的表情，鬆了一口氣，看樣子也是把希望寄託在她身上，希望這女孩能幫他打發掉桃花。

「會長，我、我那麼愛他……他怎麼可以這樣對我？」女孩哭得梨花帶雨，好不傷心。

「他強姦妳了？」雲千千好奇。

「呃……」女孩一怔，顯然預想中沒料到會出現這樣的臺詞，一臉的淚水當時就被這剽悍的問題給嚇了回去。好一會後，她才愣愣的回答：「沒、沒有。」

「哦，那肯定是騙妳錢了。」雲千千理解的點點頭，轉身嚴肅批評天堂行走：「你這樣很不好。」

天堂行走哼了聲，轉過頭去懶得搭理她。

「……他也沒騙我錢。」

「咦？」雲千千一臉驚訝的看了眼女孩，接著生氣道：「沒騙財沒騙色的那妳哭什麼？」

「可、可是我的感情……」女孩像是終於回過神來了，眼中水光又開始醞釀，聲音再次哽咽。

雲千千吐口血抓狂道：「大姐，關於感情這麼虛無縹緲、高貴神聖的事情，妳怎麼能找這個騙子談？要想談感情妳得去找那些大家族的世家子弟啊！最好還是那種童年受到傷害，留下過什麼心理陰影的叛逆少年。他們一般都是生活富足、無所不能卻成天吃飽了沒事幹，專門研究感情的，而且特別鍾愛像妳這類款式的平凡少女，一見面就拜倒在妳的石榴裙下，生不如死、痛苦深沉的愛著妳……我現在找天堂行走有正事，求求妳放了我們成嗎？」

女孩一個愣神間，雲千千已經掙開她的掌握，抓著天堂行走跑遠，只留給她兩個小小的黑點。

「……」為毛沒人理解她內心的痛苦？女孩寂寞蕭瑟的站在風中，深深的迷茫了……

「妳破壞了一個懷春少女那脆弱心靈中深深埋藏著的最純潔最美好的夢幻。」跑遠後，天堂行走認真的批評了雲千千。接著不等對方開口，他又深沉的嘆息了一聲：「等她長大受到社會上如妳這般的人的汙染之後，就不會再有這麼美好的感情了……我鄙視妳。」

雲千千一個急剎車停下來，對著天堂行走比出兩根手指。「給你兩個選擇。一是陪那夢幻般美好的純潔少女談感情，二是陪我查案……自己選吧，我忙著呢，要不要我幫你在公會問問她座標？」

天堂行走情不自禁的打了個冷顫，連忙收起寂寞深遠的表情，嘿嘿陪笑道：「瞧妳說這話多見外。其實我也已經不純潔了，再說我沒車沒房沒錢沒家世……拯救情感受傷的少女這樣重大艱鉅的任務，還是交給那些王子吧，我這號騙子也就配陪妳查查案。」

雲千千白了他一眼。「那你還囉嗦？」

「不囉嗦、不囉嗦，我們趕緊去案發地點吧，萬一現場被破壞掉就不好找線索了。」天堂行走腆著臉賣好。

「……」

「還有什麼問題？」

「已經到了。」雲千千指了指天堂行走背後，一臉的鄙視。

房屋只是普通的房屋，離街市不遠不近，說不上熱鬧，但也不算蕭條。看裝潢、看層級，這個被害人的身分應該不高，只不過是普通的路人甲級別。當然了，如果智腦硬要給他安個ＸＸ私生子或某落魄王族身分的話，也許這任務還能更複雜些。

現場保持得很好，一般遊戲裡的 NPC 們不愛串門子，也不會有現實裡那種一發生案情就有警察趕來扯繩子、搬屍體，用粉筆劃好輪廓，再把包括用過的套套都用透明袋子裝起來帶走的事情。可以說，這裡的NPC們連死都死得比現實裡的世界原生態。

因此，雲千千和天堂行走進了屋子之後，也就看到屍體依舊寂寞的趴在桌子上，睜開眼睛，一副死不瞑目的樣子。

「門口站崗去。」雲千千指揮如影隨形跟著自己的兩個士兵，然後戴上白手套，就開始準備查找線索。

天堂行走詫異的看她一眼，「這遊戲裡還能查指紋？」

「……」雲千千鄙視看他，對白痴問題根本不想回答。

「呃……看妳這表情應該是不能了。那妳戴手套幹嘛？」

「廢話，這樣多有氣氛！」雲千千再鄙視……COSPLAY 是每個少女心中都隱藏著的一處聖地。

「……」

系統提示：妳發現了一具奇怪的屍體。

雲千千看了眼屍體，無視，繼續翻箱倒櫃——衣服、鞋子、鍋碗瓢盆再加食物……靠，這 NPC 怎麼這麼窮？

系統再提示：妳發現了一具奇怪的屍體。

雲千千繼續無視，翻翻翻努力翻。RPG 遊戲的精髓就是抄家，不抄家，主角哪來的裝備？不抄家，主角哪來的錢錢？不抄家……咦，發現 20 銅板，不錯不錯，收起來。

系統再再提示……

半小時過去了……也許是看出來雲千千根本沒有調查屍體的誠意，系統終於放棄提示，轉而採取其他手段。不一會後，守候在門外的 NPC 士兵突然大喝：「什麼人！」

接著，一前二後三道人影向外跑去。

「有動靜？」天堂行走肅然，停下翻箱倒櫃，一臉凝重道。

雲千千頭也不抬，「廢話，我耳朵沒聾，聽得到。」

「要不要去看看？」

「不用，城主特意派給我的士兵要是連個小賊都抓不回來的話，那他們還好意思賴在職位上乾領薪水？總不能搶人家的飯碗吧。」雲千千很體貼。

天堂行走想了想，抓抓頭放棄，埋下身子繼續翻箱子。「也對。」

門外正在奔跑的三個 NPC 一起淚流滿面……抓捕可疑 NPC 是您的職責啊姐姐！

逃的人沒誠意逃，抓的人沒誠意抓，三個人開始圍著房子繞圈，企圖引起雲千千的重視……一圈一圈又一圈……嗯，沒人理他們，那就再一圈一圈又一圈……

又是半小時過去了……

雲千千把死者全家抄完，終於心滿意足的站起身來。「騙子，你那邊搜完沒？」

天堂行走瞪她一眼才答道：「嗯，完了。」

房外三個 NPC 一起感動，終於要從無休止的繞圈中解脫出來了……接著就聽房子裡的雲千千再開口。

「那就過來歇會吧，等士兵把人抓到，我們就可以走了。」

「……」這日子真是沒法過了……三個 NPC 淚奔。

逃跑的 NPC 一咬牙，突然大喊：「你們再追我，我就殺了你們的主人！」說完，衝破窗子跳了進來，匕首一抹，向著雲千千就衝了過去。

「操！關我屁事？我就出來打醬油的！」雲千千跳腳。這 NPC 真是太讓人生氣了，這麼沒素質的事情都幹得出來？

「保護會長大人！」門外的士兵一看雲千千情況危急，頓時重新燃起了鬥志，長槍一舉，一臉堅毅的衝過來……把守住了門邊……

真是天理循環，報應不爽。那兩個傢伙看起來也是打算圍觀看熱鬧了……馬的，居然還搶占了最有利的圍觀地形！雲千千淚流滿面的抽出法杖，「雷咒！」一道霹靂從天而降，穿過屋頂直劈到衝來的 NPC 頭上，將之麻痺定住的同時帶起了兩位數的傷害。

「靠！」雲千千和天堂行走一起情不自禁的爆了句粗口……自從新手村歷練出關之後，兩人有多久沒看到過這麼寒酸的傷害值了？這 NPC 該不會又是一個赫托斯級別的吧？還是未中毒的那種……

天堂行走眼明手快身體棒，迅速間做出反應，趁著 NPC 被電住沒緩過勁來，他第一時間向著門外跑了出去。兩個士兵視而不見的繼續站崗。跑吧跑吧，跑得了男人跑不了女人，反正只要接任務的人沒跑出去就行了，其他的不在他們職責範圍之內。

雲千千陰人的經驗不少，但被人陰還是頭一次。只一愣神間，她已經錯過逃跑良機，只能眼睜睜的看著天堂行走衝出門口，逃出生天；而 NPC 則回過神來，繼續朝她的方向發起衝鋒。

雷咒這種技能，如果遇到高級 BOSS 的話，定身也只有頭一次最準，後面人家就有抗性了，比打疫苗見效都快。

雲千千仗著身手還算敏捷，藥藥也準備得充足，就在小小的房間內和 BOSS 周旋，雷電交織。不過一會的工夫，就已經把技能輪番來回的刷了四、五輪，可惜那個 NPC 頭上的血條還是不見消滅多少，生命力極其之強悍。而且雲千千自己身上也挨了不少下，還好對方似乎屬於防高攻低型，倒是沒秒殺她，逮著機會吃幾顆藥，頓時又是精神飽滿的好漢……而當好女人的一條真理就是要費錢……

「化雷！」

正當雲千千無比鬱悶時，門外突然傳來天堂行走一聲大喝。雲千千精神一凜，也想起了自己還有這麼個作弊技能，連忙化雷；而與此同時，一名士兵被從門外丟了進來，直撲 BOSS。

「靠！」

又是異口同聲，不過這次是兩個士兵一起喊出來的了。他們做夢也沒想到還能有這麼耍賴的人。幫任務人打架吧，好像有點不合規矩。可是扔都已經被扔進來了，摔到地上後爬起來再跑出去，會不會有點不大好？兩個 NPC 士兵都糾結了。

疑似小 BOSS 的 NPC 比他們還糾結，一閃身讓開，然後眼角抽搐的看著地上那士兵，一臉牙疼的表情。

「城主叫你們來保護我的。要是你們再怠忽職守，信不信我復活了就拉上兩百玩家去你們城主府舉白布條抗議？」士兵們還沒做出決定，雲千千已經出聲威脅。

兩個士兵無奈，終於做出決定，長槍一舉，向著小 BOSS 就衝了過去……這種城主大選的緊要時刻，如果真出現什麼醜聞的話可就不得了了。前面落馬的四族前車之鑒仍在眼前，自己可是不敢拿族長的大事開玩笑。

天空之城的小 BOSS 強悍，但是天空之城的士兵也不是肉腳。行家一出手，局面剎那間就被扭轉了過來。兩個士兵步步緊逼，不過幾招的工夫就已經控制住局面……

188・精靈城主的弱點

「等等，我投降！」

就在兩名士兵要取得最後勝利時，神秘 NPC 突然出聲，無奈的瞪著雲千千化成的雷團。「妳出來，我是找妳有話說的。」

兩名士兵一聽，也不管可不可疑，當真收手站到了一邊去。

雲千千吐血……投降，又是投降！怎麼只要是個 NPC 都踏馬的學會了這一招？開始不是鬥得挺狠的嗎？一看情況不對就知道投降了，早先前怎麼不見你有話說？

咬牙切齒的解除狀態，雲千千仗著士兵在側，天堂行走在後，衝上去三腳兩腳把人踹翻了，還很囂張的邊踩邊吼道：「老娘叫你投降，叫你投降……最近沒閒錢養俘虜，投降無效！」說完她一轉頭，很有氣勢衝兩士兵一抬下巴，「把人給我殺了！我現在就回去報告城主，說凶手已經伏誅……」

「這……好像不大好吧？」士兵有點為難。一般這種時候是應該聽聽人家到底想說什麼，現在這情況明顯就是有問題，這女孩怎麼能就這麼隨便的決定讓消息漏掉？

「屁！萬一他說個什麼驚天大陰謀出來，那這任務還有完沒完了？我還要參加大選呢，沒時間跟他攪和。」雲千千理直氣壯的啐了口。「抓個嫌疑人差不多得了，反正殺誰不是殺啊？就這小子剛才那些行為，最起碼一個入室企圖行凶是跑不了的，就拿他當犯人將就著吧。」

神秘 NPC 吐血，兩個士兵更是激動得差點沒當場兵變。

士兵A咬牙勸阻：「會長大人，您這樣不合規矩。如果您打算以假凶手頂替，糊弄我們城主的話，我們便不得不將您逮捕……要知道，這樣胡亂抓人頂罪的行為是會放跑真正凶手的，我們絕不能放跑一個壞人，但也絕不能冤枉一個好人。」

「……」雲千千鄙視的看了眼正氣凜然的士兵A，一分鐘後才開口：「我公會那三個人還關著呢。」

「呃……當然了，這是因為我們事先不知道那三位是被冤枉的，我現在馬上回去報告城主，請他釋放三位閣下。」

天堂行走嘴賤的插了句話：「那既然你們都把人放了，我們憑毛還要繼續跟這人浪費時間查下去啊？」

士兵A再一窒，「這……難道你們不想做任務？」

「那得分情況。我上來主要是競選城主，之後才會考慮做不做其他的任務。」雲千千接棒回答。

「我上來主要是泡妞行騙，對任務興趣也不大。」天堂行走興致勃勃的也道……沒人理他……

最後商量結果，雲千千二人陪同兩個士兵把神秘 NPC 押回城主府，由城主決定接下來該怎麼辦，至於被冤枉的三人則當場釋放。因其幾人無辜橫陷冤獄，城主特地親自提出口頭抱歉，安慰幾人受傷的脆弱心靈。物質補償是沒有，誰叫雲千千不肯把任務繼續做下去，城主現在也很受傷。

帶著三個灰頭土臉的杯具回了彼岸毒草那裡，雲千千把事情前後經過說了一遍，彼岸毒草立刻對孽六表示出莫大興趣。

「兄弟哪個種族？有些什麼特殊技能？看你智力能高過那水果，肯定得是法系高手吧？你等級多少了，有沒有興趣在水果樂園認真發展啊？給我做個助手怎麼樣？」

能看穿那個蜜桃多多陰謀詭計的人有，但是不多。看穿了還敢於喊出來並及時叫停的人也有，但是更不多。雖然人家也許是因為那時候情況緊急而潛力爆發，或者說狗急跳牆，但關鍵時刻他能跳，就代表了有可挖掘潛力。

彼岸毒草很欣慰，自己就需要這麼個助手。自從加入水果樂園之後，他經常會因為蜜桃多多層出不窮的卑鄙無恥和惹禍本領而有種無所適從的感覺。如果能有個和自己站在同一立場並肩作戰，並且還能及時指證出雲千千陰謀的戰友，那自己得能省多少心啊……

雲千千撇撇嘴，根本沒去管彼岸毒草那邊。她抓了想偷溜的天堂行走到一邊，繼續商量競選的事情。「就差一個精靈族沒落馬了，你有什麼損招沒？」

「說什麼呢，我向來光明正大、大義凜然。」天堂行走不滿於雲千千的用詞。

「是，你是個大義凜然的騙子，我錯了。」雲千千認真的懺悔完畢，繼續追問：「說正經的，到底有沒有？」

天堂行走沉思片刻後道：「不是剛發生個震驚天空的殺人事件嗎？要不，就造謠說人是精靈族殺的？」

「嗯，不錯，是個好主意。」雲千千首先對天堂行走積極回答問題的態度給予了肯定，接著再提出新的問題：「但是殺人動機呢？凶手是誰？城主為什麼會在即將大選這麼關鍵的時刻鬧出這樣的事情？」

「這個……也許人家是有什麼隱情，比如說那個死者跟他搶女人？」

雲千千長嘆，糊弄了全遊戲玩家的騙子在脫離 NPC 騙子的指導之後也就這麼個水準了，還是得多鍛鍊啊……胡亂點了點頭，雲千千不耐煩的趕人，「好了你去玩吧，我自己想想辦法。」

天堂行走笑嘻嘻的說道：「辦法我是幫妳出了，是妳自己看不起的啊，不關我的事……呃，那麼我先走了？」

「滾滾滾！」就知道這小子是故意不盡心……

天堂行走走後，雲千千繼續絞盡腦汁。可是辦法還沒想出來，卻先等來了九夜。

九夜踏進旅館包廂的那一刻，雲千千的表情當真只可以用震驚來形容。這是怎麼了？眼前這風一般的男人向來是行蹤不定的，叫他走個直線都有本事走到反方向去……可現在，他居然能找到路回來，還能準確的出現在旅館包廂之外？自己不是做夢吧？

雲千千揉揉眼睛。門口的九夜還在，不僅他在，而且他身後還跟著一個人……或者說 NPC？

「有人找妳。」九夜不耐煩的對身後比了比大拇指，接著就走進來，自己找了壺酒拎到窗邊喝去了。

雲千千恍然的目送九夜坐到窗邊，然後才轉回頭看那帶九夜回來的 NPC。「找我？」

自己最近幹完壞事之後應該都滅口了，不該是有人來報仇吧？至於報恩……這個假設出現的可能性實在是太小了。雲千千知道自己是沒幹過什麼好事，所以根本沒往那方面想。

NPC 走進來，苦笑一聲：「我弟弟去找妳了，可是後來我聽說他被抓去了城主府……不知道這究竟是怎麼回事，妳……」

「天雷地網！」雲千千還沒聽完就被嚇得從座位上跳了起來，她二話不說，一片雷朝著那個 NPC 就劈了出去。

這動靜可是太大，在一邊談話的彼岸毒草和獲釋三人組，再加上窗邊喝酒的九夜，所有人都同一時間驚了下，繼而往雲千千的方向看了過去。

雷網充斥著整個包廂，而雷網最中心，那個突然被雲千千的不友好舉動打斷說話的 NPC 卻還是依然屹立在原處，除了頭髮根根豎起，神態略顯狼狽萎靡之外，並沒看到有被明顯壓制的樣子，更別說被雲千千砸翻在地這種根本不可能出現的情況了。

「操！」雲千千淚流滿面。「等級壓制害死人啊！」

在玩家中橫行已久的雲千千，壓根忘了現在的地圖還不是她能上來的級別。通行證可以靠任務作弊，但人家可不會降低自己水準來將就妳……在天空之城上，隨便一個NPC都有和她一拚的能力。

「妳……」NPC臉上的苦笑更深，伸出一隻手來，剛開口說了一個字。窗邊的九夜已經酒壺一砸，冷哼一聲，抹出匕首衝了過來擋下NPC。

「想動手？那得先問過我。」

九哥很生氣，自己帶來的NPC動了自己的同伴，那對他來說就形同背叛。雖然這屬於是意外，但該負的責任人家可不會推脫，畢竟某人跟某人在品質上有著很大的差別……

「……」現在到底是誰在動手？NPC委屈不已，他就是問句話而已，這女孩至於這麼大反應嗎？

當然，九夜也知道自己現在是鬥不過NPC的。畢竟蜜桃多多的雷技威力他都見過，論起單體殺傷絕對在自己之上，只是自己出招頻率快，再加上打鬥經驗豐富，這才沒落了下風。這麼一片令人色變的雷網灑下去，那NPC卻還是穩如泰山、絲毫不亂，這就已經很能說明問題了。所以現在唯一的辦法只能是僵持……

NPC見對面一對男女都表情不善，只剩無奈。「我只是想問問我弟弟現在怎麼樣了而已。」

「你弟弟叫什麼名字？」雲千千開口問。

「……洛特菲爾。」

「沒聽說過。」雲千千很堅定迅速的回答。她確實沒聽說過這名字。雖然八成在命案現場被抓捕的那NPC就是他弟弟，但是人家當初也沒報名字不是？所以這不能算是撒謊，她確實是第一次聽說這名字。

NPC一噎，「可是我哥哥說我弟弟去找妳了……」

「這個……」雲千千抓抓頭，「你哥哥是？」

「洛特蘭斯。」

「……」很好，原來西方家族名字也流行在名字頭前用相同的姓了？

彼岸毒草那邊四人到現在才明白過來是發生了什麼事情。他們剛聽雲千千講完桃爾摩斯破案錄，當然知道那位洛特菲爾弟弟是被自己會長害去蹲苦牢，但是這個解釋卻是不能說的。三人知道雲千千抓人是為了撈自己出來，不好意思說；彼岸毒草怕公會安寧被暴走 BOSS 破壞，自然也不會說。

四人面面相覷一下，只好也跑過來，無奈的拔出武器戒備……現在他們也就只能這麼做了。

洛特家的二哥一看玩家都是如此不友好，頓時也感到有些傷心。「各位請不要誤會，我只是來找弟弟……唉，這麼說你們肯定也不會聽了，那麼我就把事情從頭到尾說一遍吧。」

故事展開，還得重新從被害的那位 NPC 身上說起。天空之城中是少有罪犯的，畢竟大家當初離鄉背井跑上來就是為了不打仗，這麼一群和平愛好者又怎麼可能會在天上折騰呢？

可是有光就有影，儘管天空之城的居民們愛好和平，卻仍舊有些人不甘平凡寂寞，想念地面的老婆孩子老爹老娘或姘頭什麼的……更還有為當初離開部族的事情而感到後悔的種族。因為這些人向地面大陸洩露消息，再加上當年弄出天空之城的動靜實在是太大，地面上很快就有人查出了天空之城存在的消息，派出赫托斯作為主要將領建造了中轉站，隱藏在其中，試圖圖謀天空之城。

洛特蘭斯其實不是小人，他是英雄。隱藏在赫托斯家中做牛做馬當小工，實際上是為了找出誰才是洩露天空之城機密的人。而現在人已經找出了，所以他就回來了。回來之後的洛特蘭斯本想揭發那人，卻突然發現那人在天空之城已經有了無上的聲望，於是只好將事情暫時按下。

「幕後黑手是誰？」聽到這裡，雲千千就忍不住插話了。

NPC 深沉遠目。「……一個妳絕對想不到的人。」

「精靈城主是吧？」雲千千興致勃勃的再插話。

NPC 噴了，慌慌張張的轉回視線，驚駭的瞪大眼睛，結巴道：「妳妳妳妳怎麼知道的？」

旁邊的九夜幾人也以不可思議的目光看雲千千，很難理解她是怎麼猜出答案。如果不是確定這人絕對是玩家無疑，以她的人品，估計大家都快要以為她才是那個幕後黑手了。

雲千千摸摸下巴，呵呵道：「人都有缺點，可是精靈族完美到連我都找不出可以用來陷害的弱點，這本身就已經很可疑了。我這人有個毛病，越是看似沒毛病的人我就越愛在他身上找毛病。這麼十全十美的種族本身就不應該存在，所以我斷定，他肯定是裝的。」

「精靈族本身其實並不壞，他們只是迫切想重返地面，所以才會選錯了路。」NPC似乎對精靈族還是很有些好感，竟然不滿的反駁了一句。

「這與我無關。」雲千千揮揮手，笑呵呵的呼叫天堂行走：「精靈族的弱點找到了，回頭你就準備下，陪我走一趟。這回老娘看他還怎麼競選城主。」

NPC眼看著跟雲千千是無法交流了，而自己想傳達的事情已經傳達到，於是就準備告辭：「隨便妳吧，反正只要妳能把這件事情向天空之城的居民們轉達出去就好。」

「咦？我什麼時候說要把這件事情抖漏出去了？」雲千千結束通話，切斷通訊器，疑惑的抬頭問道。

NPC吐口血。「難道妳聽了這件事後就打算什麼都不做？」

「當然要做啊！我打算拿這把柄去威脅那城主，叫他主動退出競選並且支持我，這樣我的投票率就能獲得絕對優勢了。」

「那麼事實的真相怎麼辦？」NPC抓狂了。

「關我屁事，我就是來參加競選的。」雲千千鄙視。

彼岸毒草悄悄擦了把冷汗，飛了個私聊給雲千千。「妳這樣把人家氣到吐血會不會有點不大好？」

「他氣他的，你心疼什麼？」

「關鍵是人家等級高……」彼岸毒草隱晦委婉的表達了自己的憂慮。

雲千千想了想NPC的等級，覺得自己確實不能這麼沒有國際友愛精神，於是抬頭慎重道：「好吧，我會重視這件事情的，你放心好了。」

NPC終於是舒了一口氣，臉色也漸漸的好了起來，誠懇的拜託道：「那就靠妳了……」

「嗯嗯，慢走不送。」

彼岸毒草身為公關大使，特意起身將人送到門口。臨了，他忍不住好奇心，壓低聲音再問了句：「剛才你還沒講到那人是怎麼死的……」

NPC放下心理包袱之後，心情也輕鬆了不少，很和藹的回答彼岸毒草的問題：「就是吃飯噎死的啊。沒看他趴在桌子上嗎？」

「……」彼岸毒草嚥下一口鮮血，勉強從牙縫中擠出話來：「那你剛才說事情還得從他說起……」

「哦。」NPC恍然大悟，一拍額頭。「是這樣的，我們只是在房子外路過，碰巧看到這屍體，就想利用下，引你們來探查，再慢慢把精靈城主的一些蛛絲馬跡漏給你們，沒想到……」說到這裡，NPC還是忍不住嘆了口氣，顯然剛才雲千千帶給他的心理陰影一時半會還是不會消失。

「……」

送走NPC，彼岸毒草調整了好一會才恢復平靜。他一轉頭，就見到雲千千打算出門，順口問了句：「任務啊？」

「不是，找天堂一起威脅城主去。」雲千千心情輕鬆，情緒歡快。

「……妳剛不是答應那NPC，說事情包在妳身上？」

「誰說的？」雲千千疑惑茫然。「我就說我會重視這件事情的，現在我已經很重視了啊。」

「……」馬的，自己這不是犯賤找刺激嗎？

彼岸毒草淚流滿面，決定自己以後再也不要對任何事情感到好奇了……

189・投票開始

天空之城，雲端的浪漫夢想。

只要是心中懷有浪漫的人，站在雲端之上，眺望雲海、俯瞰塵世，都會不由自主的感受到心靈上的洗滌與昇華。在這個剎那間，也許曾經追尋的一切都不重要，只震撼於雲天之浩淼、世界之廣闊……

「牧哥哥，這裡好美……」

雲端上，一對情侶依偎而坐，朦朧的煙雲籠罩中，女人恍惚的陶醉輕喃著。

男人收緊臂彎，輕輕的點頭，同樣如置身夢幻中般迷醉：「是啊，棋妹妹，好美……」這樣在現實中難得一見的美景，有誰捨得破壞？

「匡噹匡噹、喀吱喀吱、嘶啦嘶啦……」

一陣喧譁聲漸漸由遠及近，瞬間震散了煙雲，撕碎了寧靜。

一大幫子人夾雜著幾臺大型工程機械「呼啦啦」神秘出現，包圍……或者說無視小情侶，直接衝了過來。他們也不管還有兩隻在這裡約會，抄起手中工具、開著工程機械，就這麼在雲面上各自繁忙的作業了起來，壓雲面的、開掘的、鑽眼的……一大片嘈雜聲震得人耳膜都在突突作跳……

小情侶震驚到無法言語。

「大家注意，達到圈定地點後馬上開始施工，我們要在最短的時間內建起落腳點，不能耽誤大大後天的選舉。要是能先弄妥傳送陣的話，搞不好我還能多得幾票……」一個女孩抄個擴音器在人群中走來走去的喊話，擴音效果極其之好，就是在嘈雜的工程作業聲中顯得有些刺耳。

「匡噹匡噹、喀吱喀吱、嘶啦嘶啦……」

小情侶之男震驚的看了眼懷中的女人，「棋……匡噹匡噹……我……喀吱喀吱……還是去……嘶啦嘶啦……吧？」

「牧哥……匡噹匡噹……你……喀吱喀吱……聽不……嘶啦嘶啦……遍？」

「妳能……匡噹匡噹……我剛才……喀吱喀吱……我們……嘶啦嘶啦……樣？」

「匡噹匡噹……樣？我……喀吱喀吱……到……嘶啦嘶啦……」

兩個男女聲嘶力竭的絕望對喊，聲音被近在耳邊的工程聲震得破碎支離，一句完整話都聽不明白。

「你們兩個怎麼還不去工作？是不是想偷懶啊！」抄著擴音器的女孩發現這對小情侶，衝過來舉著擴音器對兩人耳邊大喊，她喊完後一扭頭，再衝著另外一個方向大喊：「小草，這發現兩個偷懶的，扣他們貢獻！」

小情侶之女終於再也無法忍受這樣的折磨了，雲千千的到來像是壓倒駱駝身上的最後一根稻草，她「哇」的一聲傷心哭開，揙了男人一個耳光後，捂著臉，淚奔跑遠。

「怎麼回事嘿？批評她還不虛心接受。」雲千千生氣，而且依舊沒忘記把擴音器繼續湊在嘴邊。

被無辜掌摑的男人鬱悶，頂著一個紅紅的巴掌印站起來，示意雲千千借下擴音器，接著拿過來湊在嘴邊喊道：「大姐，又是你們工程隊……我們約會到哪你們開發到哪，能不能歇會？」好感動，終於說出一句完

整話了，嗚嗚嗚嗚……

雲千千愣了愣，刷一聲再掏出個擴音器，扭頭衝身後喊道：「小草過來一下，這有個閒雜人等。」

你妹的閒雜人等……男人抓狂。

工程繼續進行中，雲千千和彼岸毒草帶著男人換了個較遠的安靜地方，方便說話。

「我和我女朋友就是到處流浪的。我們不屬於戰鬥玩家，在國家地質局掛號，遊戲中分配給的職業是旅行者，一般而言只要是能找到任務，那就什麼地方都可以進得去。」一坐下，自稱九牧公的男人就介紹了自己的情況，也解釋了他為什麼能在 10 級就能上得了天空之城的理由。

「不錯啊。那你們應該掌握不少第一手資料了。」雲千千嘖嘖驚嘆，她從前還真沒注意過非戰鬥玩家的情況。

九牧公苦笑：「可是我們這種玩家是不能練級的，能學的幾個技能也都是潛行或逃跑類……有些地方就算能去，也待不住。比如天空之城是無怪區，那就沒關係；可是換作其他隱藏地圖的話，那裡根本沒人能支應我們，一踏進去，這裡那裡都是 BOSS 組隊刷玩家，我們這小身材哪禁得住？」

在遊戲中，個人實力始終都是第一生產力，沒有等級的玩家們雖然不會遭遇 PK 戰鬥，但 NPC 可不會遵循這一法則，其中淒苦哪是這些高手能明白得了？

「遊戲中的地質也有勘測的必要？」彼岸毒草有點想不通。

九牧公鄙視道：「這是部門的員工福利，正式員工每人都發了個頭盔，就跟其他部門年節的時候發點蘋果帶魚什麼的一樣。」

「你們局裡的蘋果價真貴……」雲千千羨慕嫉妒恨。

囉嗦了半天，這邊終於初步把事情弄明白了。九牧公和他女朋友流浪的棋子，兩人是在同一部門工作的一對小情侶，平時沒事就好上遊戲旅個遊什麼的，找個風景不錯的地方調情。要知道，遊戲裡的景色可比現實有氣氛得多，那壯觀、那秀麗，那……那個……都不是現實那鋼筋森林可以比得上的。

有過戀愛經驗的人都知道，想和伴侶發展感情，講究的無非是一個水到渠成。氣氛到了，自然什麼都好說。比如去電影院看電影，在那烏漆麻黑的環境下，一般去的人都是醉翁之意不在酒。看愛情片的能羞澀著偷摸拉個手，看動作片的能豪邁的順勢擁個抱，看愛情動作片的……呃，那估計放電影的人會被抓。

九牧公藉著這大好河山培養氣氛，和棋子妹妹的感情是與日俱增，一天甜蜜過一天，順風順水的一路過關斬將，不過短短一個月就由知己轉正成男友，比那些還在忙碌著送花、送首飾追女孩的可憐男人要幸福多了。唯一不滿的就是系統有限制，在這麼好的風景下卻不能幹點什麼更深入的壞事，讓他很是惆悵和遺憾。

「這人有拉攏價值沒？感覺以後去哪了可以當個探路先鋒什麼的，基本上不遇太多怪就沒事。尤其是在深入敵對公會時，就算探不到什麼，咱也可以派他去人家總壇那蹲著為難人。人家想殺他，系統都不許可的……」雲千千拉了彼岸毒草咬耳朵。

「妳可想清楚，萬一到時候玩家看這人不能殺，以為是特殊 NPC 了跑去圍觀……」

想想那場景，彼岸毒草都覺得一身的冷汗。玩家們對隱藏任務和特異 NPC 的熱情是無法想像的，真要被個幾百人排隊圍觀了，估計到時候別人沒為難到，這個九牧公自己就得先崩潰。

「沒事，回頭讓他自報玩家身分。」

「那萬一人家看到有個不能殺的玩家，表示好奇前來圍觀……」

「我說你怎麼就跟圍觀過不去了？」雲千千不耐煩。

「……妳別看誰都想拉上梁山成嗎？人家可是正經的國家公務員，薪水高，福利好，收入穩定，上來玩個遊戲就為把美眉……妳以為都跟妳似的？」

雲千千皺眉。「我怎麼聽你說的我這裡跟賊窩似的？那你又是什麼呢？」

「我？我現在也就是個賊寇……」彼岸毒草愁苦的蹲在雲坡上，明媚而憂傷。

「……」操。

由於彼岸毒草的不忍心或者說看不上，雲千千最後終於還是打消了拉地質小情侶入夥的打算。不過倒不是沒有收穫，幾人互換了個名片，九牧公表示如果發現什麼新的值得探索的地方之後一定會通知雲千千。只要她不帶工程隊來，一切都好商量。

把急著要去追回女友的這大哥送走，彼岸毒草終於想起了要問下雲千千去城主府的經過。剛這女孩一回來就忙著召集人手來開發，他也一直沒顧上了解情況。這會有空了，當然得說道說道。

「精靈族那邊的都號稱大自然的寵兒，這點你是知道的。」雲千千唏噓感慨。

「上天的時候他們是因為想躲避戰爭，後來上來了才想起個問題，這天上好是好，可這裡那裡都是雲，根本沒辦法種植什麼植物。生活資源的嚴重匱乏再加上水土不服之下，這些人就算想繼續待下去也不行了。尤其是最近幾年，連少數可種植的那幾種植物都快撐不住了，所以他們這才想重新回到地面……所以說啊，很多時候戰爭和矛盾的真實面目其實就是生活資源的爭奪和糾紛，哪來那麼多逐鹿天下的野心啊？以為個個都吃飽了沒事幹？」

「對了，這麼說起來的話，好像妳第一次去城主府的時候，就在那精靈面前說過這裡綠化不好……當時我怎麼就沒想起來呢？」彼岸毒草恍然大悟。

「這裡各部族都在城外有個聚居點，我們屬於正式居民，再加上有特殊貢獻，所以城主特批我們也可以建一個。玩家聚居點可以設置對應地面的傳送陣，到時候我就把那傳送陣借他們回地面去……這叫互惠互利。」雲千千嘿嘿笑。

彼岸毒草給了她白眼一個。「正好他們回了地面，精靈族也就自動退出競選了是吧。」

「那是，這叫一箭雙鵰。」

「……」

玩家建聚居地不比NPC那麼困難，基本上只要材料充足，工程到位，剩下也就是個進度的問題。不到三天，聚居地就順利建好，城主府派出人通報表示，不久後執事就將陪同精靈城主前來參觀並出席落成典禮。

聚居地占地一千畝，差不多相當於十個美國白宮的大小。

彼岸毒草最開始看著數字的時候還真沒什麼感覺，等真正落成之後，居高遠望整體規模，才發現到雲千千手筆之大。他忍不住有點咋舌：「這也太大了吧？」當初落盡繁華占了駐地修建的臨時營地都沒那麼大規模，這還用拿駐地？直接占山為王了。

整個聚居地中有雲山、雲河、雲景，房屋錯落有致，中心議事廳高大恢弘，最外圈是一圈天空之城上罕見的魔植盤纏而成的城牆，看起來格外上層級……反正是準備要回地面了，精靈族現在倒是完全不心疼這點消耗。

雲千千特別瞧不起他這小家子氣。「現在隨便一個大學不比這大？比如說清華大學就六千多畝，差不多六十個白宮呢。四川大學七千多畝，都快成城中城了。等我們將來公會升級擴招了，可不就得需要這麼大地方嗎？沒準到時候還不夠……」

天空之城在未探索前只屬於城池，頂多帶個「周邊附屬區域」，而被玩家探索後則發展為地圖。以後這裡不僅會隨著人流量的增加而擴大，還將陸續刷出小怪。現在看著挺大的聚居地，沒準到後期的時候跟人家根本就比不上。她這裡頂多也就占個前期優勢了，還是仗著城主批准，公費報銷才建起來的……

彼岸毒草身子晃了晃，有點踉蹌，真不能接受這麼震撼的資訊。「……我們還是快下去吧。」連圈地出來的城主都不心疼了，他還心疼個屁啊。

雲千千帶著彼岸毒草走下雲山，叫來幾個人，指揮著往聚居營地的城門前掛橫幅，上寫「慶祝水果樂園聚居地落成」、「歡迎上級前來視察」……

全公會的人現在都對新聚居地稀罕著呢，都在營地裡開心的跑；更多的人則是嘻嘻哈哈的聚在城門前，一邊看掛條幅、一邊等著圍觀NPC。

最別致的還得屬天堂行走，這騙子拉了幾個玩家在城門前「嘿咻一二，嘿咻一二……」的正在忙碌著，想把一根粗壯高大的圓木豎起來。旁邊還有默默尋帶領記者團正在到處按快門。

雲千千趕忙跑過去問了句：「幹嘛呢，可不許搞什麼違章建築、破壞整體格局啊！」說完，她再擋住身邊一記者手上DEMO，嚴肅道：「不許拍！」

「妳這又不是違章建築，怕什麼！」默默尋黑線走過來，把雲千千的爪子扒拉下來，指揮記者：「繼續拍。」

「我這不是低調嗎？」雲千千一愣，繼而反應過來，訕訕解釋。

「我們打算在這豎根旗，回頭把我們公會的徽章印旗上。」天堂行走比手劃腳，很有參與精神的興致盎然介紹道：「到時候有人一見到旗幟，不用看城門上的匾牌就知道這是誰的地盤了。」

旗？彼岸毒草一聽，頓時禁不住潸然淚下……這還真是占山為王了……

「不錯嘿。那徽章下面要不要寫字啊？比如說『替天行道』什麼的？」雲千千很有興趣的加入對話。

雲千千跟天堂行走討論到一半，突然發現這位大神，盯著他在附近繞了幾圈，終於忍不住把人抓來。「九哥，你找什麼呢？」

九夜從圓木旁邊走過來，再走過去，又走過來，再再走過去……身後還跟著個燃燒尾狐。彼岸毒草淚流滿面。

九夜深沉遠目，好一會後才皺眉不解。「我是想去中央的議事大廳，不知道為什麼老走不過去。」

「……」雲千千無語，黑線調頭問九夜身後的燃燒尾狐：「你怎麼跟他走啊，不會帶路嗎？」這人難道到現在都不知道九夜的路痴屬性？

燃燒尾狐一臉慎重，「剛才跟在九夜身後的時候，我突然有種領悟法陣玄奧的感覺……」

「……」

可以理解，一般人被繞得暈頭轉向的時候都得有這感覺，這種感覺還有個俗稱叫做鬼打牆……

雲千千黑線，隨手再抓了個玩家過來，交代他帶路，然後她再跟九夜認真叮囑：「你跟著他走，下次千萬別在聚居地自己行動了啊。」

她說完後，送走九夜，生氣不再去理會繼續回味玄奧感覺的燃燒尾狐了。

正忙碌著，一個 NPC 士兵小跑步過來，緊急通知雲千千說城主率領的巡視隊伍已經快要到了，讓她趕緊準備著，飲料水果什麼的也不能少。

雲千千朝身邊的彼岸毒草笑了笑，說道：「瞧見沒？這些精靈多少年沒吃過水果，特意到我這裡打秋風來了。」

NPC 士兵瞪她一眼，礙於身分，強忍著沒說話。

「放心吧，早準備好了。你就告訴城主，說我們在城門恭迎呢。」雲千千回頭跟 NPC 士兵交代了聲，說完刷出一套小禮服穿上，頓時正式了不少。

「哪弄的禮服？」NPC 士兵離開後，彼岸毒草掃她一眼。

「不知道，天堂行走幫忙弄的……呃，不過我現在大概猜到他是從哪裡弄來的了。」

玩家群中，一美眉正橫眉怒目雲千千。

雲千千稍一琢磨，就能猜到肯定是天堂行走用美男計從人家那裡扒來的衣服……姐姐，我跟那騙子可真沒什麼曖昧關係，您別誤會……

沒過一會，精靈城主修長的身姿就出現在遠處，衣著正式，俊美挺拔，身邊還有一群精靈及天空之城各級官員包圍著，看起來如眾星捧月般。

「恭喜會長大人。」精靈城主很有禮貌，一來先恭喜雲千千。不管怎麼說，今天都是人家大喜的日子，雖然他是城主，但這點面子還是知道給的。

「客氣，同喜同喜。」雲千千呵呵一笑，打了個響指招呼彼岸毒草。「來，一人發一顆蘋果。」蘋果最便宜。

「……」

彼岸毒草羞憤難當的發完蘋果。精靈城主捏著蘋果笑得一臉僵硬……吃？不吃？這似乎有點打發乞丐的嫌疑，吃了肯定得沒面子，可確實是近千年沒嚐過蘋果的味道了，那些變異的魔株真不是一般的難嚥……要不還是等等，到了地面，自己再帶著族人找片果園敞開了吃？

「別客氣啊。來來來，我先帶您參觀一下，尤其是那座傳送陣，裝置得真是簡單大方。」雲千千笑咪咪道。

精靈城主咬牙想了想，最後還是強忍著把蘋果轉手遞給了其他人，笑得咬牙切齒：「那就請會長大人帶路吧。」

大家彼此都心知肚明對方想要的是什麼，只是礙於來的官員中還有其他族的人，所以很多話不能拿出來說。表面上的客套盡量的簡化了，雲千千直接帶人奔傳送陣的位置參觀去，後面還一大幫子玩家笑嘻嘻的跟著看熱鬧。

看到了那個承載自己一族人重返地面希望的傳送陣，即使在蘋果面前都沒失臉面的精靈城主差點忍不住衝了過去。努力克制了一下，他調整好情緒，壓抑不住因為激動而有些顫抖的聲音，對雲千千意味深長說道：「會長大人，這下我相信您一定可以當選下任城主了。」

「其實我也這麼覺得。」雲千千羞澀道：「我這麼德才兼備、形象良好的人才，如果連個城主都競選不上的話，公理何在啊。」

「……」我不理她、我不理她、我不理她……精靈城主再次笑僵。

對於其他建築，精靈城主沒興趣參觀。對於號稱美的化身的精靈族而言，這整個營地中除了那個傳送陣以外，其他的建築他們沒一個看得上眼，來走走過場也就是為了確認一下傳送陣是否可以使用罷了。

於是，不一會後，精靈城主就宣布結束了參觀，帶領著巡視隊伍準備返回。

「妳……」臨走前，精靈城主拉著雲千千的手，想了半天之後，終於還是什麼都說不出來，只長嘆了一聲：「好好準備城主大選吧。」

「那是。您退出競選，再在大選時叫族人都投我。我只要能當上城主，絕對第一時間逐你們出境。」雲千千爽快承諾。

這話怎麼聽著叫人那麼不舒服呢……

精靈城主又一聲長嘆：「那我走了，明天記得準時去投票現場。」

精靈城主帶其他人離開，就留了個戶籍官下來。他捧著個厚厚的本子，舉著筆，認真問雲千千：「我現在需要註冊一下，這裡都是部族才有權利建地，請問你們屬於什麼族？」

普通玩家肯定沒這齣，但普通玩家也肯定不能這麼容易在天空之城上說建地就建地。走後門歸走後門，必要的程序還是得過一遍。雲千千笑咪咪問戶籍官：「你看我們該是什麼族？」

戶籍官為難道：「您是修羅族，但是您的聚居地中還有翼人族、暗精靈族、魔族、神族……」列舉了一長串後，戶籍官突然瞪大眼睛，倒吸了一口涼氣：「難道您想申請聯合國？」這可為難了，他也沒那麼大權力啊。

雲千千黑線。「我們都是玩家，就叫玩家族吧。」

「對不起，這屬於特殊詞彙，您並不能代表所有玩家。」這是必須的，如果這女孩都能代表玩家的話，回頭人家一看這官方發言人，還得誤會玩家們都不是什麼好貨色呢。

雲千千為難，想了想問道：「那就叫水果族？」

「可以。」戶籍官在本子上刷刷兩筆，再掏出個印章「啪」的蓋了個印，最後合上本子，衝雲千千頷首示意：「那麼從現在開始，您的聚居地就是水果族的族人們生活起居的地方了。我這就回去備份檔案，祝你們在天空之城生活愉快。」

伸出手和雲千千握了握，戶籍官離開。

彼岸毒草蹲在一邊大口大口吐血，等人走了才鬱悶的看了眼雲千千，「取族名這麼大的事，您能在公會頻道和大夥商量下嗎？」水果族？這名號當作公會名字也就算了，現在當作族名……回頭要是被其他人知道了，自己止不定被怎麼調戲呢。

「知足吧你，我沒跟他說叫桃子族都不錯了。」雲千千白了他一眼。

彼岸毒草無語。

於是，一整天的時間就在猶不自知已成為水果族的玩家們熱情洋溢的探索聚居地中度過了。

第二天，三年一度的城主換任選舉終於迎來了第一環節的投票階段……

進入競選人休息室，雲千千一眼就看到了坐在最顯眼坐席上的精靈城主。現在大家還不知道他要退出競選的消息，所以自然有他一個位置；再加上這傢伙是當任城主，所以那坐席布置得也就比其他的選手細緻得多，看著就透著那麼股舒適豪華……

「讓我坐會兒唄。」雲千千倒是一點也不見外，走過去就腆著臉要坐精靈城主的位置。倒不是她耍大牌，主要是其他座椅都硬硬的，一眼看上去就知道坐著肯定不舒服，只有精靈城主的鋪了厚厚的坐墊……既然有更好的位置，那自己肯定得選好的坐啊。

其他選手對雲千千怒目而視。精靈城主倒是沒感覺什麼，馬上就能回林子的他此時已經不在乎這麼一點小事了，於是什麼都沒說，微笑著站起來點頭。「妳坐吧。」

雲千千不客氣的坐下。

滿室各部族競選人譁然，他們不明白精靈城主的這一舉動到底代表了什麼意思，難道這兩人有姦情？不能吧，這一個冒險者、一個原住民的，再說看著男女雙方的造型氣質也不相配啊……難道這就是傳說中那個能無視一切差距的真愛？

參加競選的部族算上還未公布退出消息的精靈族在內，總共有十二支。也許是今年的醜聞事件造成的新聞效應和娛樂性太大了，大多數部族根本沒像以往那樣跟上來湊熱鬧，他們更願意在底下坐著，等競選的時候再興高采烈的指著醜聞事件主要人物和族人們交談探討：「看，那就是隨地大小便的威風大哥嘿……」

投票臺設置了一排的投票箱，前面標註了競選各部族的族名、競選人名字，以及競選人生平介紹和對天空之城的功績說明。這是為了方便居民們投票時認真選擇，更是一種對各部族的宣傳手段。

投票場外的警戒線拉開後，早已在外等候、手持選票的居民們立刻呼啦啦如潮水般湧了進來。門口處還有兩名檢驗選票的專門人員。

雲千千站在自己的投票箱前，看著這場景就感覺莫名的親切。疑惑好一會後她才回過神來，每年春節年假時的火車站不也都是這樣熱鬧的情景嗎？

投票開始前，首先是現任城主的講話以及對各選手的鼓勵，接著是城池內各級官員按官階輪流發表講話；最後上來個主持人，向所有選民們介紹了一下投票臺旁邊坐的三個天空之城公證局的官員……

一個多小時後，該介紹的人都介紹完了，雲千千以為終於要開始投票了，沒想到眼前一花，再定睛一看，

投票臺前已經站了一排打扮相同的短裙漂亮美眉。

這些NPC美眉們雙手舉捧彩球，一邊整齊踏步一邊喊著：「一、二，一、二，一、二、三、四……」接著音樂聲響起，美眉們就這麼在節奏聲中手挽手、高舉大腿跳起舞來。

「……」雲千千黑線，皺眉，表情愁苦……她怎麼也想不到在NPC中也興官方排場這一套排場。合著他們以為這是在舉辦運動會呢？

默默尋坐在下方看臺上、看著手上的小本子，對彼岸毒草解釋：「因為天空之城是首次被玩家探索，再加上首次有玩家成為正式居民，首次有玩家參與城主選舉，首次……所以，由於以上這些原因，遊戲官方決定臨時加上一些表演，回頭這些片段會剪輯作為宣傳片播放。對了，順便介紹下，一個半小時前我已經接到通知，上面要我們時報配合遊戲官方一起進行宣傳。」

「妳是說，這選舉過程將會全程播放？在所有玩家面前？」彼岸毒草汗，大汗。

「大概是這意思沒錯。」默默尋點頭。

擦把冷汗，彼岸毒草小心翼翼的再問：「那能剪輯掉些不好的片段嗎？」

「……我想是不能的，因為還有遊戲官方的監督。」默默尋默了默，接著對自己的回答表示出遺憾，她完全能夠想到彼岸毒草現在在憂慮些什麼。

「……」聽到這樣的回答，彼岸毒草剎那間就有了想哭的衝動。

要是別的玩家參與競選還好說了，大不了就是表現得中規中矩一些而已；一般人只要能沾上這麼多「首次」，就算表現得稍微挫點也是絕對能出名的。

可是……

可是現在臺上站著的……是那個號稱行走禍亂的蜜桃多多啊！

投票臺上的通訊禁止，彼岸毒草坐在看臺上是無法聯繫到雲千千的。

於是他找維護秩序的NPC轉告，見到城主；再找城主牽線，面見主持人，主持人傳達；最後，彼岸毒草終於在選手休息室見著了請個假從投票臺上下來的雲千千。

「大姐，妳今天可千萬別丟臉啊！」彼岸毒草一見雲千千就克制不住內心激動了，涕淚交加、爭分奪秒的趕緊把從默默尋那聽來的情報轉達過去。

「難怪這麼囉嗦呢。」雲千千第一反應是撇嘴，接著第二反應則是淡定：「那你覺得我在臺上應該怎麼表現？」

「這個……」

要求對方良好表現？首先這女孩能不能做到先不說，就算做到了，其真實性也是很讓人懷疑。畢竟整個創世紀的玩家差不多都知道她是個什麼貨色了，冷不防的來個顛覆，大家誰都沒法接受。

而且這還關乎到個人氣質。比如說，方正臉、濃眉大眼，那一看就是個正面英雄形象；高顴骨、賊眉鼠眼的，就算不是漢奸也得是碎嘴小人。雲千千長得不算差，但那股子從上到下、由內至外的氣質，怎麼看怎麼屬於小人型……這要是她站到臺上義正詞嚴、慷慨激昂了，保不齊再把全創世紀玩家給嚇著，以為是有什麼驚天大陰謀正在醞釀中……

「……算了，您還是自由發揮吧。」彼岸毒草淚流滿面，終於還是佝僂著身子、蹣跚著出門，走回了看臺去。

雲千千抓抓頭，莫名其妙的問身邊的主持人NPC：「他這到底是幹什麼來了？」

「不知道，有病吧。」主持人也不爽。這不是成心浪費時間耍自己嗎……

雲千千重新回到臺上的時候，投票已經開始進行。精靈城主剛剛宣布完了自己族本次退出競選的消息，並隆重推薦了雲千千，將其登陸天空之城前在中轉站的功績著重介紹了一番，為這個女孩友情拉票。

雖然這一度造成了騷動，許多無知群眾們都不能理解精靈族這個本次競選中最大的熱門為什麼會突然退出，但是想到精靈城主一向信譽良好，再加上大家對雲千千的了解也少，還沒深刻剖析出其陰暗的本質，所以詫異了一會之後，部分居民還是很合作的把手中的選票投給了這位陌生候選人。

畢竟比起賄賂事件、X醜聞事件、大小便事件和靜坐事件來說，精靈族長推薦的這位人選雖然不知道有多好，最起碼也不會差到哪裡去吧？

當然了，醜聞事件四族的忠實擁護者長年累積下來總還是很不少，所以選票局面一時是難分上下。

雲千千已經很滿意了，實在不行，還有精靈族的投票；再實在不行，還有燃燒尾狐的結界……勝券在握，心情極度嘿皮的雲千千這會甚至有空跟來投自己票的居民閒聊：「謝謝支持，謝謝。一會完事了我請大家吃烤肉啊，就在城東大門外集合，可以帶家屬，不過烤肉材料得自己帶。當然了，以您這麼英俊瀟灑、高大魁梧的外表來看，區區幾隻野獸肯定是沒問題的……」反正負責烹飪的又不是她。

四族人特別看不慣雲千千這個外來戶那麼囂張，尤其不爽的是對方剛上天沒幾天居然就能拉到幾乎可與自己抗衡的選票數。

衝動的魔族長老當場舉手，「我抗議，她這有賄賂拉票的嫌疑！」

主持人為難的看了眼魔族長老，再看了眼裝作沒看見這邊動靜的精靈城主，想了想精靈族的莫名退出及城主對雲千千的維護，最後終於慎重得出一個結論，判斷這個蜜桃多多的背景必然是深不可測。於是主持人清清嗓子，不耐煩道：「你有證據嗎？隨意誣陷其他候選人可是要取消競選資格的。」

雲千千送了個白眼過來，轉過臉去接著和其他投票居民拉交情賣好。

魔族長老被人視為無物，深感受辱。「你眼睛瞎了嗎？她現在就正在賄賂！」

主持人黑線，毫不猶豫的舉起黃牌警告。「再有一次咆哮選堂就罰你出場。」說完小牌一收，無視魔族長老難看的臉色，光明正大的維護雲千千：「這位選手只是親切愛民，和選民們說說話而已。這怎麼算是賄賂？你控告他人是要拿出實證來的。」

「實證？」魔族長老的鼻子都快氣歪。這個實證怎麼拿？難不成要自己跟著人家一大幫子人去遠足，然後乖乖坐著，等烤肉分到自己手上了，再趁著熱捧回來給大家看？

一直坐在旁邊的精靈城主乾咳兩聲，終於捨得開口化解尷尬的氣氛。「我們天空之城向來是一座宣導和平的城市，尤其在城主大選這樣重要的日子裡，我不希望看到大家有什麼矛盾……魔族長老請站回您的臺子前去，如果再有胡攪蠻纏之行為的話，我恐怕就不得不遺憾的取消貴族競選資格了。」

有靠山就是不一樣，難怪這麼多人喜歡走後門、靠關係呢……雲千千得意洋洋、挑釁的看了魔族長老一眼，吹著口哨好不快活。

「哼！」魔族長老語噎半晌，臉色青白變幻，最後只能瞪了瞪雲千千，忿然一甩衣袖，回自己族的選臺前去接受同族人的安慰了。

到投票結束截止前十分鐘的時間，雲千千掐指計算了一下目前選票。自己目前的票數小有超前，緊跟其後的是另外四支大族，其他六支小族只有寥寥無幾的友情票充數，不足為慮。

而拉開票數差距的關鍵肯定是在這最後的幾分鐘裡。一般電視劇上都得這麼演，不到最後時刻不會出現真正的高潮，這既是為了拖劇情，也是為了吊觀眾的胃口。而讓她之所以這麼堅信自己這個判斷還有一個理由……那就是她已經看到神族的擁護者們穿著制式的白袍子，手裡捏著票準備排隊了。

但是雲千千不著急，高手就得掌握先機，高手就得雲淡風輕……她早安排好了自己公會裡投完票的人看到情況不對就去其他族的箱子那裡插隊。我們不做別的，就乾拖時間為難你，一分鐘挪上去一個人，兩百人挨個去神族投票箱前找小王子談心並表達自己的傾慕之情，就不信這樣子還能有人把票塞進去。

雖然我們手上沒票，但這並不妨礙我們對您的景仰啊！您總不能因為選民手上沒有票給自己，就對選民惡言相向吧？

彼岸毒草指揮人排隊，燃燒尾狐就排第一個，講完話順手正好就可以把箱子結界了，這叫有備無患……

神族選民們委屈的被擠到水果樂園集結成的龐大隊伍之最末，渴望的看著不到百公尺之距的選票箱，卻怎麼也無法將自己手中的選票送過去……有時候，咫尺即是天涯……

默默尋在旁邊運筆如飛，忠實記錄這一卑鄙的場景，一句評論也沒有，更不試圖阻止。她是一個記錄者，一個有職業操守的記錄者。她所能做的就是將一切真實記錄下來告訴讀者，然後再發動其他人來代表她鄙視水果樂園的這一作弊行為。

「會長大人，您真是……細緻謹慎啊。」精靈城主站到雲千千身邊，看著下面正發生的一切，嘴角抽了抽，認真的選擇了一個他認為最委婉的詞彙來表達自己此刻的心情。

「過獎過獎。對了，比武大會聽說就是明天？」雲千千這會不擔心投票環節了，開始準備提前計畫下一環節。

精靈城主看下面也覺得是大勢已定的局面，不由得為天空之城的未來深深嘆息。不過，這也與他無關了。大選過後，精靈族就要重返地面，到時候天空之城總得經歷各方勢力的爭奪和各種黑暗的洗禮，有個狡猾的城主未必見得是件壞事……

想到這裡，精靈城主點了點頭。「是的。」他說完一頓，意味深長看雲千千。「您想跟我要參賽選手名單？」

「瞧您說的……」雲千千不好意思的抓頭。「這可是作弊行為啊。」她說完也頓了頓，左右看下後，壓低聲音湊過來：「等投票完了我就去跟您拿啊，準備詳細點。」

「……」

默默尋一臉高深莫測的看完掌上投影儀上雲千千和精靈城主的暗中交談，深嘆一口氣，一邊記錄的同時，也一邊越發同情起彼岸毒草來了……難道這人沒去提醒那女孩嗎？要知道遊戲官方要拍的記錄可不單是在外面照幾張相就算完的，人家就是BUG，人家就是神，這監視設備可是比全球衛星都厲害得多……

接下來的發展無波無折，神族終於是沒能翻身，被狠狠的壓在了十分鐘前的票數上，一票都沒漲上來。另外三族本來也安排了些人想翻盤，結果去神族那邊排隊的人已經騰出來了一部分，於是繼續如法炮製；尤其是燃燒尾狐，順利的一連刷下四個結界，為雲千千的最後獲勝奠定了堅實的保證基礎。

於是，當投票結果發布之後，四族人的臉青了，超過半數的天空之城的居民們也都震驚了。儘管他們也有投雲千千票，但大部分人都只是看在精靈族的面子上，還真沒幾人認為這票外來客能獲勝。

偏偏結果就是這麼出人意料。

精靈城主宣布本屆大選的投票環節結束，水果樂園會長當先獲得四十分。各位選手及參加比武的選手，現在就可以去各自專用的選手室休息準備，第二天舉行比武大選……

雲千千把修羅族族長給的狗笛存進倉庫以作保險，自己甩手甩腳，毫無心理負擔的逛街去了。剛走了沒幾分鐘，她就接到九牧公發來的訊息，對方找她就一件事，想借水果族聚居地的傳送陣下天。

九牧公和流浪的棋子上天時，天空之城還是安全區；可是當雲千千等人來開發探索之後，周邊小怪就隨著任務和開發的進度被陸續刷出來了，現在這裡已經不適合兩個 10 級小新人居住。尤其是在九牧公去尋找棋子的過程中連掛兩次之後，更是堅定了他立刻就要離開的決心。

找到女朋友後，九牧公帶著他家棋子在城裡轉了幾天，硬是沒找到當初發放傳送陣任務給自己的那個精靈 NPC。後來他從其他 NPC 口中才知道，精靈族長最近幾天正在召集精靈族做個什麼準備，全族人都集合到了一起，吃住也只是在城主府裡進行。當然，給他任務的那隻精靈也在其中。

沒關係、沒門路、沒法子……於是九牧公這才終於無奈的找上了雲千千……

「你帶隊人，護送那對小情侶去我們的聚居地，順便把傳送陣開了給他們用下。」雲千千找了彼岸毒草，把事情講了下。

彼岸毒草點點頭，當即就點了離自己最近的一隊人出發。

默默尋是跟著彼岸毒草來的，彼岸毒草走了她卻沒走，直勾勾的盯著雲千千看，看得雲千千全身毛毛的不明所以。

「幹嘛？我對女人沒興趣。」

「……我對女人也沒興趣。」默默尋哼了聲，把手中一篇新聞稿遞給雲千千。「妳自己看吧。」

雲千千莫名其妙的接過來，剛掃一眼立即吐血。「大姐，妳也太狠了吧！」

這傢伙，居然把她和精靈城主的談話，還有她安排水果樂園作弊去其他競選箱前排隊拖時間的一切都事無鉅細的寫上去了。這還有沒有隱私權了？信不信自己憑這報紙就能去把創世紀公司告上法院？

「這是遊戲官方稿，我們時報只是配合發布。內容是不可以更改的，所以妳也不用打什麼主意了。」默默尋撇撇嘴，再遞過來一張銀卡。「另外，這是遊戲公司給妳的新聞費。他們說了，如果妳執意不願意配合這次發布宣傳的話，他們也可以收回這份……」

「不用了，遊戲內發生的任何事件都應該第一時間讓所有玩家知道。這是多麼寶貴的記錄資料啊，怎麼能因為我一個人的問題就不發布呢？」雲千千閃電般搶來銀卡丟進空間袋，大義凜然道。

「……」默默尋開始無比慶幸，自己是等彼岸毒草走後才來和雲千千談這件事的決定，如果被彼岸毒草看到這一幕的話，不知道該有多傷心呢。

彼岸毒草一去就是不復返。到了第二天比武都快要開始，雲千千才收到了對方傳來的通訊。那邊的大概意思就是說：反正這次比武有 NPC 出場，再加上九哥壓陣，他們索性就在地面地圖逛一圈，見見自己的老朋友什麼的。

從天空之城任務開啟的那一刻開始，這一批人就一直是在半與世隔絕的天空地圖中度過的，離群索居的日子讓他們寂寞得太久了。送九牧公小情侶下去之後，這些人也禁不住空虛，忍不住就跟著一起下去想沾染一點人氣。

這就跟在軍事化學校裡被關久了的學生似的，雖然平常也有同學、老師聊天，但哪比得上學校外面那麼多人啊。一到放假的時候，個個都跟出閘的猛虎似的，那眼睛叫一個綠，走街上再興奮點都能嚇得人當場報警，懷疑是有恐怖分子集體出遊。

雲千千接到通訊後表示遺憾，痛心疾首的對身邊九夜道：「看到了嗎，九哥？這就是紀律散漫的後果啊。往後我們得增強管理了，得訂幾條會規，比如說見到會長必須問好，見到會長打怪必須退避三舍，見到會長刷 BOSS 不得有擅自搶奪之行為，見到會長欺負人必須吶喊助威……」

「嗯。」九夜漫不經心的應了聲，打斷了雲千千的滔滔不絕，接著一點過渡都沒有，就直接轉移了話題：「什麼時候能開打？」

「……」

他現在也就關心這個了……

雲千千進了比武賽場，與彼岸毒草的對話就算是斷掉了，在這裡不允許使用任何頻道及通訊。

比武賽場中，除了中間那個近千平方公尺的巨大擂臺之外，幾公尺的分隔線外面，四周環繞的全都是觀眾看臺。其座席之多，雲千千粗略的估計了一下，至少可以容納個幾千人。

而除了坐席之外，買了站票進場觀看的居民 NPC 也是不在少數，這麼一來，整個比武場地內的觀看者至少破萬是絕對沒問題了。據精靈城主介紹，這主要是因為天空之城熱鬧的事情太少了，所以為了照顧居民情緒，這樣的比武大賽都是盡量安排他們可以全部入場；而另外的一點，也是為了增加城內收入，畢竟買票的錢都是全部充入城池公款的。每三年一度的大選中，觀眾票所獲得的收入也將是下任城主在下個三年執政期間內，城池管理建設資金中最大的那一部分。

本來雲千千對自己被人當成耍猴看還感覺有些不滿，一聽說觀眾票收入將是下任城主的啟動資金，態度頓時大變。她不僅再無任何牴觸情緒，還很是認真的思考了一番，看有沒有可能再加些坐席、包廂，或者流動販賣零食的攤販什麼的。

在她眼中，這些觀眾已然搖身變為自己的衣食父母，而那些票款收入，雲千千也早把它計算成了自己空間袋中的存款數字。

主持人還是昨天那個主持人，今天這場合他穿的是全副鎧甲，連頭盔都沒落下，全身上下掛了至少不下二十張符紙，據說是結界和防禦用等各類高級卷符，專門為了以防萬一。

由於天空之城的 NPC 技能太過強悍，再加上這些人實戰經驗不高，偶爾有手滑走火等行為，所以擔任主持人兼裁判的 NPC 危險係數也就極其之高。聽說前幾屆就曾經有個主持人在比武中被大技能波及，不小心打

至半身不遂。

「這是你們的裝備。」在主持人做開場白時，精靈城主親自到了雲千千這邊的選手休息室中，遞來十套裝備。

「比武還沒結束就提前發獎品？」雲千千詫異，再接過裝備一看，立刻嫌棄道：「都是綠階套啊？」

精靈城主好脾氣的解釋：「這不是獎品，是你們一會比武時要穿的……競選城主從來沒有玩家參與過，而我們原住民在裝備上彼此卻沒有什麼太大區別，為了保證公平性，所以比賽規則上才會臨時加上了這麼一條。」

這是必須的。遊戲世界中有一個特殊的種群叫做金錢戰士，這類人可以買到最極品的裝備武器，準備最充足、最高階的道具藥品，如果比武大賽不做控制的話，到時候人家直接上去，丟他百八十個頂階炸彈，那再是厲害的 NPC 也抗不住啊！

這就好比開著一架轟炸機去對陣人家的小手榴彈，完全不在一個層級上的比拚，比武也就失去了意義。當然了，雲千千是絕對不會有這樣浪費的行為，但這只是個例子。為了比武更有可看性，也為了宣傳片能做得更加精彩，遊戲官方絕對不介意多給人添點亂子。

聽精靈城主這麼一說，雲千千頓時鬱悶。「這哪叫公平啊？比如說刷 BOSS，玩家向來一去一組人，沒聽說過有人去單挑的，你……」

「我去單挑過。」九夜插話補充事實。

「……」你不說話會死嗎？

雲千千怒目瞪視九夜。精靈城主趁這機會趕緊告辭：「反正這就是比武的規矩，你們的選手上場前記得換裝備啊……那我先走了，有什麼事再派個人來找我。」說完迅速離開。

派人？派屁！

現任城主，又是不參加競選的種族，精靈城主在比武大賽中所坐的位置是絕對權威的，一般人連靠近三尺都做不到；再說自己這邊的選手室又不能跟外面聯繫，還能派個毛的人去找他啊？雲千千默默的對精靈城主離開的方向比出中指，為難的看了眼手上抓著的裝備，狗笛一抓，開始吹人。

不管怎麼說，先叫一個選手出來再說吧。

「嗶」聲後，修羅族長老端著飯碗、手執筷子，茫然的出現在現場。「咦，這裡是哪裡？我穿越了？」

靠！居然隨機到這老頭子身上了！

對於長老老頭的戰鬥力，雲千千一直沒有個標準的認知。倒是人家老婆很剽悍是真的，那女人猛起來跟個大男人似的……當然了，這純指性格。

一個長期處於女尊老婆壓迫下的老頭，到底能發揮出多少戰力？即便此NPC是修羅族的長老，雲千千也同樣沒什麼把握。

比如說一個大男人，別管他在外面怎麼意氣風發、志得意滿，如果天天回家就在電腦主機板上跪著，替老婆洗衣做飯打洗腳水，那再是鋼筋鐵骨也得被打造得小鳥依人了。很多女人喜歡自己的男朋友聽話，沒事哄哄自己、伏低賣小溫柔體貼什麼的，但同時又要求人家必須野性，在外面要有男人氣魄，這行為本身就等同於吃飽了找虐。

要求那麼多，直接養幾個小白臉多舒坦。只要給錢，文的武的都能來。要實在沒錢也行，看小說，小說裡哪種型號的都有了。

「長老？」雲千千小心翼翼的試探著喊了一聲。

修羅族長老一轉頭，發現熟人之後頓時眼睛一亮，抄著筷子衝這邊一指，「啊！」知道對方看見自己了，雲千千呵呵一笑，連忙主動說話：「不用那麼驚奇，我……」誰知長老看都沒看她一眼，端著飯碗就跑過來了，樂呵呵欣喜道：「九夜？你怎麼在這裡，吃了沒？」

「……」馬的，老娘果然就是小透明……雲千千黑臉把長老抓回來：「長老，是我把您召出來的，好歹賞個正眼行嗎？」

「妳？」一見雲千千，修羅族長老的臉立刻又板了起來。「召喚我有什麼事？」

雲千千正想開口，外面已經跑進來一個小士兵，一進門就著急的大聲嚷嚷：「快快快！第一位選手準備好沒，要出場了！」

「馬上、馬上。」雲千千打發走小士兵，瞪著手裡的長老開始琢磨，要不再吹聲，召另外一個出來？比武的規則是個人晉級制擂臺賽，反正每個競選者的參賽隊伍最多可以出十個選手，一輪一輪擂臺打上去，贏家晉級，一直打到最後，誰在臺上誰就老大。

當然了，不是每個選手都一定要出場，只是最後一輪的決賽要把所有選手都打趴下，打到無人出場為止。十一支隊伍出場，每場出三個選手和對手種族打，只要三局兩勝就能獲得出線資格，一共打四場也就到決賽。眼下狗笛總共可以隨機召十個修羅族人出來，就算刨去一個長老，她也還可以再召九個呢，算算換個選手還真不是什麼難事。再說還有九夜可以頂上，再再說還有個凱魯爾……

「您能打嗎？」想了想，雲千千還是先盤問長老的戰鬥力，總不能白浪費一個使用回合啊。

「說能也能，說不能也不能，我的工作主要是解決修羅族內外的事務糾紛，動手的時候不多……」修羅族長老眼神漂移，閃爍不定，一看就是副心虛樣子。

雲千千不耐煩了。「您直接說您在修羅族裡能排第幾？」

老頭被逼問得不爽了，沉著臉一言不發，嚴肅的比出兩根手指。

「第二？」雲千千眼睛一亮，感覺極為欣慰。

「倒數第二。」長老把筷子擱碗上，一起放左手拿著，右手不好意思的摸了摸鼻子。

「……那倒數第一誰啊？」

長老手指一伸，堅定不移的直指雲千千。

雲千千悶了。「……行了，您還是坐一邊吃飯去吧，時間到了自己回去，我就不送了。」

凱魯爾實力應該沒問題，好說人家在修羅族裡也屬於教練級別，又是千年前神魔大戰的幹將。九夜操作和技能都不錯，但畢竟等級比起天空之城的BOSS們低了點，說不定有點危險……這麼說起來的話，第三戰就至關重要了，無論如何也不能把勝負關鍵賭在這麼一個不可靠的老頭身上。

雲千千毅然決定，換人。

小士兵又來催了一次，雲千千先把九夜和凱魯爾的名字報了出去，接著掏出狗笛，準備再召人……自己倒數第一，老頭倒數第二，隨便再召到誰也得比現在強啊！雲千千剛想完，狗笛摸出來了，誰知一吹卻居然沒聲音，她疑惑的將狗笛拿下來仔細看了看氣孔有無堵塞，再查了查笛身有無裂損。折騰半天後，她終於用放大鏡在笛子上發現了一行小得如米粒般的篆刻小字：每次使用冷卻時間十分鐘。

「……」雲千千吐血，捧著狗笛激動得全身都在顫抖。

老頭已經蹲一邊繼續扒飯去了，九夜換好裝備正在熱身，凱魯爾成功召喚也正在套裝備……小士兵又來催了一次，雲千千沉著臉把老頭從地上抓起來，隨口問了一下名字，轉頭報給小士兵記錄選手名單。接著，她丟了套裝備給這位實力倒數第二的長老。「換上。」

畢竟是修羅族族長賦予的召喚權利，於是修羅族長老還是挺合作，先把裝備套上了之後才重新端起飯碗準備繼續吃飯。雲千千也懶得管他，直接抓著人帶出了選手室，身後跟著九夜和凱魯爾。

直到被選手室外那明晃晃的陽光照射到了之後，一直被抓著的修羅族長老才終於發現不對勁，他愣愣的從飯碗中把頭抬起來，問旁邊的雲千千：「妳找我這到底是打算幹嘛呢？」

「比、武！」雲千千從牙縫裡擠出兩個字來，多一個字都不想跟他浪費時間。

「……我去比？」長老沉默半晌，怯生生的又問了句。

「不是你去難道還是我？」雲千千瞪了他一眼。

長老瞬間崩潰。「我都近千年沒打過架了……再說我剛還在陪老婆吃飯呢！好不容易有一天她不跟我鬧騰的，妳就不能留我條老命享享清福？」

「笛子是族長給的，隨機到你頭上是老虎機轉的。如果你真壯烈了的話，就記得找族長或智腦報仇去吧。」雲千千忿忿道。這老頭以為她就願意把賭注押在他這老身子骨上？本事稀鬆不說，還都這麼把年紀了，回頭上去兩拳就叫人給擂下來了，她找誰哭去？

等著急了的不止是來催促的小士兵，外面的觀眾早坐了半天了，正是空虛寂寞的時候。這會終於看見水果族的選手出場了，頓時個個報以熱烈的掌聲，歡欣鼓舞的迎接著入場選手及其領隊也就是雲千千。

修羅老長還沒來得及多嚎兩嗓子，頓時就被這熱情的掌聲震得愣了愣，都顧不上傷心自己馬上要上場打架的事情了，呆呆的問雲千千：「這裡是什麼地方啊？我們修羅族怎麼在這裡聲望那麼高呢？」

「是啊，聲望特別高呢。所以你要是打輸了的話，可就是千古罪人了，回頭小心族長找你算帳。」

九夜瞥過來一眼，看看被唬得一愣一愣、責任感和榮譽感陡生的老頭，終於忍不住伏低身子，在雲千千耳朵邊壓低聲音說了句：「騙一個老年人，妳好不好意思？」

雲千千瞪他一眼，沒說話。

十一支隊伍中有一隊抽籤輪空，是個小族；另外十支隊伍總計三十個選手，理論上要打十五場，如果有隊伍提前獲得兩局勝利的話就可以優先晉級。

對抗賽板上的對陣名單飛速變幻著，很快的，第一隊需要對抗的兩族名稱很快就定格出現。

「第一局，神族對陣魔族。」

主持人照著賽板上的對抗種族一唸，雲千千頓時一喜。兩支種子隊伍那麼快就見面了，不管誰被刷下去，這都等於是後面自己少了一個強力的對手啊！接著一會後她又是一悲，有個修羅族長老砸手上，能不能打到第二場都沒準，這壓力實在是太大了。

現在她唯一欣慰的就是自己總算是先在投票環節拿到了四十分，就算比武實在不行了，優勢也還是暫時大於其他種族……

神族和魔族是兩個種族特色異常鮮明的種族，他們的特色體現在各自絕對的陣營屬性上，一者是絕對的光，一者是絕對的暗，彼此相生卻又相剋。光屬性技能砸在暗種族身上的時候，殺傷力會呈加成；而暗屬性技能砸在光種族身上的時候，又何嘗不是如此?再加上兩個種族對於彼此的技能都算得上是瞭若指掌，於是，這兩者的對抗賽中根本就沒有太多的花樣，稍微一想像就知道肯定是一次兩敗俱傷的鬥爭。

兩方選手上臺，光劍暗火飛舞，時攻時擋，忽而近身纏鬥，忽而拉開距離飛射魔法，擂臺上打得確實算得上激烈無比；但也許是彼此太過熟悉的緣故，兩方的攻防時機都把握得恰到好處，冷不防的這麼看起來，倒覺得眼下的更像是場表演賽。

雲千千打了個呵欠，看看身邊的長老還在一臉凝重的吃飯，忍不住把人家的碗搶下來了。「您能不能看看比賽?了解一下將要面對的對手實力，一會上場也更有把握些啊。」

「我們一會的對手不是其他種族嗎?」修羅族長老一愣。

「話是這麼說沒錯，可各族的總體實力都差不多，您就當是提前明白一下對方可能的技能威力?」雲千千耐著性子解釋。

凱魯爾難得點頭贊同雲千千的話：「是的，技能和攻擊手法可能不一樣，但總體威力應該差不多。」

修羅族長老往臺上瞥了一眼，接著一言不發的劈手搶回飯碗。「好了，我看完了。」

「這就看完了？」雲千千想尖叫。

「嗯，已經了解對方可能會有的實力了，結論就是我絕對打不過。」修羅族長老一臉雲淡風輕或者說破罐子破摔的自暴自棄樣子。「就剩最後幾口了，反正是要送死，妳好歹讓我吃飽了再去死吧。」

雲千千瞪，狠狠的瞪，可惜被瞪的那個人卻是毫無知覺。

凱魯爾在一邊似欲言又止，雲千千注意到後主動關切開口道：「你有什麼想說的？」這人該不會想說他也退縮了吧？

凱魯爾想了想，一咬牙，臉紅道：「我說這話絕對不是出於私心……但是我還是想問，長老的戰鬥力不行，為什麼就不能改讓瑟琳娜出場？她可是那個強者為尊的亡靈一族中的公主。」

「咦？」雲千千眼前一亮，繼而吐血。「馬的，你不早說？」名單都已經報上去了啊大哥！

凱魯爾也想吐血。「難道妳自己一直沒想到？」

廢話，要是想到了，老娘現在還用得著鬱悶？

雲千千悔啊，悔不當初的悔。

九夜此人重視個人實力，不喜歡藉助外界道具及力量，而這個外界力量當然也包括瑟琳娜的魂匣在內，這也正是雲千千會不小心遺忘了該 NPC 的緣故……要是換作其他人的話，得了這個強力打手早就曬出來成天炫耀了，也就他，藏得跟金屋藏嬌似的。就連雲千千偶爾還會召凱魯爾過來認個臉呢。

瑟琳娜代替父親，帶領亡靈一族征戰半生，智勇雙全，臨了在九夜手裡卻變了個宅女，也不知道這段日子把她憋瘋了沒？

雲千千正琢磨著要不要聯繫下精靈城主，走個後門，更改一下上場選手名單，神魔二族的前三場就在這麼一會的工夫裡打完了。

主持人已經在宣布第二戰對陣的兩支種族：「接下來第二局，水果樂園對陣XX族……」

雲千千吐血。

XX族選手風騷上場，對著自己的親友團很有風度的揮手致意，再拋了個飛吻出去，大聲宣布：「我一定會獲勝的。」

親友團中的尖叫、掌聲潮水般湧來，XX族少女激動暈倒數名，被本族人抬到通風處休息。心臟比較堅強的則是繼續尖叫，其中還夾雜著大喊：「族長我愛你——」

「……」看樣子換名單是來不及了……雲千千面無表情的一指捧著空碗的長老，「第一局你上。」

「我？」長老皺眉，看了眼臺上的XX族長，再看了眼雲千千，「妳覺得以我的實力就可以勝過他？」

「以子之上駟對中駟，以子之中駟對下駟，以子之下駟對上駟……」雲千千刷出頭天從精靈城主那拿到的資料掃了眼，再抬頭，慎重對修羅族長老道：「不，我不是認為你能贏，而是確定你肯定輸。既然如此，你就輸得有價值些，把對方實力最強選手的回合數給用了吧。」

「我用……」修羅族長老一口氣憋在喉嚨裡，一頭冷汗狂下……這女孩犧牲起別人的命來還真是不留情面啊……

雲千千快速把出賽選手名字報給主持人，主持人在臺上熱情洋溢的開始介紹：「下面，讓我們大家一起來歡迎水果樂園的第一位出賽選手，他就是修羅族的長老XXOOXO……修羅族是一個偉大的種族，在這個種族中誕生了為數不少的著名戰士。我們知道，修羅族的熱血和尊嚴是不容小視的，他們……」巴啦巴啦介紹十分鐘，把修羅族長老誇得天上有地上無之後，主持人向這邊熱情的張開雙臂，「請上場吧，修羅族偉大的長老！」

長老想哭啊，不是這麼損人的吧？把自己誇得那麼好，回頭這要是不小心輸了，那面子可就丟得一點都不剩了……

其實人家主持人還真是沒壞心眼，之所以特別照顧，把水果樂園這邊的參賽選手誇得那麼好，那還不是看在現任精靈城主的面子上嗎？不管怎麼說，畢竟是城主罩著的人；再加上他心裡早已經給雲千千打上了深不可測的標籤；再再加上這個XX族還根本不算種子隊伍……所以在這種種的誤解交織之下，主持人怎麼也不可能想到，眼下這位選手居然只是被派出來湊數犧牲的。

美麗的誤會，就是這麼誕生的。

「去吧，回頭我讓狐狸去失落一族報個信，把事情的全部經過告訴您老婆，讓她知道您是因公而殉職……她會為有您這麼深明大義、鬚眉不讓巾幗的丈夫而感到驕傲和自豪。」雲千千正色，一拍修羅族長老的肩膀，口氣凝重沉緩道。

「……」去你妹的鬚眉不讓巾幗……

長老幽怨忿恨的瞪了雲千千一眼，在噓聲與掌聲齊鳴的熱烈氣氛中，終於深吸一口氣，視死如歸的踏上擂臺。

掌聲可以理解，因為主持人的介紹太熱血、太煽情了，讓觀眾們忍不住對修羅族長老產生了期待。噓聲也可以理解，同樣是因為主持人的煽情，讓這些本地土著們感到不滿了。

哪有這麼長他人志氣，滅自己威風的？

比如說此時站在擂臺上的XX族長，就是不滿的群眾中情緒最為不爽的一個。大家都是選手，憑毛咱上臺只有本族啦啦隊，你上臺就有這麼長篇累牘的介紹啊？

「修羅族長老？」XX族長冷笑：「那就讓我見識一下修羅族的戰士到底有幾分本事吧！」

長老一聽，本來憋著的一把怒火也爆發了……馬的，那爛水果欺負人也就算了，怎麼說畢竟也是本族子弟，可連這不知道哪來的小族，什麼時候居然也敢欺負到修羅族頭上來了？

長老義無反顧的衝上前去，鬚髮皆張，看上去氣勢十足，其手中捏著一團紫光，一副和人拚命的架式。

「瞧他在家跟老婆打架的時候估計就用這招。」雲千千指著臺上的長老和九夜笑道。

九夜：「……」

凱魯爾清咳一聲，覺得自己有必要為雲千千教育一下修羅族的技能知識：「長老現在用的這個技能叫雷霆萬鈞，是近身技與魔技的完美結合，修羅族的強大獨有戰技之一。拳力被雷電放大，而雷電也在拳出後釋放……當年修羅族族長就是憑藉著這一招橫掃了半個戰場，近身一百公尺內無一合之敵。等到你們以後有機會接觸，就能了解到這一招的強大和威……」

「敗了。」雲千千面無表情的一指擂臺。

「……怎麼敗了？」凱魯爾一怔，再一回頭，看著跌在擂臺下的長老，忍不住一口血噴出，很受刺激的樣子。

「他上去揍人家，人家一擋，再一拍，就把他拍飛出擂臺了。」九夜面無表情的轉述賽場當時狀況。

雲千千很看不起長老，既然知道對方等級比自己高出許多，那理所當然就不能衝上去硬拚。不管怎麼說，這其中有個技能壓制的問題。如果是一沾就走或者直接在遠距離釋放魔法，憑藉著走位也許還能和人多糾纏一會，可是直接力與力的比拚……

這就好比小孩和大人打架，小孩站自家二樓陽臺上衝樓下大人吐口水、砸石頭，雖然威力小，但積少成多之後未必就不能取勝；可他非要衝下樓去和人家對砸拳頭，那不就是自個找虐嗎？

這會再回想主持人剛才的介紹，雲千千忍不住深深的陰暗了一把……這人剛才使的該不會是激將法，故意慫恿著讓長老熱血沸騰上去硬碰硬的吧？

場內噓聲四起，長老狼狽爬起，一臉憤怒的還想爬回擂臺再戰，結果被主持人擋了下來。後者跟他嘀咕了幾句，大概意思就是說他已經戰敗什麼的。再不一會後，長老就滿臉通紅、臊眉搭眼的小跑步回來了。

「那個……」長老揪著自己的衣服角，一副難以啟齒的模樣。「那人說我不能繼續打了。」

雲千千眉角一跳，再一跳。「嗯，大概猜得出來。」

「看我去把修羅族的面子掙回來！」凱魯爾咬牙切齒，捏拳上臺。

丟人啊，真是丟大人了！自己前腳才跟人家介紹那技能有多麼多麼風騷，後腳話還沒說完，這長老就被拍飛出來了……這是赤裸裸的蔑視和輕侮！

這回主持人不敢再多給什麼煽情介紹了，生怕這也是個被人擂一拳頭就得飛出去的人。草草幾句介紹完比試雙方後，凱魯爾和XX族將軍對立而站。

凱魯爾心情不好，也就沒多廢話，身子重心一沉，即刻擺出架式來……同樣是捏拳，同樣是拳綻紫光，XX族將軍和臺下的觀眾們都笑了。

XX將軍看來是個挺隨和也挺沒心機的人物，呵呵笑著隨意一站，好心勸凱魯爾：「大哥，換一招吧。」

「喝——」同樣是義無反顧的衝上前去，凱魯爾雷拳捏緊。

ＸＸ將軍撇撇嘴，眼看這人不聽自己的好心勸告，也就無所謂再勸。他漫不經心的學剛才自家族長那樣，伸手抬前就想一擋一拍……「轟」的一聲巨響，又一道人影從擂臺上飛出，在這一個瞬息之後，整個臺上雷電狂炸、罡風飛旋，氣勢磅礡逼人。

觀眾們呆了，主持人也呆了。本以為能像族長那樣輕鬆獲勝，結果卻狼狽飛出擂臺的將軍更是呆了。

怎麼結果差那麼多？

雲千千指著凱魯爾，鄙視長老。「瞧見沒，人家那才叫雷霆萬鈞。和老婆在家打架那點力道也好意思拿出來丟人現眼，回頭族長要知道了，不得拍死你啊！」

長老咬牙。「我早說過我千年沒打架了。」他屬於功能 NPC，又不是凱魯爾那樣走暴力路線的，等級早被限制在一定的程度內，會輸也是理所當然。

「行了行了，回頭我召別人。」雲千千嘆口氣，看看自己手上狗笛的冷卻時間已過，也就不再和長老囉嗦，揮揮手趕人。

「哼！」長老一哼，掐個法訣就要傳送回去。想想他又停下來，臉色難看的手一伸，「還我。」

「什麼？」雲千千莫名其妙。

「碗！」長老臉臭得不行了。

雲千千黑線，從空間袋摸出碗來扔回去，順口鄙視道：「切，小氣鬼。」

「還有筷子呢？」

「……」

長老走後，九夜看了眼雲千千，納悶道：「妳把他碗筷收進空間袋幹嘛？」想以後拿來自己用？估計她得吃不下飯……倒是擺攤要飯很有可能性。

「習慣，習慣而已。」雲千千乾笑。

觀看比武的觀眾們沸騰了，雖然修羅族長老剛才實在丟人，但這並不妨礙他們對凱魯爾手中雷霆萬鈞的讚賞和驚嘆。果然是尚武的修羅一族，那手裡的功夫還真不是唬人的。

除了XX族的本族人不好意思明著倒戈以外，其他觀眾們莫不向擂臺上的凱魯爾致以了最熱烈的掌聲，臺下少女們永恆的尖叫再次響起：「啊——那個誰，我愛你——」主持人剛嫌丟臉沒介紹這邊名字，少女們也只好用那個誰來代替了。

也許是氣氛太過熱烈，也許是扳回一局心情不錯，悶騷的凱魯爾居然呵呵一笑，朝臺下有風度的招手致意，同時心情不錯的大聲回了一句：「我也愛妳們。」

凱魯爾一轉頭，正要下擂臺，就看到了瑟琳娜在臺下九夜身邊衝他冷眼一瞥，轉過頭去。

「瑟、瑟瑟瑟琳娜?!」凱魯爾當場崩潰。「妳怎麼會在這裡？」她聽到什麼了?應該沒聽到吧?

「剛才我才想到來著，瑟琳娜是九哥的隨從，那應該也屬於九哥的實力之一，沒準能帶上臺去，所以就叫九哥把她召出來了。」雲千千解釋。

凱魯爾如剛才長老那般喪氣垂頭的跑過來，又變回了純情悶騷男，乾笑問瑟琳娜：「妳什麼時候來的？」

「剛來。」瑟琳娜冷冷回答，頓了一頓又補充句：「就在你說那句你也愛她們的同時。」

凱魯爾淚流滿面。

九夜帶著瑟琳娜上臺了。系統規則允許玩家帶寵物、隨從以及部分道具什麼的，就如雲千千所說，這也屬於實力的一部分。至於說雲千千為什麼不帶著NPC上臺?這主要是因為修羅族族長給的狗笛屬於召喚道具，而召喚出來的 NPC 本身和她之間並沒有從屬關係。唯一有從屬關係的是凱魯爾，但人家那強度也用不著她上去。自己本身防禦就不高，萬一對手一片大技能鋪過來，凱魯爾沒事，她死了，那比賽直接就得判負……

有了瑟琳娜的骨兵召喚和亡靈技能，九夜從中驅搖身一變為上驅，一人一 NPC 配合也算有默契，近攻加遠打，沒幾下就把臺上選手踩成相片。

主持人宣布水果樂園獲勝的同時，雲千千著實是狠狠的鬆了一口氣。

剩下的比賽和雲千千沒多大關係了，她也就在最後的時候關注了一下六強名單。水果樂園、神族、翼人族、獸人族、小族A及抽空直接晉級的小族B……

選手休息半小時後即可進行下輪晉級賽，在此期間各族可調整出賽名單。雲千千帶領自己隊伍回了休息室，刷出狗笛想再詳細研究下。她不確定這召喚出來的NPC能在天空之城停留多久，現在隨機多召幾個出來的話，比賽時倒是能多點選擇。可萬一來個規定，召喚族人只能待半小時什麼的，沒準等一會開始晉級賽了，剛剛好能趕上送第一個被召喚的族人回家……

競選城主不僅看競選人本身的人氣，更要看競選那一支種族的整體實力。正是因為考慮到這一點，所以比武中才會規定可以帶出十名選手，好方便競選人調整出賽者，讓大家更直觀的了解到整體水準。

當然，如果硬要用同一選手連續四場戰下來也不是不允許，但是得考慮到這麼一點，NPC不比玩家吃個藥就能狀態全滿什麼的，在比武場內又是限制了不允許自然回復和技能回復，如果擂臺連上一、兩場還好說，三、四場打下來，就怕那些選手不夠堅挺……

凱魯爾嘸著口水，眼睜睜的看九夜嗑回血丸，那眼饞的樣子，不知道的還得以為九夜嗑的是啥金槍不……咳。

猶豫了半天，小士兵估計是知道這邊人特別囉嗦了，也不等開賽，距開賽還有十五分鐘就提前過來催人了：「快點快點，你們的出賽名單確定好了趕緊給我，我得報上去了。」

雲千千問瑟琳娜：「妳還剩多少藍？」

「藍？」瑟琳娜皺眉。

凱魯爾腆著臉上前來解惑：「就是問妳還剩多少魔力，這幫冒險者就愛這麼說話。」

瑟琳娜不理他，她想了想，對雲千千道：「大型召喚魔法大概還能用出三、四個，這裡的魔力接近真空，我無法自己恢復補充。」

「你呢？」雲千千扭頭再問凱魯爾。

後者支吾半天後，羞澀低頭：「剛才我不是給你們介紹了雷霆萬鈞嗎……」

「沒人問你技能。」雲千千咬牙。

瑟琳娜卻是聽出了點意思，哼了哼道：「雷霆萬鈞是引爆全身剩餘魔力的同歸於盡招數……凱魯爾，你剛才一上臺就用了雷霆萬鈞？」

「……」雲千千和九夜無語。

凱魯爾更羞澀了，都快把腦袋埋進褲襠裡，蚊子似的哼哼：「嗯……」

「意氣莽夫。」瑟琳娜鄙視。

修羅族族長用這一招當然沒事，人家那境界，早已經達到了法力源源不斷的程度，就算一整根藍條清空了，沒兩分鐘就又能恢復滿回來；再說人家本身戰技也厲害，會的也不全是耗藍多的魔法……可是眼下凱魯爾這情況，就等於是頃刻之間散盡家財，在現在這個魔力真空的環境下，他連點翻本的機會都沒有。

「我還是召人吧。瑟琳娜和九哥估計能撐一局，剩下的兩局最起碼還得再勝一把啊。」雲千千牙疼。這麼會的工夫裡，九夜成了上駟，凱魯爾卻瞬間從上駟墮落成下駟……到哪裡去弄匹中駟來呢？

狗笛一抽，吹響。修羅族族長淡然的出現於休息室中。

「嘩！」雲千千興奮，自己這是什麼運氣啊，居然能把最終 BOSS 都給召出來了。

修羅族族長倒是悟性挺高，一看這情形就明白過來，老虎機這是轉到自己頭上來了。他遂掃了雲千千一眼，「我上場？」

「族長？」凱魯爾驚駭。

瑟琳娜色則是鐵青著臉，咬牙站起來，二話不說纖手一翻，「骨龍召喚！」燒父之仇不共戴天……

一瞬間，整個選手休息室被骨龍掀翻。修羅族族長一聲冷哼，沒有絲毫猶豫的捏拳引雷，高高躍起的同時猛的砸下鐵拳，一道兒臂粗細的強雷從天而降，直劈入骨龍軀體，連龍帶地面鑿出一個深深的大洞來。

比武場結界……破碎。

場內的觀眾們本來也跟著中場休息，津津樂道的交談著，對接下來的比賽充滿了期待。而主持人則忙著和精靈城主商量下面比賽的一些細節；默默尋指揮記者四處採訪，配合遊戲官方人員進行採訪。

一切本該是繁忙而和諧的，可是就在轉瞬間，突然選手休息室方向傳來一聲龍吟，接著，骨龍出，天雷降。彷彿只不過是眨眼的工夫裡，選手休息室的方向就爆出一片巨響。等大家都回過神來後，眼前只出現了一片廢墟，比武結界也碎裂開來，魔力源源不斷的瘋狂湧入，帶起罡風的漩渦，將所有玩家連帶 NPC 都吹得亂七八糟，如疾風驟雨中柔弱無依的小草。

精靈城主趴在主席臺桌子底下，像是玉皇大帝見到了打上天庭的猴子那樣驚慌失措，蒼白著臉，伸直了胳膊探出來大叫：「快去請各族長老！」

雲千千正好跑過來避難，聽見這句，竄上臺蹲在精靈城主面前關切問道：「我們修羅族的長老要嗎？」

精靈城主瞪她一眼，喊完就不爽的又把身子縮回桌子下面去了。桌布拉下來這麼一擋，雲千千立刻就連根毛都看不到了。

任誰都沒有想到，好好的一個城主比武大選，居然會因為兩個戰力強大又彼此不大對盤的 NPC 鬧到現在這一步，這點估計連遊戲官方都是不能預料的。而且認真說起來，他們是想藉這次活動宣傳，卻不是刻意安排了這次活動。所以儘管出乎意料，但這也屬於是正常的進程判斷。從遊戲中的法則來算的話，智腦絕不可能允許遊戲官方的人強硬插手，按下這起暴力事件。

修羅族族長的實力自然是要高出瑟琳娜許多，人家連她老爹都燒了，對區區一個黃毛丫頭肯定不會放在眼裡，也就是看在瑟琳娜屬於九夜隨從的面子上，這才留了幾分沒下殺手；而結界破碎讓瑟琳娜的魔力也開始得到了補充，有攻有防之下，竟然和修羅族族長鬥了個平分秋色。

雲千千拉了九夜，再拉了失魂落魄不知道該幫哪邊的凱魯爾，三人一起抱腿坐在主席臺前面開始發呆。這種情況下，她實在不知道自己能幹點什麼了。神仙打架凡人遭殃啊，要不下去看看有沒有誰死了，暴出什麼戰利品？要知道，現在可是滿場的族長、大BOSS，隨便白光一個，那肯定都得能暴出把紫武來著……

沒一會，各族長老狼狽凌亂的被請來了。精靈城主終於捨得從主席臺底下鑽出來，出來後還沉著臉，推了雲千千一把，「別擋道。」

「哦。」雲千千連忙挪挪屁股給他讓出「道」來。

精靈城主出來整理了一下儀表，開始和各族長老慎重的商量起緊急布置新結界的事情來。

雲千千聽了一會覺得沒意思，帶著九夜下去找自己公會的會員們去了。凱魯爾則留在原地仰望天空，看著越打越烈的雙方繼續猶豫著、糾結著、痛苦著……

兩人剛一出了戰圈，在比武場外出現，還沒來得及跟門口的玩家大部隊打招呼，默默尋就氣勢洶洶的衝上來，問道：「妳什麼意思？」

「什麼什麼意思？」雲千千跟她繞口令。

「這麼重要的比賽，這麼重要的宣傳，妳怎麼就能把它破壞成這樣子?!」默默尋氣憤填膺，異常的激動和不滿。和遊戲官方的首次合作宣傳，這對她是多麼重要的一件大事啊，可是剛進行到一半卻被人毀了。看這樣子，城主競選還能不能繼續舉行是一回事，就算要舉行，估計也得好幾天後了。

前期投票競選環節的報紙剛印發出去，全創世紀玩家們都在等待著後續報導呢，現在活動居然半途就廢了？默默尋從幾分鐘前接到遊戲官方中止合作的消息之後，就一直是這樣氣憤難平的心情。

雲千千把對方的痛苦委屈都聽了一遍，忍不住罵道：「妳死心眼啊？這對官方來說當然是不能宣傳了，屬於負面報導。但對你們報社來說，不是比原本的活動宣傳更加引人注目？」

難怪這妞怎麼都比不上混沌胖子呢，只有這種覺悟程度的新聞人，就算是來十個她也比不過一個胖子。

默默尋本來傷心悲憤得正待潸然淚下，被這麼一罵反而愣了，她呆呆的抬頭，「呃？」

「呃個毛線！妳就寫三年大選驚現暴徒血洗，會場戰火硝煙為誰而起……不比妳那天空之城三年大選內幕這樣乾巴巴的新聞強？」雲千千繼續罵。

「……這什麼煽情標題？」默默尋鄙視。

「隨便妳什麼題，反正大概是這個意思就成了。」

默默尋其實也不傻，她只是首次接到遊戲官方主動發來的合作邀請，所以潛意識就把自己代入了主辦方的官方立場中去，一出現情況首先想到的不是新聞，而是活動要被迫中止了，怎麼辦？

被雲千千這麼一點醒，這女孩頓時也明白過來自己本來的身分和立場了。對她來說，只需要看新聞夠不夠大，而不是像官方那樣操心影響夠不夠正面……想通了之後，默默尋橫起手臂把眼淚一抹，重新燃起鬥志，招手對身後一干記者喝道：「走！不怕死的跟我再衝進去！」

記者團轟轟烈烈的重新開入會場，雲千千目送並搖頭嘆息之，表示了自己對目前新聞工作者專業素質的擔憂和前景之不樂觀態度。

天堂行走幸災樂禍：「蜜桃過處果然寸草不生，看這動靜大的，估計回頭精靈城主得把我們永久驅逐出境。」

「胡扯，下任城主就換我當了，你覺得他有那權力驅逐我？」雲千千呸了口。

「妳覺得以妳這名聲，等事情結束後大家還能繼續支持妳？」

「不管支不支持，反正投票我已經得了四十分了，就我們族長這能量，全滅會場也未必有什麼難度，所以比武也是我們毫無疑問的獲勝，滿分一百拿了七十，他們要是敢不按章程辦事，我就告他們去！」雲千千信心滿滿或者說強詞奪理。

天堂行走還想說話，旁邊忽然刷的一下，神秘現身一男子。神秘男子搖頭苦笑：「小姐啊，又是妳。」

雲千千看那人一眼，「你誰啊？」

「……我程旭。」男人咬牙：「幫妳換頭盔的那個人。」

雲千千思索三秒鐘，迅速回憶起這位幫自己省了4210元檢查費的好心人。她感動上前，握住人家小手手，「好心人，原來是你啊。你們可得給我做主來著，眼看快當城主了，可不能讓那幫NPC賴了我的城池。」

程旭無語抬頭望天，半晌後再看回雲千千，「難道妳就不覺得自己應該對此付上些什麼責任嗎？」

「我要負什麼責任？」雲千千納悶。「修羅族和亡靈族的世仇不是我設定的吧？九哥憑實力抓了亡靈公主也不是他作弊的吧？我吹狗笛隨機召喚是合法程式吧？召喚出修羅族族長也不是我故意的吧？那兩人打起來更不是我教唆的吧？……你說我應該要負什麼責任？」

程旭語噎，想了半天才遲疑道：「可是不管怎麼說，召喚人出來的是妳……現實裡，養的寵物咬了別人，主人都還得負責賠償醫藥費呢……」

「可是那兩個大型猛犬是我和九哥自己想養的嗎？你們可不能這麼逼良為匪吧？反正要錢沒有，要命兩條，城池還不能賴我，你看著辦吧。如果答案不能令我滿意的話，小心我真去法院告你們，反正司法那邊我有熟人。」雲千千眼淚嘩嘩的流，感覺自己實在冤枉。

九夜摸摸下巴，極為疑惑的抓了身邊的天堂行走問道：「她口中那個司法機關的熟人該不會是指我吧？」

「……據我判斷，你的這個猜測有百分之九十九點九的可能性。」

程旭無奈看了眼九夜，一眼就掃出了對方身上的隱藏標識，當然知道這人真要跟自己公司作對的話，確實是足以讓他們吃個虧，雖然未必真有什麼不好的事情，但負面影響絕對少不了了。於是他很鬱悶的問雲千千：「那妳到底想怎麼樣？」

「我就想當天空之城城主，反正前兩關也都是我贏了，按分數算，這個結果也不算過分，只是怕那些暴民有意見。」

這回換天堂行走抓九夜，「九哥，她說的暴民是指比武場裡無辜遭受迫害的那些NPC？」

「……據我對她的人品了解，你這猜測有百分之百的命中率。」

「按照結果來說的話，妳當選城主是合法的沒錯。問題是，照我們公司現有的對妳的分析推算來看，妳本人的品性很有可能導致天空之城覆滅……而這片地圖本身就沒達到現有玩家可承受的開放水準，所以它在能達到大部分玩家的探索水準之前，最好還是保持一個和平局面。」程旭耐心解釋。

「那你這是來說服我放棄當城主的？」

「……本來是的，不過看妳這表情，似乎很不願意被我說服？」

廢話，白白一個大城池眼看就要到手，哪能說不要就不要了?自己腦子又沒被門夾到。雲千千鄙視的看程旭，不想回答他這個有鄙視自己智商嫌疑的問題。

程旭嘆一口氣，無奈彈個響指，刷出來一個NPC。「那麼好吧，如果妳非要當城主不可的話，就必須收下這個NPC。」

「來者何人？」雲千千瞬間警戒。

「本來我們是想在競選中用合法程序把妳刷下去，然後再調高駐地BOSS難度，杜絕一切妳可當選城主的可能性，沒想到妳竟然能提前打開精靈族的回歸劇情。」程旭鬱悶解釋：「如果妳真要做天空城主的話，這個NPC管家就必須放在執事職位上。他會負責監督妳在天空之城中所做的一切決策，以避免妳做出有損天空之城中眾種族和平的事情。」

雲千千吐血。「大哥，我是玩遊戲的，不是上來給NPC玩的……大家都是成年人了，你有必要替我安排個監護人？」

「我認為很有必要。」程旭嚴肅點頭，表示他心意已決。

「那如果我不接受呢？」

「那我們只好採取些雷霆手段，比如說發動天空之城起義，讓這裡的居民們把你們永久驅逐……」

當然了，這不符合遊戲公平法則，所以能不用的情況下，程旭還是盡量不想使用這一手。

「……幹了。」

一分鐘後，離開的程旭安排空間暴動，捲走了修羅族族長及瑟琳娜二人；然後他再趕場，接著去找默默尋，交涉新聞發布細節，希望對方做出最保守的報導。

沒有了挑起戰火的兩人，比武場中終於恢復平靜。按照比武大選規則中的強者為尊守則，再加上已經提前得到暗示，精靈城主終於是臉黑黑的宣布了雲千千提前獲勝，摘得天空之城的城主冠冕。

不這麼宣布也沒法子，整個天空之城有點分量的人剛才都在比武場裡了，現在不是殘兵就是敗將，幾乎沒有一個人能站起來，要說魔力還可以自己恢復的話，NPC身上受的傷就只能慢慢調養了。現在就屬雲千千率領的玩家隊伍精神最為飽滿，不順勢而為，難道還等人揭竿起義嗎？

由於眾多居民們的不滿情緒，雲千千的任職大典被無限壓縮簡化，精靈城主只是把城主印丟過來，甩了句「自己融合」就不理她了。

花車遊行沒有，掌聲和鮮花沒有，帥哥、正太們的熱情獻吻更是想都不用想。水果樂園的眾玩家們丟人敗興的陪著雲千千回了駐地，想不通為毛目的達到了，結果卻是這樣的蕭瑟寂寞？

「哈哈哈哈……知足吧，小姐，我本來估計遊戲官方的人都想永久封妳IP了，還好是智腦全權接管運行遊戲，他們沒這許可權，不然妳以為自己現在還能這麼囂張？」混沌粉絲湯聽完雲千千的鬱悶抱怨後，

很不給面子的在通訊器另外一邊幸災樂禍。

「死胖子，再笑小心我調稅榨乾了你啊！」雲千千咬牙切齒。

混沌粉絲湯稍微收斂了一點，不過依舊壓抑不住偶爾洩出的悶笑聲：「行，只要妳家那寶貝執事能同意通過妳的法案，儘管來榨乾我沒關係。」

狠狠的命中紅心，混沌粉絲湯戳中了雲千千心中的最痛。

「好了好了，不說了，妳還是回地面上去看看吧，聽說你們家副會長在下面被欺負了來著。」

雲千千一愣，「咦，真的？我怎麼沒收到消息？」照理來說，通訊器現在也沒禁了，彼岸毒草不至於聯繫不到她吧？再說，就算是比武的時候聯繫不到她也就算了，不是還能聯繫其他人嗎？

混沌粉絲湯笑了笑：「大姐，彼岸毒草也是個男人好嘛？既然是男人，有時候就得要點面子……這麼說妳懂了？」

「……懂了！他自找的。」

《禍亂創世紀06》完

《禍亂創世紀・第一部》全文完

敬請期待更精采的《禍亂創世紀・第二部》

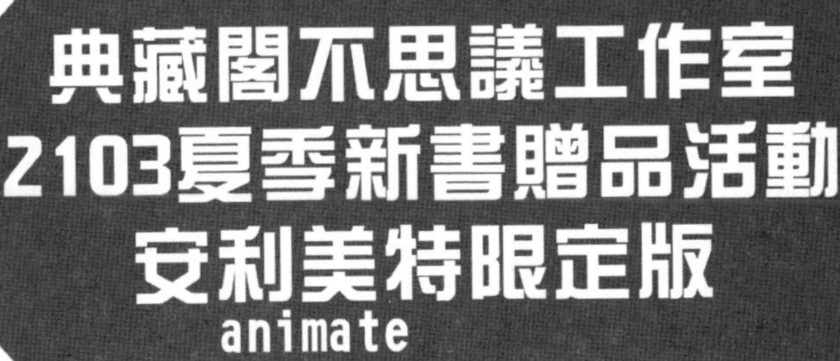

只要符合以下條件，就有機會獲得【魔人Q版胸章】1枚——

（1）在安利美特animate門市店購買
《Evil Soul×少年魔人傳說》全套3集

（2）於書後回函信封處蓋上安利美特店章
或是影印安利美特購書發票。

（3）在2013年8月1日前，以郵戳為憑，將全套3集的書後回函（加蓋店章），寄回典藏閣不思議工作室。

備註：

（A）若採影印發票者，請一併寄回發票影本。可以等購買完「全3集」後，再於8月1日前全部一次寄出。

（B）回函中的讀者資料請務必填寫清楚，字跡要工整，不然小編不知禮物要寄到哪裡去、要寄給誰（>Д<）

飛小說系列058

禍亂創世紀06（第一部完）

天空之城大混戰！

出版者■典藏閣
作　者■凌舞水袖　繪　者■Ivans
總編輯■歐綾纖

製作團隊■不思議工作室

郵撥帳號■50017206采舍國際有限公司（郵撥購買，請另付一成郵資）
台灣出版中心■新北市中和區中山路2段366巷10號10樓
電　話■(02)2248-7896　傳　真■(02)2248-7758
物流中心■新北市中和區中山路2段366巷10號3樓
電　話■(02)8245-8786　傳　真■(02)8245-8718
ISBN■978-986-271-360-0
出版日期■2013年7月

全球華文國際市場總代理／采舍國際
地　址■新北市中和區中山路2段366巷10號3樓
電　話■(02)8245-8786　傳　真■(02)8245-8718

新絲路網路書店
地　址■新北市中和區中山路2段366巷10號10樓
網　址■www.silkbook.com
電　話■(02)8245-9896
傳　真■(02)8245-8819

線上總代理：全球華文聯合出版平台
主題討論區：http://www.silkbook.com/bookclub　◎新絲路讀書會
紙本書平台：http://www.silkbook.com　◎新絲路網路書店
瀏覽電子書：http://www.book4u.com.tw　◎華文電子書中心
電子書下載：http://www.book4u.com.tw　◎電子書中心（Acrobat Reader）

☞您在什麼地方購買本書？☜

1.便利商店(＿＿＿＿市／縣)：□7-11　□全家　□萊爾富　□其他＿＿＿＿＿＿

2.網路書店：□新絲路　□博客來　□金石堂　□其他＿＿＿＿＿＿

3.書店(＿＿＿＿市／縣)：□金石堂　□誠品　□安利美特animate　□其他＿＿＿＿

姓名：＿＿＿＿＿地址：＿＿＿＿＿＿＿＿＿＿＿＿＿＿＿＿＿＿＿＿＿＿＿＿

聯絡電話：＿＿＿＿＿＿＿＿　電子郵箱：＿＿＿＿＿＿＿＿＿＿＿＿＿＿＿＿＿＿

您的性別：□男　□女　　您的生日：西元＿＿＿＿＿年＿＿＿＿＿月＿＿＿＿＿日

（請務必填妥基本資料，以利贈品寄送）

您的職業：□上班族　□學生　□服務業　□軍警公教　□資訊業　□娛樂相關產業

□自由業　□其他＿＿＿＿＿＿

您的學歷：□高中（含高中以下）　□專科、大學　□研究所以上

☞購買前☜

您從何處得知本書：□逛書店　□網路廣告（網站：＿＿＿＿＿＿＿＿）　□親友介紹

（可複選）　□出版書訊　□銷售人員推薦　□其他＿＿＿＿＿＿＿＿＿＿

本書吸引您的原因：□書名很好　□封面精美　□書腰文字　□封底文字　□欣賞作家

（可複選）　□喜歡畫家　□價格合理　□題材有趣　□廣告印象深刻

□其他＿＿＿＿＿＿＿＿＿＿

☞購買後☜

您滿意的部份：□書名　□封面　□故事內容　□版面編排　□價格　□贈品

（可複選）　□其他

不滿意的部份：□書名　□封面　□故事內容　□版面編排　□價格　□贈品

（可複選）　□其他

您對本書以及典藏閣的建議＿＿＿＿＿＿＿＿＿＿＿＿＿＿＿＿＿＿＿＿＿＿＿＿＿＿

＿＿＿＿＿＿＿＿＿＿＿＿＿＿＿＿＿＿＿＿＿＿＿＿＿＿＿＿＿＿＿＿＿＿＿＿＿＿

＿＿＿＿＿＿＿＿＿＿＿＿＿＿＿＿＿＿＿＿＿＿＿＿＿＿＿＿＿＿＿＿＿＿＿＿＿＿

✌未來您是否願意收到相關書訊？□是　□否

✎感謝您寶貴的意見✎

印刷品

$3.5

請貼
3.5元
郵票

235 新北市中和區中山路二段366巷10號10樓

華文網出版集團　收

（典藏閣－不思議工作室）